29,50

El cuerpo del delito

Iris Johansen

El cuerpo del delito

Traducción de María Martoccia

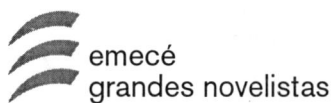
emecé
grandes novelistas

813	Johansen, Iris
JOH	El cuerpo del delito.- 1ª ed.– Buenos Aires : Emecé, 2003.
	304 p. ; 25x16 cm.
	ISBN 950-04-2488-6
	I. Título – 1. Narrativa Estadounidense

Emecé Editores S.A.
Independencia 1668, C 1100 ABQ, Buenos Aires, Argentina

Título original: *Body of Lies*

Traducción de: *María Martoccia*

© 2002 by *Johansen Publishing LLLP*
© 2003, *Emecé Editores S.A.*

Diseño de cubierta: *Eduardo Ruiz*
1ª edición: 4.000 ejemplares
Impreso en Grafinor S. A.,
Lamadrid 1576, Villa Ballester,
en el mes de agosto de 2003.
Reservados todos los derechos. Queda rigurosamente prohibida,
sin la autorización escrita de los titulares del "Copyright", bajo
las sanciones establecidas en las leyes, la reproducción parcial o total
de esta obra por cualquier medio o procedimiento, incluidos
la reprografía y el tratamiento informático.

IMPRESO EN LA ARGENTINA / PRINTED IN ARGENTINA
Queda hecho el depósito que previene la ley 11.723
ISBN: 950-04-

Capítulo uno

Sarah Bayou, Louisiana
01:05 a.m.
4 de octubre

El bote se deslizó lentamente por el pantano.

Demasiado lento, pensó Jules Hebert poniéndose tenso. Había elegido deliberadamente un bote con remos en lugar de uno con motor porque llamaría menos la atención a esta hora de la noche, pero no había tenido en cuenta su estado de nervios.

Mantén la calma. La iglesia se alzaba allí nomás.

—Todo saldrá bien, Jules —dijo con suavidad Etienne mientras maniobraba los remos—. Tú te preocupas demasiado.

Y su hermano, Etienne, no se preocupaba lo suficiente, pensó Jules con desesperación. Siempre, desde la infancia, había sido Jules el más serio de los dos, aquel que aceptaba las responsabilidades mientras Etienne ambulaba por la vida con una encantadora despreocupación.

—¿Arreglaste que los hombres esperaran en la iglesia?

—Por supuesto.

—¿Y no les dijiste nada?

—Sólo que se les pagaría bien por el trabajo. Y estacioné el bote con motor para traerlos donde me dijiste.

—Bien.

—Todo se desarrollará sin problemas —sonrió Etienne—. Te lo prometo, Jules. ¿Te fallaría yo?

No intencionalmente. El afecto entre ambos era demasiado fuerte. Habían pasado muchas cosas juntos.

—No te ofendas. Sólo preguntaba, hermanito. —Jules se puso rígido cuando al doblar una curva vio a la débil luz de la luna los contornos oscuros e imponentes de la antigua iglesia de piedra. Había estado vacía durante más de diez años y despedía un olor a humedad y abandono. Su mirada se desvió a las casas de las plantaciones que se hallaban escasamente desparramadas en ambas orillas del pantano.

Nadie. Ninguna señal de nadie alborotando.

—Te lo dije —repitió Etienne—. La suerte está con nosotros. ¿Cómo podría ser de otra manera? La buena fortuna está siempre del lado del bien.

No era la experiencia de Jules, pero no discutiría con Etienne. No esta noche.

Jules saltó del bote cuando llegaron al desembarcadero y los cuatro hombres que Etienne había contratado se acercaron en tropel a la pequeña embarcación.

—Tengan cuidado —dijo Jules—. Por Dios, no lo dejen caer.

—Los ayudaré. —Etienne saltó hacia adelante. —Jesús, es pesado. —Colocó su gran hombro debajo de una de las esquinas. —Cuando cuente tres.

Con gran cuidado levantaron el enorme ataúd negro y lo pusieron sobre el muelle.

Lake Cottage
Atlanta, Georgia

Ataúd.

Eve Duncan se despertó sobresaltada, el corazón le latía apresuradamente.

—¿Qué sucede? —preguntó Joe Quinn con la voz soñolienta—. ¿Algo malo?

—No. —Eve apoyó los pies en el piso. —Sólo tuve un mal sueño. Creo que buscaré un vaso de agua. —Se desplazó al cuarto de baño. —Vuelve a dormir.

Santos cielos, estaba temblando. ¿Cuán estúpida se podía poner? Se mojó la cara y tomó unos sorbos de agua antes de regresar al dormitorio.

La lámpara de la mesita de luz estaba encendida y Joe estaba sentado en la cama.

—Te dije que volvieras a dormirte.

—No quiero volver a dormirme. Ven aquí.

Se arrojó a sus brazos y se acurrucó bien cerca. A salvo. Amor. Joe.

—¿Quieres hacer el amor?

—Lo pensé. Quizá más tarde. Ahora mismo quiero conocer tu mal sueño.

—La gente tiene malos sueños, Joe. No es algo infrecuente.

—Pero no has tenido uno durante mucho tiempo. Pensé que te habías sobrepuesto a ellos —sus brazos se ciñeron a su alrededor—. *Quiero* que queden atrás.

Ella sabía que él quería eso, y sabía que intentaba con desesperación darle la seguridad y la satisfacción que pensaba que haría que se desembarazara de ellos. Pero Joe debería saber mejor que nadie que la pesadilla nunca desaparecería por completo.

—Cállate y vuelve a dormir.

—¿Era acerca de Bonnie?

—No —Eve sintió una oleada de culpa. Algún día ella debía contarle por qué los sueños sobre Bonnie ya no eran dolorosos. Pero no todavía. Aun después de este último año con él, no estaba preparada. Algún día.

—¿El cráneo nuevo? Has estado trabajando arduamente en ella. Quizá demasiado...

—Casi terminé. Es Carmelita Sánchez, Joe. En un par de días, podré notificarles a sus padres. —Entonces habría un cierre y, quizá, paz para ellos. —Y sabes, mi trabajo no me trae más que satisfacción. No hay malos sueños allí. —Sólo tristeza y compasión y una pasión incansable por restituir a su hogar a quienes se habían ido. —Deja de interrogarme. Los malos sueños no tienen por qué tener profundas implicaciones psicológicas. Éste era algo alocado, inconexo... Probablemente, algo que comí. La pizza de Jane estaba un poco pesada para...

—¿De qué se trataba?

Joe no iba a ceder. Insistiría con el tema hasta que todo saliera a la luz.

—Un ataúd. ¿Bien? Yo caminaba hacia ese ataúd y sentía miedo.
—¿Quién estaba en ese ataúd? —hizo una pausa—. ¿Yo?, ¿Jane?
—Deja de intentar descrifrar algo allí. Era un ataúd cerrado.
—Entonces, ¿por qué sentías miedo?
—Era un sueño. Por Dios, trato con gente muerta todos los días de mi vida. Es absolutamente natural que tenga cada tanto un macabro...
—¿Por qué tenías miedo?
—Déjalo. Ya pasó. —Le bajó la cabeza y lo besó. —Deja de ser un ridículo protector. La única terapia que quiero de tu parte ahora es estrictamente física.

Él continuó resistiendo. Luego, se relajó y se acercó.

—Bueno, si insistes. Supongo que debo ser un caballero y permitir que me seduzcas.

Eve se sorprendió. Sabía lo testarudo que Joe podía ser. Sonrió y le acarició el cabello.

—Sabes bien que lo harás.
—Hablaremos del ataúd más tarde...

Sarah Bayou

El ataúd estaba colocado en el altar de la iglesia.

Jules se agachó para controlar que el pedestal que se hallaba debajo fuera lo suficientemente fuerte como para soportar el peso del hermético ataúd especialmente reforzado. Lo había hecho construir bajo sus propias directivas y le habían asegurado que no habría problemas, pero era su responsabilidad y estaba determinado a no fracasar. Nada debía dañar el precioso contenido del ataúd.

—Liquidé la cuenta con ellos. Están regresando —dijo Etienne desde el umbral. Se acercó a Jules, la mirada fija en el ataúd. —Parece tan extraño aquí... Lo hicimos, ¿no?

—Sí, lo hicimos —asintió Jules.

Etienne se quedó callado un momento.

—Sé que estabas enfadado conmigo, pero ahora comprendes, ¿no?
—Sí, comprendo.
—Bien. Bueno, aquí está. Lo hicimos juntos. —Etienne colocó el

brazo afectuosamente alrededor de los hombros de Jules. —Me provoca una buena sensación. ¿A ti también?

—No. —Jules cerró los ojos mientras sentía que lo invadía el dolor. —No una buena sensación.

—Porque tú te preocupas demasiado. Pero ahora ya terminó.

—No aún. —Jules abrió los ojos que estaban llenos de lágrimas. —¿Te he dicho alguna vez cuánto te quiero, lo buen hermano que has sido?

Etienne se echó a reír.

—Si lo hubieras hecho, yo hubiera sido el que se preocupaba. No eres la clase de hombre... —abrió los ojos horrorizado cuando vio la pistola en mano de su hermano—. ¿Qué estás...?

Jules le disparó al corazón.

La incredulidad quedó congelada en el rostro de Etienne mientras caía al piso.

Jules tampoco podía creerlo. Querido Dios, permite que suprima este momento.

No, ya que debería hacerlo otra vez.

Jules cayó de rodillas junto a Etienne y lo tomó en sus brazos. Las lágrimas corrían por sus mejillas mientras lo mecía. Hermanito, hermanito...

Control. Tenía otra tarea que llevar a cabo antes de permitirse sentir dolor. El bote que alejaba a los hombres de la iglesia estaría ahora fuera del pantano, en la parte más ancha del río.

Hurgó en los bolsillos buscando la palanca y presionó el botón rojo. No podía oír la explosión, pero sabía que había sucedido. Él mismo había armado la carga explosiva y nunca se permitía un error. No habría sobrevivientes ni ninguna evidencia.

Estaba hecho.

Jules regresó adonde estaba Etienne y con ternura le acarició el cabello de la frente. Duerme, hermanito. Rezó para que Etienne estuviera en paz. Se alegró que la iglesia estuviera en penumbras y no se pudieran ver el horror y el dolor congelados en el rostro de Etienne.

No, la iglesia no estaba tan oscura. Era el ataúd, enorme y oscuro, arrojando su sombra sobre Jules y Etienne.

Arrojando su sombra sobre todo el mundo.

11

* * *

—No, senador Melton —dijo Eve con firmeza—, no estoy interesada. Tengo trabajo suficiente como para estar ocupada el resto del año. Por cierto no necesito más.

—Nos ayudaría enormemente si hubiera una posibilidad de que cambiara de parecer. Es una situación muy delicada y necesitamos su ayuda —el senador hizo una pausa—. Y, después de todo, como ciudadana, tiene el deber patriótico de...

—No me diga esa basura —interrumpió Eve—. Cada vez que un funcionario quiere encabezar una lista, saca a relucir los deberes patrióticos. Usted ni siquiera me ha dicho de qué se trata ese trabajo. Todo lo que sé es que debo abandonar mi hogar y mi familia y salir disparando a Baton Rouge. No puedo imaginarme un trabajo de una importancia tal como para hacer que lo haga.

—Como ya le dije es una situación muy delicada y confidencial y no tengo la libertad para discutirlo con usted hasta que se comprometa a...

—Consiga otra persona. Yo no soy la única escultora forense en el mundo.

—Usted es la mejor.

—He tenido mucha prensa. Eso no significa...

—Es la mejor. La falsa modestia no le sienta.

—Está bien, soy increíblemente buena —hizo una pausa—. Pero no estoy disponible. Llame a Dupree o a McGilvan —colgó el auricular.

Joe levantó la vista del libro.

—¿Otra vez Melton?

—No se da por vencido. El Señor me salve de los políticos. —Eve regresó al pedestal y comenzó a alisar la arcilla del cráneo. —Dios, son ceremoniosos.

—Melton tiene fama de bastante realista. Ciertamente es popular. Dicen que los demócratas lo están preparando para presidente.

—Yo no confiaría en ningún político. Son todos aliados en Washington. Se rascan las espaldas los unos a los otros.

—Suena bastante asqueroso. —Joe la observó con atención. —Pero estás intrigada. Se te nota.

—Bueno, siento curiosidad. Melton evidentemente tiene experiencia en despertar el interés de la gente. —Eve no quitó la vista de la escultura. —Lo único que me dijo fue que era mi deber patriótico. Tonterías.

—¿Nada más que eso?

—Dijo que lo discutiríamos cuando estuviera comprometida —alisó el área bajo la cavidad ocular—. Me pregunto quién cree que es...

Él la observó un instante sin hablar.

—Louisiana en octubre no es desagradable. Podemos ir de excursión a Nueva Orleans. En el trabajo me deben algunos días, y a Jane puede gustarle.

—No estás invitado —hizo un gesto—. Altamente confidencial y secreto.

—Entonces, mándalo a la mierda —lo pensó un momento. ¿Era eso un poco falto de tacto y de comprensión? —Puedo hacer algo mejor que interponerme en tu trabajo. Si te sientes tentada, supongo que podemos estar sin ti algunas semanas.

—¿Por qué me sentiría tentada? —se limpió las manos en una toalla y se desplazó para quedarse de pie delante de la ventana. El lago estaba azul brillante en esta agradable tarde otoñal y Jane estaba en la orilla jugando con el nuevo cachorro que la amiga de Eve, Sarah Patrick, le había regalado. La niña le había arrojado un palo a Toby y el perro, un cachorro mestizo, corría locamente para devolvérselo. Ambos parecían llenos de energía y saludables y maravillosamente felices.

Bueno, ¿qué había allí para no ser feliz en este lugar y en ese momento?

—¿Eve?

Ella miró por encima de su hombro a Joe, su protector, su mejor amigo, su amante. Era el eje de su vida, y cada momento con él y con Jane eran algo muy preciado. Le sonrió.

—Diablos, no estoy tentada. A la mierda, Melton.

* * *

—Se negó —dijo Melton cuando Jules Hebert levantó el auricular del teléfono—. Sugirió que llamara a Dupree.

—No quiero a Dupree —dijo Hebert de manera cortante—. Necesitamos a Eve Duncan. Le dije eso desde un principio. Tiene que ser ella.

—Parece que tendrá que arreglárselas con Dupree. Tiene una reputación razonable.

Hebert lanzó un profundo suspiro. Había visto muestras del trabajo de Eve Duncan en las páginas académicas de internet y las había comparado con las de otros escultores forenses sobresalientes. Era como comparar una obra maestra de da Vinci con el dibujo de una caverna. No podía confiar este cráneo a un Neanderthal. Era demasiado importante para él. Era importante para Melton y para el resto de ellos, pero a Jules no le importaban ellos. No ahora. Melton tenía un trabajo seguro en un mundo seguro. Se sentaba en su oficina y levantaba un dedo y enviaba afuera hombres como Hebert para que corrieran riesgos e hicieran sus ofertas.

—Usted me dijo que debía hallar la manera de verificarlo. Consiga a Eve Duncan y lo haré.

—Usted cometió el error; es su tarea corregirlo.

La mano de Jules se puso tensa sobre el teléfono.

—Siempre hay una manera de obtener lo que uno quiere, si uno se empeña. ¿Cuál es el problema?

—Mi opinión es que está tan inmersa en la vida doméstica que no puede ver más allá de su pequeña casita en Georgia. Es lo que uno espera de una mujer.

—Nunca subestime a una mujer. Conozco algunas que mejor las evito antes que enfrentarlas. Duncan es obviamente muy obstinada. ¿La abordó de la manera que yo sugerí?

—Sí, pareció interesada, pero no hizo que aceptara.

—Entonces no apretamos las clavijas correspondientes. Tiene que haber alguna manera. Cuénteme acerca de ella.

—Usted conoce su reputación, o no estaría tan seguro de que es la persona adecuada para el trabajo.

Jules bajó la vista al periódico con la foto de Eve Duncan que había hecho en un principio que llamara a Melton. Era la foto de una mujer de poco más de treinta años, con un rostro inteligente y fuerte enmarcado por cabello rizado de un color rojizo castaño. Llevaba gafas con bordes metálicos y lanzaba al mundo una mirada que era una extraña mezcla de audacia y sensibilidad.

—Conozco sus habilidades profesionales. Necesito conocer más sobre su pasado. Necesito saber cómo manipularla.

—Es hija ilegítima y creció en un barrio pobre de Atlanta con una madre adicta. Años más tarde, la madre dejó las drogas y las dos se acercaron. Eve quedó embarazada cuando tenía dieciséis años y dio a luz a una niña, Bonnie. Volvió a la escuela y trabajaba arduamente cuando su pequeña hija de siete años fue asesinada por un loco que había matado a otros once niños. No pudieron encontrar el cadáver y eso estimuló a Duncan a convertirse en escultora forense. Estudió en Georgia State y se convirtió en una de las escultoras forenses más importantes del país. Trabaja por su cuenta y también con varios departamentos policiales por toda la nación.

—¿Y su vida personal?

—Vive con Joe Quinn, un detective del Departamento Policial de Atlanta. Han sido amigos desde que su hija fue asesinada hace unos doce años, pero viven juntos sólo desde hace dos años. Ella recientemente adoptó una niña de doce años, Jane McGuire, quien creció en la calle, lo mismo que Duncan. Viven en una casita junto al lago en las afueras de Atlanta. Su hija, Bonnie, está enterrada en esa área.

—Me dijo que nunca encontraron el cadáver.

—Hasta el año pasado. Surgió nueva información y localizaron el esqueleto en el Bosque Nacional de Chattahoochee. Las pruebas de ADN confirmaron que el esqueleto era de Bonnie Duncan.

Y ahora Eve Duncan se sentía en paz, pensó Hebert. Él conocía el valor de dar algo por terminado. Podía imaginar el oscuro mundo en el cual Eve Duncan había vivido todos esos años.

—¿Algo más? —preguntó Melton—. Tengo todos los detalles; puedo, si necesita, proporcionarlos minuciosamente.

Tan fríamente. Jules estaba seguro de que Melton relataría todos esos detalles con el mismo desapego que había revelado el pasado de Eve Duncan.

—Eso no será necesario.

No podía dejar este asunto a Melton, pensó fatigosamente. Él mismo debía ocuparse de la debilidad de Eve Duncan.

Está tan inmersa en la vida doméstica que no puede ver más allá de su pequeña casita del lago en Georgia.

Tenía un hombre y una niña, y su cruz personal estaba enterrada en esa propiedad cerca de su hogar. Probablemente era muy feliz. ¿Y por qué no? Se había ganado su paz.

Así que la única manera de obtener lo que él necesitaba era destruir esa paz. Y él sabía que lo haría, del mismo modo que hacía todo lo que necesitaba hacerse. Deja todo y vete al aeropuerto. Debía lograr que ella abandonara Atlanta de inmediato.

Pero había una cosa que debía hacer antes de marcharse.

—Voy a Atlanta.

—Me alegra ver que entra en acción. Esto es mejor que se resuelva pronto. Recuerde, no tiene demasiado tiempo para poner en orden su lío. Boca Raton se fijó para el 29 de octubre.

—No tiene que recordármelo. Puedo atender ambos asuntos.

—Confiamos en usted durante mucho tiempo, pero la Camarilla no está demasiado satisfecha después de ese desacierto con Etienne.

Y Melton estaba aún menos satisfecho. Probablemente miraba por encima de su hombro y pensaba que él sería el siguiente. Bastardo cobarde.

—Tuve que dispararle. Fue legítima defensa.

—¿Lo fue? —Melton hizo una pausa—. Admito que me estuve preguntando si usted está jugando a dos puntas.

—No tiene razón para acusarme de eso.

—Bueno, entonces asegúrese de que sus errores no tengan repercusiones.

—Por eso me voy a Atlanta. Encontraré la manera.

—Veré que lo haga —Melton colgó.

La amenaza había sido velada, pero Jules no podía interpretar mal la intención de Melton de presionarlo. Suavizó el enfado e intentó recobrar la compostura. Era la primera vez en años que alguno de la Camarilla lo había, aunque fuera mínimamente, criticado. Él los había servido con fidelidad. ¿No tenía derecho a la confianza de ellos?

Bueno, habían confiado en él con Etienne, y debía hacer las reparaciones correspondientes.

Boca Raton.

Saldría bien. Jules había realizado los preparativos con anticipación y el plan se estaba desarrollando satisfactoriamente. Podía dejar el asunto a un lado y concentrarse en el proyecto Duncan.

Eve Duncan. Hebert se reclinó y cerró los ojos. Partiría pronto, pero algunos minutos más no provocarían ningún daño. Uno podía pensar que después de todos estos años él se había endurecido, pero nunca sucedía eso. No con los inocentes.

Recobra la fuerza. Había matado a Etienne; cualquier otra cosa, en comparación, sería fácil.

Joe Quinn, Jane McGuire, ¿y no había Melton mencionado a la madre de Eve Duncan?

¿A quién debía él elegir?

—Fíjate —el rostro de Jane resplandecía de orgullo mientras miraba al cachorro—. Creo que es más inteligente que su papi, Monty, ¿no crees?

—Bueno... así parece. Pero echarse a rodar no es lo mismo que salvar vidas después de un terremoto —Eve sonrió mientras guardaba el cráneo reconstruido de Carmelita en una caja. —Tiene un camino por recorrer.

—Sólo tiene cuatro meses. Debo entrenarlo —Jane chasqueó los dedos y Toby brincó a sus pies—. Quizá debería ir a California y dejar que Sarah me ayude. Seguro que puede enseñarle rapidísimo. Ella ofreció hacerlo cuando me lo regaló.

Siempre que Sarah tuviera tiempo para hacerlo, pensó Eve con pesar. Además de viajar por todo el mundo con un grupo de rescate canino, Sarah estaba intentando adaptarse a su matrimonio y mantener su perro labrador, Monty, y su compañera, Maggie, contentos y tranquilos. La tranquilidad no era algo fácil cuando se trataba de un lobo sin domesticar, como Maggie.

—Eso podría ser una buena idea. Le preguntaremos cuándo tendría oportunidad de hacerlo —colocó la dirección en la etiqueta de la caja que estaba lista para que la pasaran a buscar—. Pero no hasta que lleguen las vacaciones por Acción de Gracias.

—Puedo recuperar los días. Estoy adelantada.

En algo más que en sus estudios. El pasado de Jane había asegurado que tanto en experiencia como en carácter ella tenía doce, pero, en realidad, estaba por cumplir treinta. Eve se alegraba de ver su desenfrenado entusiasmo por el cachorro. El cielo era testigo que la niña había sido privada de la mayor parte de las alegrías de la infancia.

—Quizás hablaremos del tema.

—¿Vas a la oficina de correos? ¿Podemos Toby y yo ir contigo?

—Claro. Inmediatamente después de que vaya a poner algunas flores frescas en la tumba de Bonnie. No he estado allí esta semana.

—¿Los crisantemos al costado de la casa? Los traigo. Toby y yo iremos contigo. Necesita estirar las patas.

—¿De qué hablas? Ese cachorro se la pasa corriendo cada minuto del día.

—Subir una colina es diferente. Es buen entrenamiento y ayuda a los pulmones —ella salió corriendo de la casa—. Nos encontramos.

Eve sonrió y sacudió la cabeza mientras salía a la galería. Llegarían mucho antes que ella a la tumba y tendría suerte si Toby no destrozaba las flores que Jane colocaría.

No era que importara. Las flores eran tan sólo flores. Y a Bonnie le hubiera encantado ver al cachorro destrozando todo a su alrededor, lleno de vida y alegría. Empezó a caminar por el sendero que rodeaba el lago.

Para su sorpresa, Toby estaba relativamente sedado, acostado de espaldas junto a la tumba mientras Jane le rascaba la panza.

—Te dije que subir colinas era diferente —dijo Jane—. Se cansó. Necesita ponerse en forma. —Dio media vuelta y comenzó a quitar las malezas de la tumba. —No necesita mucha limpieza en esta época del año. Estuve aquí hace tres días y apenas había algún trébol.

—¿Estuviste aquí?

—Claro. Sé que es importante para ti. Amas a Bonnie. —Jane enderezó las flores. —Allí. Iba a barrer esas hojas de roble, pero el color rojo luce bastante lindo. Como una pequeña y acogedora manta.

—Sí, es cierto. —Eve miró las hojas caídas. Una manta para su

Bonnie. La frase hablaba de hogar y un refugio ante el daño. Todo lo que ella había querido para su hija.

—¿Está bien? —preguntó Jane.

—Es hermoso. —Eve tragó con dificultad. —¿Te he dicho últimamente cuánto te amo, Jane?

—No tienes que decírmelo. —Jane no la miró mientras saltaba a sus pies. —Sigues pensando que me engañas o algo por el estilo. No tiene que ser lo mismo. No espero eso.

—Es lo mismo. Es sólo... diferente.

—Bien. Te veo en el coche. Quizá podamos alquilar un video cuando vayamos al centro, ahora que has terminado con Carmelita. Joe dijo que quería ver esa nueva comedia. —La muchacha salió corriendo con Toby retozando detrás de sus talones.

Había todavía algunos problemas allí, pero habían recorrido un largo camino. Tenían una base tan sólida que Eve no podía creer que finalmente no fueran a resolver todo.

Tiempo de marcharse. Bajó la vista a la tumba.

—Adiós, Bonnie —susurró. Dio media vuelta y comenzó a seguir a Jane.

Un repentino escalofrío le recorrió el cuerpo.

Giró y miró a la colina.

—¿Bonnie?

Nada. Ningún sonido. Ni el crujir de los árboles...

Sin embargo, había habido... algo.

Imaginación. Debía haber estado trabajando demasiado con Carmelita. Bonnie nunca le daba esta sensación de amenaza...

—¡Eve! —Jane le hacía señas desde el pie de la colina—. Toby arrinconó una ardilla. O quizá sea un mapache. Ven a ver.

Eve dio media vuelta y apresuró el paso.

—Allí voy.

Capítulo dos

La niña podía ser la clave.

Jules Hebert desapareció entre los matorrales cuando Eve se marchó del lugar de la tumba. La expresión del rostro de la mujer lo había dicho todo. Era una madre e irradiaba el amor, la tolerancia y la ternura que todas las madres poseen. La muerte de un hijo podía mover a una mujer a hacer cualquier cosa.

¿Jane McGuire?

La idea lo ponía enfermo. No le gustaba matar niños. Se detuvo y se recostó contra el abedul que se hallaba al pie de la colina. Podía hacerlo. Podía hacer cualquier cosa que debía hacer. Había dado pruebas de ello.

Pero quizá no fuera necesario. Debía despejar la mente y pensar. ¿Debía hacer eso? ¿Lograría así el resultado que quería? La situación era crítica, ¿pero no sería mejor explorar otras vías? Todo el mundo tiene secretos. Supongamos que él buscara y husmeara hasta saber cada uno de los detalles de la vida de esta gente. Él siempre había sido bueno en eso. Quizá podía encontrar algo que utilizar...

Llevaría tiempo.

No si aplicaba toda su voluntad y su esfuerzo a la tarea. Había llegado a admirar a Eve Duncan. Con su fuerza e inteligencia, le recordaba a su propia madre. Seguramente, él podía esperar unos días más.

Boca Raton.

Tres días. Demorar más tiempo sería una irresponsabilidad. Él podía permitirse tres días para encontrar otra opción.

Luego, tendría que matar a la niña.

* * *

—Necesito hablar contigo. —La voz de Jane era vacilante. —¿Puedes dispensarme un momento, Eve?

—No tengo tiempo para… —Eve levantó la vista del cráneo que estaba proyectando y vio que Jane estaba tan pálida que las pecas se destacaban—. ¿Qué sucede? ¿Es Toby?

—Toby está bien —Jane se humedeció los labios—. No sabía qué hacer. Pensé decirle a Joe, pero es realmente a ti… Intenté arreglarlo, pero no pude. Y luego no quería que vayas y vieras… Tengo que decírtelo.

—¿De qué hablas, Jane?

—¿Vienes conmigo? —Jane se movió hacia la puerta. —Tienes que ver…

—¿Ver qué?

—Bonnie…

—¿Qué quieres decir?

Jane se había marchado, bajaba corriendo los escalones de la galería y tomaba por el sendero.

—¡Jane!

Eve corrió detrás de ella pero no la alcanzó casi hasta cuando estuvo arriba de la colina.

—¿Por qué…?

Entonces, lo vio.

—No sabía qué hacer. —La voz de Jane sonaba despareja. —Intenté limpiarlo.

La sangre embadurnaba, chorreaba por la lápida.

Eve se estremeció.

—¿Qué hiciste…? ¿Qué sucedió aquí?

—No lo sé. Vine hoy para limpiar las malezas y estaba así. No, no así. Yo lo empeoré. Lo siento, Eve.

—Sangre.

—No, no lo creo. Al principio, pensé… Pero es pintura o algo así —se arrimó a Eve—. No pude sacarlo.

—¿Pintura?

Jane asintió con la cabeza.

—Alguien dibujó una gran X sobre el nombre de Bonnie y sobre todo lo demás en la lápida. —Le tomó la mano a Eve. —¿Quién crees que hizo esto?

Eve no podía imaginar quién podía cometer un horror de este tipo. Se sentía... golpeada.

—No lo sé. —Era difícil pensar. —Quizás algún muchacho que pensó que era divertido profanar una tumba —pero no la tumba de su Bonnie. No de su Bonnie—. No puedo pensar en nadie más.

—Tengo que atraparlo —dijo Jane con ferocidad—. Quizá regrese. Esperaré aquí, y cuando lo haga lo atraparé.

Eve sacudió la cabeza.

—Solo empeorará las cosas —dio media vuelta—. Ven, regresemos a casa y veamos si podemos encontrar algo con qué limpiar.

Jane caminó junto a ella.

—Le diremos a Joe tan pronto como regrese a casa. Él lo atrapará.

—No hasta que hayamos limpiado la lápida.

—Temes que se ponga tan furioso, que le haga algo. Debería hacer algo. Yo lo ayudaré.

Dios, ella no podía manejar el asunto en este momento. Eve sabía muy bien que la respuesta de Joe sería tan violenta y protectora como la de Jane y ella se sentía demasiado débil como para asumir el rol de pacificadora. Además, no quería ser pacificadora. Quería retorcerle el cuello a ese muchacho. No un buen ejemplo para Jane. Y Joe era un ex soldado de un comando especial y lo haría sin pensar.

—Vete al cobertizo y mira qué puedes encontrar. Es posible que haya un poco de aguarrás que quedó de la primavera pasada, cuando pintamos la galería.

—¿Tiene problemas?

George Capel miró con impaciencia al hombre en el Saturn color azul que se había acercado para detenerse a su lado al costado de la calle. Qué pregunta estúpida, cuando él estaba de pie allí con la cabeza metida en el capó del Mercedes.

—No a menos que usted sea mecánico. Está tan muerto como el clavo de una puerta.

—Lo siento. Soy vendedor de ordenadores —el hombre en el Saturn sonrió con una mueca—. Y creo haber tenido mi porción de roturas. Recuerdo una vez en Macon, era en medio de la noche y... —se detuvo—, pero usted no está interesado en eso. ¿Qué le parece si conectamos las baterías?

—Podemos intentarlo —Capel le echó una mirada al impecable traje azul del hombre—. Mejor tenga cuidado. Yo ya me manché la camisa con grasa.

El hombre sonrió.

—Siempre tengo cuidado.

Diez minutos después, cuando el coche no arrancó, Capel maldecía con todas sus fuerzas.

—Pedazo de mierda. Por Dios, es un Mercedes. ¿Sabe cuánto me costó este coche?

—Un buen fajo de billetes. ¿Nuevo?

—Del año pasado.

—Disculpe que no pude ayudarlo. Quizá sea mejor que llame a un remolque.

—Cuando mi coche no funciona, el teléfono del coche tampoco. ¿Tiene usted un celular?

El otro hombre sonrió.

—Usted parece tener problemas con los objetos mecánicos. Recuerdo un libro de Stephen King que trataba de máquinas que empezaban a comportarse de manera extraña. Lo escuché en *Libros en casetes* mientras cruzaba Iowa.

Capel intentó mantener la calma.

—¿Tiene un teléfono? —repitió.

—Claro, pero lo tengo cargando en el motel. Yo sólo salí para buscar un restaurante para cenar —se secó la frente con un pañuelo—. Pero entre en el coche que lo llevo a la estación de servicio más cercana. Soy nuevo en esta área. ¿Sabe en dónde hay una?

—Hay una Texaco a tres kilómetros —Capel titubeó mirando el Mercedes.

—No creo que vaya a ninguna parte.

—Eso seguro. Pedazo de gran mierda —Capel caminó hasta el costado del coche en donde se encuentra el asiento del acompañante y entró—. Vamos. No necesitaba esto. Me marché de la oficina temprano porque tengo entradas para el juego de básquet de esta noche. Y entonces tiene que pasar esto. Diablos, odio los problemas con los coches. Cuanto antes superemos esto, mejor.

—Eso es lo que pienso. Odio las incomodidades —Jules Hebert entró y se acomodó en el asiento del conductor—. Tratemos de superarla.

Joe se alejó de la tumba.

—Reemplazaremos la lápida.

—Ya casi saqué la pintura.

—Pero cada vez que la mires, lo recordarás. Conseguiremos una piedra nueva. Buscaré una cuando vaya mañana al trabajo —la miró—. ¿No has visto a nadie por aquí en los últimos días?

Eve sacudió la cabeza.

—No te preocupes, no sucederá de nuevo.

—Es una propiedad grande. Es difícil mantener afuera a quienes la traspasan.

—No sucederá nuevamente —repitió Joe—. Regresa a la casa mientras yo echo una mirada por los alrededores.

Ella lo miró con cautela.

—Ey, soy policía. Déjame hacer mi trabajo.

Pero el que estaba de pie frente a ella no era un policía. Estaba en su veta protectora, y Joe podía ser letal cuando estaba enfadado.

—No quiero que hagas tu trabajo demasiado bien. Fue un acto de vandalismo.

—Te lastimó —dijo Joe llanamente—. No permitiré eso. Nunca más.

—Y yo no permitiré que mates a un muchachito que simplemente pensó que era una broma.

Joe se quedó en silencio unos instantes.

—Si es un muchachito puede que sólo obtenga una lección que jamás olvidará. ¿Satisfecha?

—No —pero era todo lo que obtendría de él. Eve empezó a desear que nunca hallaran a quien había cometido ese acto espantoso.

—No puedes llamar a un equipo forense para solucionar un caso de vandalismo.

—Soy bastante bueno yo solo —Joe dio media vuelta—. Regresa a casa. Jane te necesita. Está bastante conmocionada.

—Ya no. Quiere hacer lo mismo que tú. Dijo que lo "atraparía".

—Bien. Muchacha inteligente. Pero no tiene que molestarse.

Eve observó exasperada que Joe desaparecía entre los matorrales. Andaba a la caza, y no había nada que ella pudiera hacer al respecto.

Dio media vuelta y bajó por la colina.

Joe encontró las huellas casi de inmediato.

No eran zapatillas o botas de montaña como llevaban la mayoría de los muchachos en esa área. Zapatos normales. Número 42 o 43, y la marca era superficial así que quien los llevaba no era demasiado corpulento.

Y no había intentado borrar las huellas. Era suficientemente estúpido como para ser un muchacho. Joe siguió las huellas que bajaban la colina.

Marcas de un coche.

Estaba oscureciendo. Joe encendió su linterna y se arrodilló para observar las marcas. No sabía demasiado sobre las marcas de los neumáticos como para identificarlos. Debía regresar a la casa y conseguir un poco de yeso para hacer un molde y luego probar en la base de datos del cuartel general.

No le gustaba nada de esto. Su mano se aferró con fuerzas a la linterna al pensar en la tumba y en la expresión de Eve cuando le contó el desastre.

Él iba a atrapar a ese hijo de mala madre.

El teléfono de Hebert sonó cuando se metió en el coche.

—No he escuchado nada de usted —dijo Melton—. ¿Tengo que recordarle que el tiempo es de fundamental importancia?

—No.

—La situación se puede agravar. ¿Ha continuado pensando en conseguir a Dupree?

—Olvídese de Dupree —Jules se reclinó cansinamente en el asiento—. Eso puede que no sea necesario.

—¿Por qué no?

—Las cosas están mejorando. Quiero que espere un día y luego llame a Eve Duncan de nuevo y le haga la misma oferta.

—Fue bastante categórica.

—Intente.

—Lo que usted diga. Es bueno saber que las cosas se desarrollan tan bien —Melton colgó.

No había nada bueno acerca de esto excepto el resultado final, pensó Jules. Había sido una noche espantosa. Había sido más difícil de lo que él pensaba que el hombre hablara, y la tortura era siempre peor que una muerte limpia. Cuando presionó el botón para concluir la comunicación, notó que había sangre en el teléfono. Se miró las manos. Sangre también.

Se limpió las manos con un pañuelo de papel y luego el teléfono. Le echó una ojeada al periódico en el asiento al lado de él. No había sangre en el periódico. No quería dejar ningún rastro.

Miró por la ventanilla a la zanja de desagües que se hallaba a varios metros. El agua lavaría cualquier evidencia que pudiera haber dejado.

Deseó poder limpiar su cabeza y alma tan fácilmente.

—Me encontré con un hombre del correo afuera —Jane dejó caer sus libros de la escuela en la mesa ratona y lanzó la carta sobre el escritorio de Eve.

—¿De quién es?

—No tengo la menor idea. No hay remitente. ¿En dónde está Toby?

—Afuera, cerca del lago. Esta mañana persiguió a algunos patos.

—Bueno tiene sangre de perro de caza.

—Y salió corriendo cuando uno de los patos se puso loco y le mordió la nariz —Eve sonrió—. Perro de caza.

—Pobre Toby —Jane se encaminó hacia la puerta—. Eso debe haber herido su orgullo. Debo calmar sus sentimientos.

—Ya se olvidó. Lo vi hace una hora persiguiendo una mariposa. Quizá pensó que eso no sería tan peligroso.

Jane lanzó una risita nerviosa.

—Un poco más de respeto, por favor —salió corriendo por la puerta y bajó los escalones—. ¡Toby!

Eve aún sonreía cuando tomó la carta y desgarró el sobre. Gracias a Dios por Toby. Le había quitado por completo de la cabeza a Jane el horror de hacía dos días. Ella tan sólo deseaba que Joe se distrajera de igual modo por...

Mi Dios.

—Ven a casa —dijo Jane tan pronto como Joe levantó el auricular—. Ya mismo. Tienes que venir ahora.

—Calma. ¿Qué sucede?

—Eve. Está sentada. Me dijo que no sucedía nada malo, pero está aquí sentada.

—Quizá no suceda nada malo.

—No me digas eso —le temblaba la voz—. Ven a casa, Joe.

—Estoy en camino.

—¿Eve?

Ella se acurrucó aún más en uno de los extremos del sofá. "Vete. Vete".

—¿Qué diablos pasa?

Lo dijo con palabras:

—Vete.

Él se sentó a su lado.

—Deja de echarme. No voy a ninguna parte. ¿Qué es lo que pasa?

—No quiero... hablar de eso en este preciso momento.

—Bueno, yo sí. De eso se trata una relación. De compartir.

—¿Compartir qué? ¿Compartir mentiras?

Él se quedó quieto.

—¿De qué hablas?

—Te lo dije, no quiero hablar —ella tan sólo quería encerrarse en sí misma y dejar que cicatrizara la herida—. Ve y fíjate en Jane. Creo que la atemoricé.

—Me atemorizas a mí. ¿Le sucedió nuevamente algo a la tumba de Bonnie?

—No lo sé —respondió ella sin ánimo—. No importa.

—Jane me dijo que recibiste una carta. ¿Puedo verla?

Ella se puso de pie.

—No ahora.

Él se quedó callado un momento.

—Deja que te ayude. No estás siendo justa conmigo, Eve.

Ella giró en su dirección, los ojos lanzaban llamas.

—¿No *estoy* siendo justa? Mi Dios, ¿cómo tienes la cara para decir eso después de lo que me has hecho?

Él se mantuvo calmo.

—¿Y qué es lo que te he hecho?

—Mentiras. Me mentiste, Joe. La mentira más cruel, la cosa más cruel que podías hacerme. —Lanzó un profundo suspiro, la mirada fija con desesperación en su rostro. —No me preguntas qué fue. Porque lo sabes, ¿no, Joe? No estaba completamente segura hasta que vi tu rostro. No podía creerlo. No podía creer que me hubieras hecho eso.

Joe echó una mirada alrededor de la habitación.

—¿De eso se trata la carta de la Oficina Federal? —cruzó hasta el escritorio y tomó la única hoja de papel y la leyó rápidamente. Ella podía ver la línea de su columna endurecerse como si se estuviera preparándose antes de de enfrentarla. —¿Había remitente?

Ella le clavó la vista, atónita.

—Dios, ¿es todo lo que tienes que decir?

—No, pero tengo que saber quién quiere herirte tanto —hizo una mueca—. Y quién quiere herirme tanto a mí.

—No me importa quién fue. Todo lo que me importa es que me mentiste —cerró los ojos mientras oleadas frescas de dolor la invadían—. Y que esa pequeña niña enterrada en la colina no es mi Bonnie, Jesús, no lo puedo creer.

—Pero tú claramente lo crees. Y estoy seguro de que corroborarás este particular papelito envenenado.

—No es un "papelito" —abrió los ojos relucientes de lágrimas—. Es el informe oficial del laboratorio forense de Georgia que afirma que el ADN de la niña hallada en el Parque Nacional Chattahoochee no coincide con el de Bonnie Duncan. Está firmado por el doctor George Capel.

—¿Y llamaste a George Capel?

—Lo intenté, pero estaba fuera de su oficina. Así que hablé con el jefe del departamento. No pudo encontrar los documentos oficiales con los resultados, pero, finalmente, rastreó algunas de las transcripciones del trabajo que se había realizado. ¿Te digo qué decían?

—No te molestes.

—Yo estaba en Atlanta y tú recibiste el llamado ese día. Cuando regresé a casa, me dijiste que habían hallado a Bonnie.

—Sí, es cierto.

—Deliberadamente me mentiste.

—Sí.

El dolor se expandía dentro de ella.

—¿Cómo pudiste hacer eso? —susurró.

—¿Cómo no hacerlo? —Joe tenía la voz áspera de dolor. —Te he visto sufrir durante doce años. Te he visto buscar a Bonnie en cada uno de los rostros que recreaste. Fue una herida que nunca se cerró, y que no se cerraría hasta que encontraras a Bonnie. Sarah Patrick buscó por todo el Parque; ya habíamos perdido toda esperanza cuando encontraron el esqueleto. A esa altura, las posibilidades de que allí se encontrara otro esqueleto eran casi nulas. Entonces recé cada noche para que fuera Bonnie. —Arrojó el informe sobre el escritorio con una violencia apenas controlada. —Y entonces no sucedió. Maldición. Iría a continuar y continuar así. Pero no tenía que ser así. Todo lo que yo tenía que hacer era decir una mentira, y tú estarías en paz.

—Una mentira terrible. Me… engañaste.

—¿Quieres que te diga que lo siento? No lo siento. Sí, lo siento. Siento que lo hayas descubierto y que te lastime. Pero yo lo haría nuevamente si pensara que tengo oportunidad de ocultártelo. —Sus palabras salían rápido, imbatibles y llenas de pasión. —Te *amo*. Tú has sido el centro de mi vida durante más de doce años. Haría cualquier cosa por alejarte del infierno en el cual viviste todo ese tiempo. Mentiría. Mataría. Cualquier cosa para alejar el dolor.

—Bueno, no lo hiciste.

—No, no lo hice.

Eve se llevó una mano temblorosa a los labios al pensar en algo más. —Dios, recibí una notificación oficial dos semanas después, corroborando la llamada telefónica. ¿Tú hiciste eso también?

—Soborné a alguien en el laboratorio para que la hiciera por mí. Sabía que tú la esperarías.

—Fuiste muy... esmerado.

—Era importante para mí. Quizá la acción más importante que he realizado en mi vida —Joe se quedó callado unos segundos, su rostro pálido, tenso—. Entonces, ¿ahora qué?

—No lo sé. Confié en ti y me traicionaste de la manera más terrible. No puedo ni siquiera pensar. —Eve se desplazó pesadamente al dormitorio. —Voy a la cama. Lo único que quiero hacer es dormir.

—No dormirás. Sólo quieres alejarte de mí.

—No puedo mirarte a los ojos en este momento.

—Me *amas*, Eve.

Ella lo amaba. Dudaba si eso alguna vez podría desaparecer, y era parte del dolor que sentía.

—¿Pero podré confiar en ti alguna otra vez? No se le miente a las personas que uno ama.

—Al diablo que no.

Eve sacudió la cabeza y cerró la puerta del dormitorio. Se apoyó en la puerta. Dios, se sentía vacía. Era como si la hubieran secado por completo y hubieran dejado nada más que un agujero doloroso. ¿Sentía Joe este vacío? No, él estaría lleno de pena por ella, y enojo y desesperación ante la situación. Ella lo conocía tan bien, su mente, su carácter, su cuerpo...

Pero no bastante. Nunca hubiera supuesto que haría algo así.

Caminó hasta la cama, se recostó, y quedó con la vista clavada en la oscuridad.

* * *

—Te hice un poco de café —Jane le entregó a Joe un jarro y se sentó en la galería junto a él.

—Gracias —colocó el café sobre un peldaño.

—¿Crees que hay posibilidad de que Eve coma algo?

Él sacudió la cabeza.

Ella no lo miraba.

—Me puse a escuchar, sabes. Tenía que saber por qué estaba tan herida.

—Yo.

—Sí. No deberías haberlo hecho, Joe.

Él no respondió.

—A menos que estuvieras seguro de que no te atraparía.

Él la miró.

—Yo estaba sentada junto al lago con Toby y pensé que, quizá, yo hubiera hecho lo mismo si no hubiera tenido miedo de que me pescara. Ella ha estado realmente feliz desde que trajimos a Bonnie a casa. Quiero decir... la otra niña. Así que, ¿es mejor para ella estar contenta o triste? —Sacudió la cabeza. —No lo sé...

Él debía haber sabido que Jane no vería las cosas blancas o negras. Había entrado y salido de hogares de adopción desde que era una niña pequeña y había visto demasiado en su corta vida.

—Déjame aclararlo. Fue una cosa mala hecha por una buena causa.

—Le dijiste que lo harías de nuevo.

—Probablemente lo haría. —Torció los labios. —Y eso no fue una mentira.

—Bueno, sé más inteligente la próxima vez.

—Quizá no haya una próxima vez. Quizá no tenga la oportunidad de acercarme. —Se frotó la sien dolorida. —Y pensé que era astuto o, al menos, cuidadoso. Soborné muy bien al supervisor que estaba a cargo de la prueba para que perdiera la página con el resultado.

—Pero se la mandó a Eve. ¿Lo enfureciste por algo?

Joe sacudió la cabeza.

—Y ni siquiera intentó pedirme más dinero.

—¿Qué hubieras hecho en ese caso?

—Pegarle un buen susto. Capel era ávido de dinero, pero no estúpido. —Se enderezó. —No debería estar hablando así contigo. La gente de la seguridad social te alejaría de nosotros en un segundo si pudieran escucharme.

—Yo no me iría. —Ella se reclinó sobre sus hombros. —A la mierda todos.

—Y ese comentario sería algo más en mi contra. —La rodeó con el brazo. —Quiero asegurarme de algo, Jane. Nunca te pongas de mi lado y en contra de Eve. Yo estoy equivocado y ella tiene razón. ¿Comprendes?

—Claro.

—Entonces, ¿no sería mejor que vayas y hables con Eve?

Ella sacudió la cabeza.

—No querrá. No cuando se trata de Bonnie. Nunca está segura de cómo yo... Le preocupa no herir mis sentimientos, y está ella misma bastante herida en este momento.

Él cerró los ojos.

—Dios, comprendiste perfectamente. —Él había sentido su dolor como si fuera propio. *Era* propio.

Ella le tomó la mano.

—Así que, quizá, me quede aquí contigo un rato. ¿Sí?

Él apretó con fuerza la mano contra la suya.

—Sí.

Eve aún estaba despierta cuando unas horas más tarde Joe entró en el dormitorio.

Él se arrodilló junto a la cama.

—No te pongas tensa. No me quedaré mucho. Ni siquiera te tocaré. —Se quedó callado un momento. —Sólo quería recordarte un par de cosas mientras estás pensando en lo mala persona que soy.

—No eres una mala persona.

—Quiero que recuerdes lo que tenemos juntos. Quiero que recuerdes lo que somos el uno para el otro —hizo una pausa—. Y en algún momento se te va a ocurrir que mentí porque quería a Bonnie fuera de nuestras vidas. No es verdad. Si yo hubiera pensado que podías cicatrizar la herida y llevar una vida medianamente normal, hubiera seguido buscándola hasta el día de nuestra muerte. Pero para ti es aún una herida abierta. —Eve podía ver en la penumbra su mano tensionada. —Y me *duele*. Ojalá la hubiera conocido. Ojalá hubiera sido nuestra hija. Entonces, quizá, me perdonarías por hacer esto. Porque hubiera hecho lo mismo si Bonnie fuera mi hija. ¿Me crees?

—Creo... que tú lo crees.

Joe se inclinó y apoyó la frente en la cama, sólo a unos centímetros de la mano de ella, sin tocarla.

—Supongo que es todo lo que puedo pedir ahora. La pelota está en tus manos, Eve. —Se puso de pie y se desplazó hacia la puerta. —Te veo por la mañana. Trata de dormir un poco.

Poco probable. Cada palabra que él había pronunciado era como pequeños cuchillos que la desgarraban. *Él* la estaba desgarrando. Ella sentía mucha rabia y un amargo sentido de traición y, sin embargo, había querido con desesperación estirarse y consolarlo. Parecía imposible que esas dos emociones tan conflictivas pudieran coexistir.

¿Cómo podía tolerar esto?

Dios, deseó poder llorar.

Jane golpeó la puerta y luego la abrió.

—Hola, ¿quieres que prepare el desayuno? —Su mirada fue hasta la valija sobre la cama. —Oh, oh.

—Son más de las ocho. Perdiste el autobús para la escuela.

—Joe dijo que estaba bien si hoy me quedaba en casa. Me dijo que me ocupara de ti. —Entró en la habitación. —¿A dónde vas?

—Me alegra de que no te hayas ido. —Eve puso un vestido y un par de jeans en la valija. —Pensé que podíamos pasar una semana o dos con mi madre. ¿Por qué no vas y empacas un bolso?

—¿Puedo llevar a Toby?

—Por supuesto. A mamá le encanta ese cusco tonto. —Arrojó zapatillas de tenis y calcetines en la valija. —Haremos toda clase de cosas divertidas. Quizá vayamos al zoológico a ver a los nuevos pandas. ¿Qué te parece?

Jane no le contestó. Eve le dirigió una mirada inquisitiva.

Jane se humedeció los labios:

—Yo sé lo que hizo Joe; lo escuché anoche. Se siente muy mal por eso, Eve.

—Ya lo sé. —Eve fue al baño y trajo el cepillo de dientes y varios artículos de tocador. —Ya lo sé, Eve.

—¿Vas a regresar?

—En este momento no lo sé, no puedo pensar en eso. Necesito un poco de tiempo y espacio entre nosotros. Fue... algo terrible lo que él hizo, Jane. —Cerró la valija. —Sé que amas a Joe, pero no puedo mirarlo cada día sin... —Tragó con dificultad. —¿Por qué no empiezas a empacar?

Jane sacudió lentamente la cabeza.

—Me quedaré aquí.

—¿Qué?

La niña cruzó la habitación y rodeó a Eve con los brazos.

—Dijiste que necesitabas pensar. Yo sólo me interpongo en el camino. Si fuera tú, yo sólo querría esconder la cabeza bajo una manta y no ver a nadie ni nada. —Retrocedió unos pasos. —Y, además, Joe me necesita. Me necesita mucho.

—¿Y no crees que yo también?

—No ahora. Quizá más tarde. —Jane sonrió. —No significa que no quiera estar contigo o que no te ame. Lo sabes, ¿no?

—Lo sé.

—Bien. —Jane se alejó. —Prepararé el desayuno antes de que te vayas. ¿Huevos con panceta?

—Bien. —Eve siguió con la mirada a Jane que se marchaba de la habitación. Dios, sus reacciones eran certeras. Eve había sentido culpa por querer escapar y aislarse de Joe y de todo lo que le recordaba a él. Ella tenía responsabilidades, y Jane era una de ellas. Pero parecía que Jane ya había tomado una resolución, y Eve no estaba incluida en esa resolución.

Estaba camino al armario para buscar otro montón de ropa cuando sonó el teléfono.

—Señora Duncan, siento molestarla —dijo Melton cuando ella levantó el auricular—. Pero me sentí obligado a intentarlo una vez más, puesto que la tarea es en extremo apremiante. Me pregunto si usted reconsideraría su decisión...

* * *

—¿No cambiarás de parecer? —preguntó Joe—. No me gusta la idea de que te vayas sin que yo sepa algo más... —Se detuvo al ver la expresión de Eve. —Está bien, no es asunto mío —frunció el entrecejo—. Diablos que no. Tú siempre serás asunto mío.

Eve ignoró la última observación.

—Cuida a Jane. Le dije que la llamaría cada tres días y me mantendré en contacto. —Levantó la valija. —Llamé a mamá y le pedí que se ocupara de Jane cuando tú estés trabajando.

—Muy eficiente.

—Intento serlo —sus ojos se encontraron—. No es fácil en este momento y concentrarme en el trabajo me ayudará.

—¿No me hablarás por teléfono?

—Probablemente no. Destruiría el propósito —se desplazó hacia la puerta—. Adiós, Joe.

Él la observó entrar en el coche y salir conduciendo.

Se sentía vacío y solo... y tenía miedo.

—Mierda —dio media vuelta, sacó el teléfono y marcó—. Se fue —dijo cuando Logan levantó del otro lado—. ¿Qué encontraste sobre Melton?

—Nada realmente malo. Políticamente despabilado. Hace dos años lo eligieron representando a Louisiana en el Senado y ha hecho un trabajo bastante bueno. Tiene amigos en posiciones muy altas y puede que en algunos años esté nominado para presidente.

—¿Por qué podría estar conectado con un trabajo supersecreto como esta reconstrucción?

—¡Qué sé yo! —Logan hizo una pausa. —Si estás tan preocupado, puedes seguirla.

—Te conté lo que pasó. A menos que tenga una muy buena razón, no querrá que esté en el mismo continente que ella. Quizá ni siquiera así.

—Bueno, no puedo darte todavía una buena razón. Seguiré buscando. Quizá deberías simplemente darle tiempo para estar sola. Eso sería una estrategia inteligente.

—No me siento muy inteligente en este momento. Y no quiero consejos. ¿Crees que te hubiera llamado si no hubiera sabido que conoces a cada uno de los políticos de Washington?

—No, nunca me perdonaste por ese año que viví con Eve. Deberías saber que eso quedó en el pasado. Ahora somos simplemente amigos. —Logan hizo una pausa. —Lo que parece ser más de lo que puedo decir de tu relación en este momento.

—Si eres amigo, trata de encontrar una manera de protegerla. Dios sabe que ahora yo no puedo hacerlo.

—Puede que ella no necesite protección.

—No me gusta lo que hicieron en la tumba. Y hace cuatro días que Capel no aparece en el trabajo.

—No veo la conexión con el viaje de Eve.

—Yo tampoco. Es sólo que no me gusta. Y no me gusta no estar seguro de que no hay ninguna conexión. —Joe hizo una pausa. —Consigue a Galen para que vaya a Baton Rouge, ¿sí?

—El gobierno de los Estados Unidos no aprueba exactamente a Galen.

—Mala suerte.

—Y Galen trabaja por su cuenta. Toma los trabajos que le agradan.

—Ustedes son amigos. Utiliza la amistad.

—¿Una orden?

—Por favor —dijo Joe haciendo crujir los dientes—. Envía a Galen.

—Eso está mejor. Se lo pido y te vuelvo a llamar.

Joe regresó a la ventana, pero Eve ya estaba fuera del alcance de su vista. Pronto estaría en el avión con destino a Baton Rouge, alejándose de su lado con la velocidad de un jet.

Ella no podría estar más lejos de él de lo que había estado hacía unos minutos en esa misma habitación. No podía esperar alejarse de su lado. Esa pared que había levantado entre ambos había sido casi tangible, y su expresión…

Olvida el dolor. No podía esperar otra cosa. Él incluso podía haber anticipado que Eve aceptaría ese trabajo de reconstrucción. En los momentos que ella sentía dolor o soledad, siempre se sumergía en el trabajo.

Y eso es lo que él debía hacer. Llevaría la marca del neumático a la comisaría y, luego, vería qué podía encontrar sobre Capel.

Quizá si se mantenía bastante ocupado, podía borrar de su memoria el rostro de Eve antes de salir por la puerta.

Quizás.

Capítulo tres

Un hombre corpulento con un traje azul oscuro se adelantó corriendo para encontrarse con Eve tan pronto como ella se bajó del avión.

—Bienvenida a Baton Rouge, señora Duncan. Soy Paul Tanzer y trabajo para la municipalidad. El senador Melton pensó que usted estaría más cómoda con un compañero sureño. Me pidió que la buscara y me asegurara de que estuviera cómoda. ¿Fue bueno el vuelo?

—Bueno —era una mentira. Había sido un vuelo espantoso. El tiempo había estado tranquilo, pero ella se había sentido vacía y sola y completamente deprimida en cada kilómetro del trayecto. —Pensé que el senador Melton estaría aquí.

—Estará aquí mañana. Tenía que asistir esta noche a una cena para recaudar fondos en Nueva York. —Tanzer la guiaba a su Cadillac que estaba estacionado. —Pero yo me encargaré de instalarla. No se preocupe, damita.

Eve crujió los dientes ante la frase patrocinadora.

—No estoy preocupada. Sólo quiero empezar a trabajar. Eso es lo que considero estar instalada.

—Admirable. —Tanzer la ayudó a entrar en el coche. —Pero sé que querrá ver un poco de Baton Rouge mientras esté aquí. En verdad, usted tiene mucha suerte de que el senador me haya elegido para cuidarla. Sé todo lo que sucede en la ciudad. ¿Es su primera visita?

—Sí. No soy muy viajera.

—Entonces, de todos modos debemos asegurarnos de que conozca Baton Rouge.

Tanzer no la escuchaba.

—¿En qué hotel me reservó?

—El senador Melton decidió que sería mejor si no se quedaba en el hotel. Hemos alquilado una hermosa casa en una plantación que se halla a más o menos una hora de la ciudad. Está cerca de la iglesia en donde trabajará. Será más agradable para usted caminar por el puente, y estoy seguro de que le agradarán sus habitaciones. La casa es antigua y elegante. Por supuesto, muchas cosas son antiguas aquí en Baton Rouge. Tiene una verdadera atmósfera de...

—Espere —intentó que no fuera tan rápido—. ¿Voy a trabajar en una iglesia?

—Bueno, solía ser una iglesia. Ha estado cerrada durante los últimos diez años. Fue construida en 1800 y está bastante decrépita. El gobierno de la ciudad no se decide si derribarla o poner dinero para restaurarla y, mientras tanto, recibió de buen grado la oferta del senador Melton para alquilarla ¿Hay algún problema?

—No me importa. Si estoy en el lugar, entonces, quizá pueda empezar esta misma tarde.

—Eso no es posible. Debemos esperar al senador Melton. —Tanzer sonrió. —Pero le diré lo entusiasmada que está por empezar. Quedará muy impresionado con su iniciativa.

—No tengo ningún deseo de impresionar al senador Melton. —Eve intentó mantener la paciencia. después de todo el hombre estaba cumpliendo con su trabajo. —Y si usted me da su número de teléfono se lo diré yo misma.

—Por cierto. —Tanzer escribió un número en una de sus tarjetas y se la entregó. —Pero puede que sea difícil contactarse con él. Es un hombre muy ocupado. Ahora, déjeme que le señale algunas de nuestras atracciones locales...

Durante la siguiente hora a Tanzer no se le terminaron las atracciones locales ni la conversación. Eve se sintió profundamente agradecida cuando él finalmente cabeceó en dirección a una casa de columnas blancas que se hallaba delante.

—Aquí estamos. Le dije que era agradable. Similar al personaje de Tara en *Lo que el viento se llevó*. Muy pintoresco, y el sinuoso pantano que está enfrente es encantador. Será como estar en Venecia, y el clima no es en absoluto malo en esta época del año.

Eso es lo que había dicho Joe. Eve rápidamente anuló el pensamiento. Deja de pensar en Joe. Fácil de decir. Joe era una parte tan integral de su vida que todo le recordaba a él.

Tanzer la ayudó a salir del coche.

—La mayor parte de la casa está cerrada, pero usted tiene un departamento encantador. Cuatro habitaciones y un cuarto de baño de mármol. Hay incluso una biblioteca bien provista. He visto que hay allí varias novelas románticas para usted —golpeó la puerta—. Marie Letaux es la cocinera y el ama de llaves. Es descendiente de franceses y posee un verdadero talento para la cocina local. Viene muy recomendada. Tuvimos mucha suerte de conseguirla. —Una mujer pequeña de cabellos oscuros y de treinta y pico de años abrió la puerta. —Buenas tardes, Marie. Le presento a la señora Eve Duncan. Recién le decía lo maravillosa que usted era y lo bien que se iría a ocupar de ella.

Marie le echó una mirada fría.

—Soy Madame Letaux. Y ella se ocupará de sí misma. Yo me ocupo de la casa y de la cocina.

Por primera vez en dos días, Eve sintió una leve sonrisa en los labios cuando vio a Tanzer pestañear.

—Tiene absoluta razón, Madame Letaux —dijo ella—. No lo aceptaría de otra manera.

El ama de llaves la miró evaluándola y, luego, lentamente, asintió con la cabeza.

—Puede llamarme Marie.

—Gracias.

Tanzer forzó una sonrisa y se dirigió a Eve.

—Llevaré la valija hasta su habitación ¿No es el lugar tan fantástico como le dije?

Ella echó una mirada al vestíbulo. Un reluciente piso de roble conducía a una escalera que podía haber venido directamente de la casa de la novela con que Tanzer la había comprado. Buena madera por todas partes y murales pintados en las paredes.

—Es muy boniro.

El dormitorio era aún más bonito, con su techo de cinco metros y una cama con cuatro columnas. Eve arrojó la cartera sobre el cubrecamas de satén y salió al balcón de hierro forjado que daba al pantano.

La vista era encantadora. Las sinuosas aguas del pantano serpenteaban delante de la casa y los cipreses y los sauces formaban un velo verde sobre las orillas. Un puente en forma de arco cruzaba las aguas turbias y conducía a lo que parecía ser una isla cubierta de musgo. Cerca de una curva del pantano había una estructura imponente y oscura que ella...

—¿No dije que era pintoresco? —dijo Tanzer detrás de ella—. Ahora, ¿qué tal salir a cenar a un bonito restaurante de mariscos que conozco y, luego, a realizar una gira por la ciudad?

Dios, era persistente.

—No quiero ir a ninguna parte. Estoy cansada y quiero tomar una ducha y descansar. Gracias por la invitación.

Él asintió.

—¿Ve? Usted no podía trabajar de todas maneras. Es bueno que el senador Melton se haya retrasado en Nueva York.

—Rara vez estoy cansada para trabajar. —Eve dio vuelta hacia el pantano. —¿Es ésa la iglesia?

—Sí. —Tanzer asintió en dirección a la ornamentada entrada de una enorme estructura derruida que se hallaba a unos metros. —Ve, es sólo una corta distancia.

—Parece completamente desierta.

—Quizá lo está. No sabría decirle.

—¿Es allí donde está el cráneo ahora?

Él se encogió de hombros.

—No me informaron. Es allí en donde usted trabajará.

—¿Hay alguien con quien deba ponerme en contacto?

—El senador Melton sabrá.

Era como intentar sacarle sangre a un nabo, y Eve ya había tenido suficiente. Extendió la mano.

—No lo demoraré más. Gracias por todo.

—Oh. —Tanzer le estrechó la mano. —¿Está segura de que estará bien?

—Estaré bien. Gracias.

—Bueno, sólo tiene que llamar a mi oficina si cambia de parecer. Estoy a su disposición.

—Lo recordaré. —Esperó a que se hubiera marchado del dormitorio antes de dirigirse al teléfono sobre el escritorio y marcar el número de la tarjeta.

—Le traje toallas. —Marie estaba de pie en el umbral.

—Gracias. En un momento estaré con usted para ayudarla.

—¿Por qué? Éste es mi trabajo. —Cruzó la habitación y desapareció en el cuarto de baño.

Melton no estaba en el hotel y Eve tuvo que dejar un mensaje grabado. Grandioso. Simplemente grandioso. No necesitaba estar sin nada que hacer. Necesitaba trabajar hasta caer exhausta y poder dormir.

—¿Necesita ayuda para desempacar? —Marie había regresado a la habitación.

—No, gracias, no traje demasiado. —Eve sonrió. —Y no quiero abusar. No es su trabajo.

—A menos que decida —Marie le devolvió la sonrisa—. No hay nada vergonzoso en ser una sirvienta. Es un trabajo duro, honorable. Sólo que no me gusta que un *trou du cul* me trate con aire condescendiente. —Dio media vuelta para marcharse. —La cena estará lista en treinta minutos.

¿Qué era un *trou du cul*? Tenía cierta idea, pero debía ver si lo podía encontrar en algún diccionario francés-inglés de esa biblioteca que Tanzer había mencionado.

Regresó al balcón y miró la entrada principal de la iglesia. Debía haber alguien allí. Quizá, después de cenar saldría a caminar...

Pero la cena estaría lista en treinta minutos y ella debía ducharse. Tenía que apresurarse. Si llegaba tarde, no la sorprendería que Marie arrojara la cena al pantano.

¿Y qué era un *trou du cul*...?

—Está delicioso. —Eve comió el último bocado del plato. —¿Qué es?

—*Spezzatino di Manzo coi Fagioli* —respondió Marie.

—¿Y eso es?

Marie sonrió con una mueca.

—Guiso de carne.

—¿Es una receta *cajun*?

—No, italiana. No me especializo sólo en comida *cajun* —hizo una mueca—. Sé que probablemente Tanzer me clasifica en algún rincón de su cabeza, pero no soy tan predecible como a él le gustaría.

—Es distinto a todos los guisos que comí. ¿Qué tiene?

—De todo. Pero no puedo decirle. Es una receta de mi madre y un gran secreto. Si se lo dijera, después tendría que matarla.

El humor de la mujer ya no sorprendía a Eve. Encontraba que la conversación con Marie era interesante y sus conocimientos cabales. Marie era, por no decir otra cosa, rara.

—El cielo no lo permita. ¿Su madre le enseñó a cocinar?

—En parte. Asistí a la escuela de cocina en Nueva Orleans después que dejé la universidad. Iba a ser una magnífica cocinera con gran personalidad que deslumbraría a todo el mundo con mis deliciosos preparados.

—Bueno, me deslumbró a mí. ¿Cambió de parecer?

Marie se encogió de hombros.

—La vida lo cambió todo. Me quedé embarazada y tuve que adaptarme. No se pueden correr riesgos cuando se tiene que cuidar a un niño.

—¿Tiene un hijo?

—Un varón, sí. Bueno, un hombre. Pierre está ya en la Universidad Tulane en Nueva Orleans. Es muy inteligente y amable. Será un maravilloso médico, pero requiere mucho dinero. —Miró a Eve. —¿Usted tiene hijos?

—Tengo una hija adoptada, Jane. Tiene sólo doce años, pero es maravillosa también.

—Entonces, entiende lo que siento por Pierre —dijo Marie con solemnidad—. Haría cualquier cosa por él. Es mi mundo entero.

—Sí, comprendo.

—Bien. —El ama de llaves lanzó un profundo suspiro. —¿Más vino?

Eve sacudió la cabeza.

—Necesito mantener la cabeza despejada. Pensé ir caminando a la iglesia y ver si encuentro algo que hacer.

—¿Qué trabajo hace?

—Soy escultora forense. —Esto rara vez era una explicación suficiente. —Reconstruyo los rostros a partir del cráneo.

—Vi algo en la televisión sobre eso. —Marie hizo un gesto. —Muy tétrico.

—Depende de cómo se lo mire. Uno se acostumbra. —Eve se puso de pie. —Gracias por la fantástica comida, Marie.

—¿A quién va a... —buscaba la palabra— reconstruir?

—Trato de no saberlo. Me puede influir. ¿La veré cuando regrese?

Marie sacudió la cabeza.

—Lavo lo platos y me voy a casa.

—¿Dónde vive?

—Tengo mi propia casa en la cuidad. La llave de la puerta principal está sobre la mesa del vestíbulo. Cerraré la puerta del fondo con llave. Regresaré a las siete de la mañana para prepararle el desayuno.

—La veo entonces. —Pero Eve pensaba ya estar trabajando a esa hora. —Adiós, Marie.

Marie sonrió y dio media vuelta.

Una mujer agradable, pensó Eve, mientras Marie abandonaba la casa. Gracias a Dios tenía en este extraño lugar alguien que le agradaba y que comprendía. Ya se estaba sintiendo más cómoda.

Unos minutos después, caminaba por el puente que cruzaba el pantano. La antigua iglesia era una extraña elección como lugar de trabajo, pensó. O quizá, no. Era, por cierto, bastante privado, y Melton había hecho hincapié en el aspecto confidencial.

El llamador de bronce de la enorme puerta doble hizo un sonido resonante.

No hubo respuesta.

Golpeó de nuevo.

Silencio, diablos.

Bueno, había sido una posibilidad de todas maneras. Golpeó una vez más, esperó unos minutos y, luego, dio media vuelta y comenzó a caminar en dirección al puente. Era obvio que tenía que tener paciencia y esparar al día siguiente.

Pero Eve no quería tener paciencia. Quería empezar a trabajar. ¿Por qué Melton no había podido estar aquí como había prome...

¿Qué era eso?

Se detuvo, la mirada voló a la entrada principal de la iglesia.

¿Alguien se había llegado hasta la puerta y la había llamado?

La puerta estaba aún cerrada.

Sin embargo, hubiera jurado que alguien la había llamado. La sensación había sido tan vívida...

Bueno, no había sucedido. Era probablemente el caso de querer desesperadamente que la puerta se abriera.

Era todavía temprano, pero se iría a la cama e intentaría dormir. Cuando despertara, desayunaría algo e intentaría de nuevo en la iglesia.

Se detuvo antes de entrar en la casa para echarle una mirada a la iglesia.

La puerta estaba aún cerrada.

Déjà vu.

Sintió un repentino recuerdo de la semana anterior, cuando tuvo esa extraña sensación de... algo... allí en la colina de Bonnie.

No Bonnie. Eso no había sido Bonnie. Eso había sido una mentira.

Pero, quizás, esa sensación que había sentido en la colina no había sido una mentira. Quizás el bastardo que luego había profanado la tumba había estado allí.

Pero esta sensación era... diferente. Hubiera jurado que había sentido alguien que la llamaba.

Tonterías. Era porque tenía los nervios tensos y estaba emocionalmente destrozada. Lo único que había oído que la llamaba era el trabajo que deseaba realizar esa misma noche. Todo sería mejor después de una buena noche de sueño.

Eve se despertó tres horas después y apenas se las arregló para sacar la cabeza a un costado de la cama antes de vomitar.

—Oh, Dios.

Enferma. Muy enferma.

Caminó tambaleándose por el pasillo que conducía al cuarto de baño, pero vomitó dos veces antes de llegar.

El estómago no paraba de retorcerse. Dolor. Náusea.

Cayó en el piso junto al inodoro.

Vomitó una y otra vez.

El guiso...

Le dolían las costillas. No podía respirar.

Intoxicada por la comida...

Moriría.

Bonnie.

Vomitó de nuevo.

No había nadie aquí. Una casa vacía. Nadie que la ayudara.

Llegó al teléfono.

Estaba demasiado débil para caminar. Gateó por el pasillo de regreso al dormitorio. Estaba a kilómetros de distancia y debió detenerse varias veces.

Las costillas...

El teléfono... 911. No había tono.

Intentó la operadora.

—Ayúdeme... Por favor, ayuda...

Se le cayó el teléfono de la mano. Iba a morirse.

No aquí. Moriría aquí.

El balcón. Alguien podía verla. Quizá podía llamar...

No llegaría.

Estaba todo bien. Estaría con Bonnie. ¿Por qué seguía intentándolo? Sería más fácil rendirse.

Joe.

Continuó gateando. Estaba afuera en el balcón, la mejilla apretada contra los barrotes de hierro forjado. Sentía el metal frío, húmedo.

No podía ver a nadie cerca del pantano y las casas estaban demasiado lejos como para que alguien la oyera si gritaba. La iglesia asomaba enorme y oscura y silenciosa.

—Ayuda... —Su grito fútil era apenas audible incluso para ella. Dios, no podía parar de sentir náuseas. —Ayúdenme...

Se deslizaba, la cara sobre los mosaicos. Ya no veía el pantano, sólo las oscuras y altas puertas de la iglesia. Cubrían su visión. ¿Sería ésta su última visión...?

Oscuridad.

—No. No debe dormirse. No todavía.

Abrió los ojos.

La llevaban escaleras abajo.

Un hombre... cabello oscuro... no podía verle la cara en la penumbra del pasillo, pero el tono de su voz era desesperado.

¿Desesperado? ¿Por qué? Ella era quien se moría.

—Llegaremos pronto. Aguante.

¿Llegaremos a dónde?

Se arqueó nuevamente, pero no había nada que vomitar.

Oh, Dios, le dolían las costillas.

¿Estás allí? Ahí voy, Bonnie.

—*No te atrevas. No es tu momento.* —*Bonnie se inclinaba sobre ella.* —*Pelea, mamá.*

—*Demasiado cansada. Demasiado triste.*

—*Eso no importa. La cosa mejorará.*

—*Quiero estar contigo.*

—*Estás conmigo. Siempre ¿Por qué no me crees?*

—*Estoy demasiado cansada... tengo que... renunciar.*

—*No, no, no. No dejaré que lo hagas. ¿Me escuchas, mamá? No dejaré que...*

La casa estaba a oscuras, pero él no encendió la luz. Se desplazó rápidamente por el vestíbulo y, luego, por el pasillo.

Rápido. Debía apresurarse. No sabía cuánto tiempo tenía.

La cocina olía a limón y a la esencia limpia del jabón, y la blanca heladera resplandecía a la luz de la luna que se filtraba como un chorro por la ventana.

Rápido.

Él abrió la heladera y tomó el único recipiente cubierto que había en un estante. Levantó la tapa y revisó el contenido antes de cerrar la puerta de la heladera. Luego, limpió con un trapo la manija y se desplazó hacia la puerta.

Estaba hecho.

Cuando llegó a la calle, tenía la vista fija en las puertas de la iglesia, como siempre que se hallaba cerca. Sintió que los músculos del estómago se le cerraban con fuerza y el horror y la tensión lo sobrecogieron.

No, estaba terminado sólo en parte.

Rápido.

Blanco.

Blanco por todas partes. Paredes blancas, sábanas blancas en la cama.

—¿Quiere unos trocitos de hielo? Dijeron que tan pronto como despertara, probablemente, querría hielo.

Una voz profunda con un dejo de acento británico.

Su mirada se trasladó al hombre de cabellos oscuros que estaba sentado en la silla junto a su cama. Le llevó un rato despejar la mente y reconocerlo.

—¿Galen?

Sean Galen asintió con la cabeza.

—¿Agua?

Ella asintió. Sentía la garganta tan lastimada y reseca que una sola palabra la haría sentir dolor.

Él colocó el vaso en sus labios.

—Está conectada al suero para ayudar con la deshidratación, pero esto le hará sentirse bien.

El frío líquido que bajaba lentamente por la garganta la hizo sentir mejor. Aunque el mismo acto de tragar fue dolorosamente difícil.

—¿Qué... hace aquí?

—Eso dolió, ¿no? —Galen se reclinó en la silla—. Intentaré llenar los espacios. Tengo que hacer un par de preguntas. Asienta o niegue con la cabeza. Hable lo menos posible. Está en el Hospital Assisi en Baton Rouge. ¿Recuerda cómo llegó hasta aquí?

Ella negó con la cabeza.

—Contrajo una mayúscula intoxicación por comida. Casi se murió. La trajeron después de la medianoche, y ahora son casi las cuatro. Tuvieron que trabajar un largo rato.

—¿Intoxicación por la comida?

Él asintió.

—Eso dijeron ¿Comió en un restaurante anoche?

Ella sacudió la cabeza en forma negativa.

—En la casa. Marie...

—¿Quién es Marie?

—Marie Letaux. El ama de llaves. Hizo un guiso.

—¿Alguien más comió?

Ella negó con la cabeza.

—Eso es bueno ¿En qué habitación comió? ¿Sabe si el resto del guiso está en la heladera del departamento? Necesitamos deshacernos de él.

—Comí en la cocina —intentó recordar. Tenía el vago recuerdo de Marie colocando papel transparente sobre un recipiente, pero recordaba haberla visto que lo colocaba en la heladera. —Probablemente.

—Lo verificaré —puso más agua en el vaso y se lo llevó a los labios—. Aunque no me sorprendería que lo haya dejado sobre la mesada, si es tan descuidada al cocinar.

—No la culpe... Agradable. Seguramente no es su culpa. Alguien debe haberle vendido algo malo en el mercado.

—Quizás.

—¿Qué hace usted aquí? —preguntó ella nuevamente.

—Logan me llamó y me pidió que viniera y viera qué la estaba conmocionando. —Hizo una mueca burlona. —Lo que estaba conmocionado era su estómago. Una especie de terremoto, ¿sí?

Ella asintió.

—¿Logan? Cómo sabía él dónde... —conocía la respuesta—. Joe.

Galen asintió.

—Logan dijo que Quinn le pidió que se asegurara de que todo

estaba bien. Estaba incómodo por la situación aquí y dijo que ustedes dos estaban distanciados. Puesto que Logan y Quinn siguen aún sin llevarse muy bien, Logan pensó que esto sería serio para que él lo llamara.

¿En qué había estado pensando Joe? Eve había visto a Galen sólo una vez antes, pero Logan le había contado acerca de su pasado en extremo sospechoso. Había sido todo lo que va de mercenario a conciliador para varias empresas. Ella sacudió la cabeza.

—No... lo necesito.

—Bueno, Logan me pagó por adelantado. Mejor que me quede por aquí algunos días —sonrió—. Me hallará muy útil. Soy una compañía fabulosa, soy un excelente cocinero, y le prometo que no la intoxicaré. ¿Qué más puede pedir?

—No necesito compañía. Estaré trabajando.

—No hasta que se sobreponga a esta intoxicación. El doctor no la dejará ir hasta mañana, y dijo que estará débil como un gatito durante varios días.

Lo creía. Hacía un rato que se había despertado y apenas podía mantener los ojos abiertos.

La mirada de Galen se centró en su rostro.

—Si no acepta mis servicios, puedo llamar a Quinn y contarle su combate con la intoxicación.

Y Joe tomaría el siguiente vuelo hacia aquí. No podía enfrentar eso en este momento.

—Chantaje.

Él asintió alegremente.

—Lo hago bien, ¿no?

Oh, qué diablos. No hacía la menor diferencia.

—Puede quedarse. Si me promete no contarle nada a Joe de todo esto.

—Trato hecho. —Se puso de pie y se encaminó hacia la puerta. —Ahora, la dejaré descansar. Paul Tanzer está en la sala de espera. Insistió mucho en verla, pero lo retuve. ¿Quiere que lo haga pasar?

Ella sacudió la cabeza.

—Un pesado. Marie lo llamó... —¿cuál era la palabra?— *Trou du cul*. ¿Qué significa?

Él se atragantó por la risa.

—Culo roto. Me estoy empezando a dar cuenta que su Marie no es tan tonta como pensaba.

—Es muy inteligente. Se preguntará dónde estoy cuando llegue a la casa por la mañana. ¿Le dirá?

Él asintió mientras abría la puerta.

—Me encargaré de eso. ¿Sabe dónde vive?

—No.

—Entonces, le preguntaré a Tanzer.

—Galen.

Él se volvió para mirarla.

—No fue usted quien me encontró y me trajo al hospital, ¿no?

Él sacudió la cabeza.

—Vino al hospital con Paul Tanzer. Logan supo por Melton que Tanzer era su contacto aquí, y yo recién lo había sacado de la cama cuando recibió el llamado.

—Entonces, ¿cómo llegué al hospital?

—¿No recuerda?

—Lo último que recuerdo es estar afuera en el balcón pensando que me iba a morir. Entonces, apareció un hombre... cabellos oscuros.

—Eso cuadra. La gente de la guardia dijo que a usted la trajo un hombre pequeño y moreno quien entregó su billetera con una tarjeta con el nombre y el teléfono de Paul Tanzer. Él les dijo que verificaran si era una intoxicación por alimentos. Se marchó antes de que ellos pudieran obtener más información. ¿Reconoce la descripción?

Eve sacudió la cabeza.

—Sólo recuerdo que él me llevaba en brazos y me decía que no me durmiera.

—¿Cómo entró? ¿Estaba la casa sin llave?

—Yo misma cerré la puerta principal, y Marie dijo que cerraría la puerta del fondo. Debe haberse olvidado.

—Quizás. —Galen se encogió de hombros. —Y, quizás, era un buen samaritano que la oyó gritar pidiendo ayuda y entró. Revisaré las puertas. Quizá sepamos algo de él. En estos días los buenos samaritanos que no esperan recompensa son algo raro —levantó la mano—. La veré luego. Pasaré a recogerla mañana y la llevaré de regreso al departamento.

Se marchó.

Buen samaritano. Si lo que Galen había dicho era verdad, él, probablemente, le había salvado la vida.

Pero, ¿cómo había entrado en el departamento? Bueno, quizá Marie se había olvidado. Le preguntaría mañana. Ahora sentía mucho sueño...

Capítulo cuatro

La pequeña casa en la que vivía Marie Letaux se hallaba en una serpenteante calle del área sur de Baton Rouge. Como el resto de las casas de esa calle, era vieja pero limpia hasta una prístina limpieza; un tiesto de geranios color rosa florecía en el umbral.

Ella no respondió al primer llamado de Galen a la puerta. Ni el segundo ni el tercero.

Esperó unos minutos e intentó abrir la puerta.

Cerrada con llave.

Examinó la cerradura. Facilísimo. Le llevó unos pocos minutos desarmarla.

Entró en la sala que contenía muebles cómodos, pero nada ostentoso. Observó que había más geranios en una mesa ratona. Varias fotografías familiares enmarcadas en marcos de arce lo miraban desde las bibliotecas diseminada por la habitación. La impresión general era la de una casa agradable ocupada por gente agradable.

Pero la experiencia de Galen era que rara vez las cosas son como aparentan ser. Se dirigió a un escritorio y lo revisó. Cartas con un remitente de Nueva Orleans. Una chequera y una libreta de una cuenta de ahorros, un recibo por el alquiler de una caja de seguridad fechado hacía dos días. Más fotografías sin enmarcar que mostraban a un joven con una camiseta color verde.

Cerró el cajón y se encaminó por la habitación hacia la puerta más alejada que debía conducir a la cocina. Podía ver la heladera blanca con pequeños imanes de colores contra la pared más alejada.

A Marie Letaux le agradaban obviamente las chucherías y lo demostraba con las pequeñas cosas de que se rodeaba...

Se detuvo ya dentro del office, su mirada bajó hasta la mujer hecha un ovillo en el piso, junto a la cocina.

Una mujer pequeña de cabellos oscuros recogidos hacia atrás en un rodete, los ojos bien abiertos, como si lo estuviera mirando.

Probablemente Marie Letaux.

Sin dudas, muerta.

—No puedo decirle cuánto lamento lo que le ocurrió la primera noche aquí. —Las primeras palabras del senador Kendal Melton fueron dichas con genuina sinceridad.

—No creo que hubiera sido mejor en ninguna noche de las siguientes —respondió Eve secamente.

—No, claro que no. ¿Cómo se siente?

—Mal. Mis costillas están tan doloridas que apenas puedo respirar. —Eve se sentó en la cama y lo evaluó con la mirada. Parecía mucho más cosmopolita que Tanzer. El cabello gris de Melton combinaba con los costados blancos de las sienes y se complementaba con un bronceado que aparentaba ser puro West Palm Beach. —Estoy mejor que esta mañana. Probablemente, pueda trabajar mañana.

—Así lo espero —se acercó aún más a la cama—. ¿Fue Paul Tanzer de alguna ayuda? Le dije que la tratara de la mejor manera.

—Fue muy amable.

—Es nuestra intención brindarle toda la ayuda que usted requiera.

—Entonces, dígame en qué se supone que estoy trabajando. Me estoy cansando de todo este asunto tan secreto. Acepté el trabajo; ahora infórmeme.

—Le diré todo lo que yo sé, pero me temo que no será todo lo que usted quiere. Diablos, yo mismo no sé todo lo que me gustaría. Le pediré que determine la identidad de un esqueleto que fue hallado hace bastante poco en los pantanos al sur de aquí.

—¿Descubierto por quién? ¿Y por qué no se entregó el esqueleto a la policía local?

—El sheriff Bouvier del distrito de Jefferson tiene un pálpito acerca de la posible identificación del esqueleto y de su locación. Él fue quien realizó la excavación. El sheriff es un amigo personal y me notificó. Me dio total permiso para intentar discretamente identificarlo antes de que él lo vuelque en su informe. Él sabía que el descubrimiento puede presentar dificultades para mí con los medios, si no se maneja correctamente.

—¿Por qué? ¿De quién se supone que es el esqueleto?

Él vaciló.

—Senador Melton, déjeme que le recuerde acerca de ese señor de las drogas de Miami que me pidió que hiciera una reconstrucción sobre un cráneo que...

—No, no. No es nada de eso. La única razón por la cual lo mantenemos oculto es porque no queremos suscitar falsas esperanzas. Creemos que puede ser Harold Bently. —Hizo una pausa. —¿Recuerda lo que dijo la prensa sobre Bently?

Ella negó con la cabeza.

—Bueno, fue hace más de dos años, pero hubo un gran furor en torno a su desaparición. Bently era candidato para el lugar de senador que yo ocupo ahora. Se suponía que su candidatura estaba asegurada pero desapareció cuatro meses antes del día de la elección. Era un ciudadano serio, un hombre que no desaparecería por propia decisión así que se sospechó que había algún juego sucio. Pero no se hallaron pistas. Su desaparición se ha cernido sobre mi carrera como una nube y quiero enterrar el asunto.

—¿Porque usted quiere presentarse para presidente?

—Eso está en manos de la Providencia, pero quiero seguir ascendiendo. ¿Es tan raro eso?

—No

—Entonces, ayúdeme. El caso Bently permanece abierto, pero no ha surgido nada... hasta que hallaron este esqueleto.

—¿Le ha informado a su familia?

Melton sacudió la cabeza.

—No todavía. Como dije tengo miedo de suscitar falsas expectativas. Por favor, créame. No soy totalmente egoísta. Seguro que quiero proteger mi carrera, pero también quiero ser capaz de proporcionarle a la esposa de Bently un aviso anticipado antes de que tenga que enfrentar nuevamente una tormenta por parte de los medios.

—¿Por qué me necesita? ¿Qué pasó con el ADN?

Él hizo una mueca.

—Desgraciadamente, el cuerpo del esqueleto parece haber desaparecido.

—¿Qué?

—No se alarme. Está totalmente a salvo.

—Seguro que sí. Excepto que hay alguien que no quiere que se identifique este cadáver. ¿Y qué de los dientes?

—No hay dientes. Y el cráneo está quemado, pero esperamos que... —Melton se encogió de hombros. —Extraer ADN puede ser muy difícil y llevar mucho tiempo. Naturalmente, seguiremos esa vía, pero puede en cualquier momento filtrarse algo en la prensa. Tengo que tener alguna idea de la identidad.

—Así puede darle un vuelco a lo que sea que halle. —Eve sacudió la cabeza. —No vale la pena para mí.

—¿Tiene miedo?

—No soy estúpida. ¿Por qué debería arriesgar mi vida por usted y su carrera?

—El cráneo se trasladó a la iglesia en sumo secreto. Nadie sospechará que se halla allí, y pondremos gente en la iglesia todo el tiempo para que la proteja.

Eve sacudió la cabeza.

—No la culpo por no importarle mis problemas, pero Bently era un buen hombre. —Melton hizo una pausa. —Y tenía esposa y tres hijos. Supongo que no debo decirle por el infierno que han pasado en estos dos últimos años.

Buena movida, pensó ella con amargura. Calculadas o no, las palabras golpearon en el lugar exacto. Ella conocía la angustia de esperar durante años sin que hubiera un cierre.

—Piénselo. Son sólo unos días, como mucho una semana. Yo obtendré lo que quiero, los años de angustia de la señora Bently y de los niños pueden quedar atrás, y usted tendrá la satisfacción de trabajar en un proyecto interesante. Todo el mundo gana.

—¿Por qué simplemente no me envió el cráneo?

—Estábamos planeando hacerlo antes de que desapareciera el esqueleto. Después que eso sucedió, pensé que debíamos extremar las medidas de seguridad. También me preocupaban los medios, ya que usted tiene una gran notoriedad en su pueblo. —Melton hizo una mueca. —No quise agitar a la prensa a menos que tuviera algo positivo para ofrecerles. Les encantaría sacar a relucir todo ese asunto sensacionalista por el que pasamos después de la desaparición de Bently. —Lanzó un suspiro de alivio. —Me alegra que ahora podamos sacar todo a la luz.

Eve lo miró con escepticismo.

—Entonces, no le importará si verifico con el sheriff Bouvier sobre el esqueleto.

—Me importa su falta de confianza, pero llamaré al sheriff y le diré que sea totalmente sincero con usted. —Melton hizo una pausa. —Y ahora que usted se da cuenta del entero apoyo que tendrá de nuestra parte, por cierto, no necesitará ayuda de afuera.

Intentaba llegar a alguna parte.

—¿Qué quiere decir?

—Usted probablemente no se da cuenta de que Sean Galen tiene un pasado criminal y no se puede confiar en él en absoluto. Estoy seguro que usted quiere enviarlo de regreso.

—¿De verdad? John Logan confía en él.

—El señor Logan es un hombre de negocios respetable y nunca quisiera impugnar su elección de conocidos. Quizá no vislumbra la extensión de la...

—Logan no lleva anteojeras. Sabe más de Galen que usted.

—No discutiremos. El quid de mi razonamiento es que usted no necesita a Galen. Me alegrará echarlo en su nombre.

—No es un hombre fácil de echar. —Eve miró a Melton directamente a los ojos. —Y no tengo deseos de echarlo. Galen se queda.

—¿Con qué tarea? Seguramente usted no piensa que necesita un guardespaldas por este pequeño incidente.

—Este "pequeño incidente" casi me mató —agitó una mano con impaciencia—. Pero no, no necesito un guardespaldas. No se atreva a sugerirlo en presencia de Marie. Fue un accidente. Se sentirá mal de que yo me haya enfermado.

—Entonces, ¿cón qué tarea? —repitió Melton—. Galen no está capacitado para nada que no sea...

—¿Usted es Melton? —Galen estaba parado en el umbral—. Soy Sean Galen —se adelantó—. Y, realmente, creo que ha abusado de su tiempo. Eve parece un tanto tensionada.

—No me siento tensionada.

—¿Aceptaría "enfadada"? —se volvió en dirección a Melton—. A Eve no le gusta que le digan lo que tiene hacer. Ahora, me doy cuenta de que usted sólo quiere su bienestar, pero ella puede volverse algo cascarrabias. Supongamos que usted se marcha...

—Usted no tiene derecho a... —Melton se cortó al encontrar la mirada de Galen. Dio un involuntario paso hacia atrás, pero se recuperó rápidamente. —La señora Duncan comprende que sólo quiero lo mejor para ella. —Su mirada se desplazó rápidamente hacia Eve. —Estaré aquí mañana por la mañana para buscarla.

—Yo ya me he adjudicado ese placer —Galen realizó un ademán para ahuyentarlo—. Adiós.

Melton le dirigió una fría mirada y se marchó de la habitación.

—¿Y qué si yo no quería que se marchara? —preguntó Eve.

—Usted estaba con los pelos de punta. Cuando una persona está enferma como usted lo está, hace falta una gran molestia para ponerse así. Escuché un poquito lo que decían, incluyendo lo que decían sobre mí. Me halaga.

—No debería estarlo. Tiene razón; estaba irritada porque él intentaba decirme qué hacer —pensó en algo más—. Pero no me agrada que lo haya asustado. Quería hacerle más preguntas sobre esta condenada reconstrucción.

—Para citar a uno de sus camaradas sureños, "Mañana es otro día".

—Ése es un terrible acento del sur.

—Es lo mejor que puede hacer un pobre tipo de Liverpool —se sentó en la silla junto a la cama—. ¿No sabía nada de este trabajo cuando vino?

—Sabía que era el pedido de un miembro respetable del Senado.

—Y quería alejarse de Quinn.

Ella lo miró.

—Está bien, fue obviamente un comentario fuera de lugar.

—Bien —hizo una pausa—. Y Melton también tenía razón. No lo necesito, Galen.

—Se está poniendo ronca de nuevo. Ha hablado demasiado —tomó el vaso y lo llenó con cubitos de hielo—. Me mantendré al margen y no hablaré de Quinn. Pero existe una pequeñísima posibilidad de que me necesite, así que andaré por aquí —le entregó el vaso—. Recién vengo de la casa de Marie Letaux. Está muerta.

El horror la sobrecogió.

—¿Qué?

—La encontré tirada en el piso de la cocina. Había un plato sobre la mesa con los restos del guiso —hizo una mueca—. Y también restos por el piso. Evidentemente había estado vomitando.

—¿Se llevó guiso a la casa? —Eve sacudió la cabeza horrorizada. —Mi Dios, eso es terrible.

—Usted dijo que suponía que lo había puesto en la heladera.

—Debe haber cambiado de parecer. Yo me fui antes que ella... Triste. Increíblemente triste. Tiene un hijo. Estudia medicina en Nueva Orleans.

Galen asintió con la cabeza.

—Tenía fotografías por toda la sala. Un muchacho de aspecto agradable.

—Era obvio que lo adoraba. —Eve podía sentir las lágrimas picándole los ojos. —Mierda. Recién la había conocido, pero me gustaba. Supongo que me identificaba con ella. Era una mujer sola que tuvo que abrirse camino en la vida. ¿Seguro que fue intoxicación por la comida?

—No ha habido tiempo para la autopsia, pero sospecho que ésa será probablemente la conclusión. En particular ya que usted llegó aquí con esos síntomas.

Había algo en el tono de su voz...

—¿No cree que haya sido...?

—No dije eso. Creo que fue una intoxicación por los alimentos.

—Galen.

—Disculpe. Es mi naturaleza desconfiada. Estaba en camisón y en una bata de felpa, y había dormido en la cama. Esto significa que probablemente se levantó en medio de la noche y comió un gran plato de guiso. Muy pesado para un bocadillo a medianoche.

—Quizá no cenó y se despertó con mucho hambre.

—Posiblemente. Ahora, cuando usted comenzó a vomitar, intentó buscar ayuda, ¿no? Marie Letaux tenía un teléfono, pero evidentemente no pudo llamar a nadie. Vivía muy cerca de sus vecinos así que, ¿no piensa usted que se ingeniaría para que alguno de ellos la llevara al hospital?

—Hubiera sido difícil. Yo me sentía tan débil que apenas podía moverme.

—Pero se movió. Y usted dijo que ella era una mujer acostumbrada a cuidarse sola. Evidentemente, estaba tan vencida que no llegó a la pileta de la cocina ni al inodoro para vomitar. ¿No fue ésa su primera reacción?

Ella asintió con la cabeza.

—¿A qué quiere llegar, Galen?

—Oh, simplemente jugaba a "que tal si" —tomó el vaso de sus manos y lo colocó sobre la mesa—. ¿Qué tal si no le dio hambre durante la noche? ¿Qué tal si alguien se sentó frente a ella en esa mesa y la obligó a comer el guiso y esperó hasta que el veneno surtiera efecto?

Los ojos de ella se abrieron espantados.

—Es una locura. Para empezar, yo no tuve los síntomas hasta tres horas después de comer.

—Estoy de acuerdo que debería demandar una gran paciencia y una tremenda concentración. Incluso requeriríría mucho temple sentarse y observarla morir. En particular, si no se está seguro de que alguien no irrumpirá en cualquier momento al suponer que Marie podía estar en peligro de intoxicarse con la comida.

Ella se estremeció.

—La idea es totalmente macabra.

—Tengo esa clase de mente.

—¿Por qué alguien haría eso?

—Bueno, después que encontré el cadáver y antes de llamar a la policía, fui a su escritorio y revisé sus notas financieras. No había ningún depósito en su cuenta ni en la caja de ahorros, pero hace dos días, alquiló una caja de seguridad. Muy conveniente. ¿Qué tal si apiló un montón de dinero en la caja?

—¿Cree que me envenenó a propósito?

—Creo que hay una buena razón para preguntarse por qué usted contrajo una intoxicación con una comida preparada por una experimentada cocinera.

Eve sacudió la cabeza.

—No puedo creer eso.

—Porque a usted ella le agradaba.

—¿Y por qué la matarían?

—Así no hablaba... —Galen se encogió de hombros—. Un sinnúmero de razones.

—Pero usted está tan sólo suponiendo.

Él sonrió.

—¿Qué tal si?

—¿Le sugirió todo esto a la policía?

—No sea ingenua. Yo sería el primero en la lista de sospechosos. Ya tuve bastantes problemas al explicar por qué fui el que la encontré. Incluso llamaron al hospital para asegurarse de que usted había ingresado con una intoxicación por alimentos —pensó un instante—. Tengo algunos amigos en Nueva Orleans con conocimientos forenses quienes quizá puedan intervenir y escarbar y ver qué más se les puede ocurrir.

—¿Amigos funcionarios?

—No sea ingenua —repitió Galen, mientras torcía levemente la cabeza y estudiaba su expresión—. ¿Está usted tomando mi teoría seriamente?

Eve asintió lentamente con la cabeza. Tenía que tomarla seriamente. No quería creer nada de todo esto, pero la mayor parte de su vida, y por cierto en toda su carrera, había estado expuesta a la brutalidad y al engaño. Se estremeció.

—Sentarse allí y observarla... Dios, suena tan... cruel.

—No más cruel que intentar matarla a usted.

—¿Y por qué alguien querría matarme?

—Quizá deberíamos preguntarle al señor Melton.

—¿Usted cree que es por la reconstrucción?

—Es una conexión lógica. Yo no estoy seguro de tragarme esa historia que Melton hace circular. No me gusta todo este secreto.

Ellos saben que a usted le gusta trabajar alejada de la mirada de la prensa; ese conocimiento les da otra excusa para traerla aquí en lugar de enviarle el cráneo. ¿No cree que sería inteligente si empaca sus valijas y se encamina a casa?

Eve rechazó de inmediato la sugerencia. De ninguna manera se iría a su casa.

—No hay prueba de que sea otra cosa que una intoxicación por la comida. Quizá no haya dinero en esa caja de seguridad. O, quizá, Marie estuvo ahorrando dinero durante años y simplemente fue y lo depositó.

Él levantó una escéptica ceja.

—Me *gustaba* ella, Galen.

—Poca gente está completamente echada a perder. Algunos tienen sólo una veta o dos. Pero esas vetas pueden ser suficiente para dañar a uno. ¿Y qué del esqueleto que desapareció? ¿No la preocupa eso?

—Claro que me preocupa. Significa que hay alguien que no quiere que Melton identifique a este hombre. Pero la mayoría de los cráneos sobre los que trabajo son víctimas, y no es la primera vez que tengo este problema. Si debo detenerme cada vez que pienso que hay alguien que no quiere que yo haga el trabajo, nunca terminaría ninguna reconstrucción.

Galen estudió su rostro.

—Y usted siente curiosidad por esta reconstrucción, ¿no? Realmente quiere hacerla.

Ella asintió.

—Sí. Harold Bently suena como un hombre que hubiera admirado. Odio la idea de él terminando arrojado en un pantano como una bolsa de basura. Quiero saber... —se encogió de hombros—. Es intrigante.

—Quizá, demasiado intrigante —Galen se puso de pie—. Bien, seguiremos con el asunto. Sé que usted quiere hacerlo, no hay forma que yo la saque de esto. Pero no voy a desaparecer entre bambalinas como había planeado.

—Estoy seguro que eso hubiera sido una primicia.

—Puedo ser discreto —hizo una mueca—. No es tan divertido —se desplazó hacia la puerta—. Pero voy con usted cada día a la iglesia. Si soy su catador oficial de comida. Estaré con usted día y noche. ¿De acuerdo?

—Todo esto puede ser por nada.

—Pero usted se sentirá segura, ¿no? ¿Cómo podría no estarlo conmigo a cargo?

Eve realizó un sonido grosero.

—Eso fue poco delicado —él la miró por encima de su hombro—. ¿Está segura de que no debería contarle a Quinn sobre esto?

—Estoy segura.

Él le dio a su voz un tono burlón de escalofrío.

—Sólo verificando. La situación entre ustedes dos parece estar caldeándose.

Ella lo miró fijamente, desafiándolo.

—¿Qué sucede? ¿No puede manejarlo, Galen?

—Eso fue un golpe bajo. Usted es una mujer dura. Oí que creció en la calle. Lo creo.

—Dios los cría y ellos se juntan. Estoy segura de que Atlanta no es más duro que Liverpool.

—No, no lo es. —Galen asintió. —Está bien. No Quinn.

Ella observó la puerta que se cerraba detrás de él.

No *Quinn*.

Las palabras resonaban en su cabeza. Joe Quinn había sido parte de su vida durante tanto tiempo que la idea de que no estuviera era prácticamente incomprensible. Le llevaría tiempo comprender lo que significaba.

¿Podría acostumbrarse a que Joe no estuviera en su vida? Eve no estaba segura si lastimaría más cortar los lazos que los unían o vivir con lo que él había hecho. No lo sabía y no quería pensar en eso en este preciso momento. No quería pensar en otra cosa que no fuera en el trabajo que había venido a hacer. Haría la reconstrucción y, luego, quizá, mandaría buscar a Jane e irían a Nueva Orleans por un tiempo. Debía ver algo además del pequeño rincón de su mundo. No tenía que volver a casa.

Y la idea de Marie Letaux intentando asesinarla era tan estrafalaria como la espantosa imagen que Galen había formado para describir la forma en que podía haber muerto. Nadie podía ser tan cruel.

Sí, podían. El asesino de Bonnie había sido esa clase de monstruo y ella había conocido otros asesinos igualmente terribles. Era sólo que Eve no quería que esa clase de horror la rozara ahora cuando intentaba sobreponerse a su propio horror. No quería que eso fuera verdad.

Quizá no lo era. La experiencia de Galen lo hacía sospechar de todos y de todo. Bueno, dejemos que él sea desconfiado. Dejemos que la proteja. No provocaría ningún daño. No si le daba la libertad mental como para realizar su trabajo.

—Ya sé que usted no quería ninguna interferencia, Jules —dijo Melton—. Intenté que lo despidiera, pero fue muy obstinada al respecto. Quiero que sepa que no voy a quedarme con los brazos cruzados. Voy a llamar a algunas personas y ver qué clase de presión pueden ejercer para que él se retire del escenario.

—Déjelo —dijo Hebert—. No será un problema para nosotros.

Se hizo silencio al otro lado de la línea.

—Quizá debería enviarle un expediente sobre él.

—Ya tengo uno.

—¿Y no cree que puede causar problemas?

—Creo que causaría más problemas si intentamos deshacernos de él. Quiero que la mente de Duncan esté tranquila cuando trabaje con el cráneo. La presencia de Galen le asegurará sentirse a salvo y sin peligros.

—Sí, eso es importante. —Melton se quedó callado un momento. —Me inquietó cuando supe lo de la intoxicación por alimentos. ¿Fue un accidente?

—Claro que lo fue. —Era una verdad a medias. Era un accidente que Eve Duncan no hubiera muerto.

—Recién me han informado que hace unas horas encontraron a Marie Letaux muerta por intoxicación de alimentos.

—Entonces, eso debería probarle que fue un accidente.

—¿Debería? ¿Y qué de esas muertes del mes pasado? Se supone que fueron accidentes también.

—Y probablemente lo fueron —añadió Hebert burlonamente—.

Se está poniendo paranoico, Melton, últimamente, ¿está mirando por encima de su hombro?

—Tengo derecho a estar preocupado, diablos. —Una pausa. —Primero, Etienne, y ahora esto. Otro incidente muy curioso. Parecen rondarlo como nubes oscuras.

Hebert ignoró la insinuación.

—¿Está ella dudando de hacer la reconstrucción?

—Sí, pero creo que aún tiene entusiasmo para hacerla. Sólo tenemos que ejercer presión en el lugar adecuado.

—Eso es lo que necesitamos. Entusiasmo y... velocidad.

—Mañana saldrá del hospital y creo que quiere empezar a trabajar de inmediato.

—Eso es bueno. Me aseguraré de que así sea. Hágame saber si hay alguna otra cosa que puedo hacer para ayudar —Hebert colgó.

Melton tenía sospechas, pero no suficientes como para causarle a Jules ningún problema inmediato. Melton no haría nada hasta después de Boca Raton. La Camarilla necesitaba que las cosas se desarrollaran tranquilamente, y los preparativos anticipados requerirían tiempo y esfuerzo. No querrían a esta altura introducir a alguien nuevo.

Hebert se reclinó en la silla y se cubrió los ojos con la mano. Podía sentir el pánico que crecía dentro de él y debía aplastarlo. Había tenido que mentirle a Melton, pero las cosas aún estaban bajo control. Los hechos se sucedían uno tras otro y debía moverse rápido para impedir que esa ola lo atrapara y lo ahogara. Dios, Eve Duncan era fuerte. Había *sentido* su lucha por vivir. Malo que su lucha no fuera a servir, pensó él con tristeza.

Porque dado como estaban las cosas, no había forma en que él la dejara sobrevivir.

—Me asustaste, mamá —dijo Bonnie.

Eve miró al otro lado de la habitación del hospital y vio a Bonnie enrollada en una silla para las visitas que se hallaba junto a la ventana. La enfermera había apagado la luz hacía unos cuarenta minutos, pero la luz de la luna que caía como un chorro por la ven-

tana iluminaba el cabello castañorrojizo de Bonnie. Estaba muy oscuro como para ver las pecas que marchaban sobre su nariz. Su pequeño cuerpo estaba enfundado en un par de jeans y una camiseta con Bugs Bunny, como siempre que se le aparecía a Eve. Contuvo el amor que sintió surgir y le dijo de manera acusadora:

—No me dejaste partir, diablos.

—Te dije que no era tu hora. Y tú realmente no querías morir.

—No me digas lo que quiero hacer. ¿Quién es la madre aquí?

—Creo que todos estos años de "fantasmerío" me autorizan a realizar mi aporte —Bonnie suspiró—. Has sido muy desafiante, mamá. Aún no quieres admitir que no soy otra cosa que un sueño.

—Porque tus poderes así llamados fantasmales parecen ser bastante limitados. ¿"Fantasmerío"? ¿Qué clase de palabra es ésa? ¿Y si no querías que me muriera, por qué me dejaste comer ese guiso? Me hubiera ahorrado un dolor de estómago.

—Te he dicho que no puedo impedir que sucedan las cosas... no funciona así.

—Muy conveniente. Eso significa que nunca se te puede culpar. Bonnie se rió.

—Así es. Es una de las cosas buenas de ser un fantasma.

—¿Hay cosas malas, nena?

—Verte a ti. Estás destrozada. Sí, lo malo es intentar que no seas tan desgraciada. Pensé que estabas en la senda correcta, pero aquí estás deprimida y dolorida y a kilómetros de distancia de Joe.

—Joe me mintió. Sobre ti. Tu tumba ¿Por qué no me dijiste que no eras tú?

—Si soy un sueño, ¿cómo podría hacer eso? —sonrió abiertamente—. Te agarré.

—¿Por qué? —insistió Eve.

—Sabes la respuesta. No me importa en dónde está mi cuerpo. Yo estoy siempre contigo —hizo una pausa—. Y tú eras feliz pensando que yo estaba allí. Entonces, ¿por qué no sigues creyéndolo?

—Hablas como Joe. Es importante para mí. Te quiero en casa, Bonnie.

—Estoy en casa —suspiró Bonnie—. Pero tú eres demasiado obstinada como para creerlo. Lo haces muy difícil para mí. Y no *me gusta esta depresión. Eres una luchadora, pero anoche no luchaste hasta que yo te instigué. Que no suceda otra vez, mamá. Las cosas están muy... turbias. Quizá tengas que pelear arduamente y yo no esté a tu lado.*

—¿*Se supone que eso me hace sentir menos deprimida?*

—*Siempre me apareceré ante ti de esta manera, pero no puedes confiar en mí, mamá. Tú tienes a Joe y a Jane y a la abuela. ¿No te parece una suerte?* —*hizo un gesto*—. *Puedo sentir que te paralizas cuando menciono a Joe. Trata de superarlo, mamá.*

—*Tonterías.*

—*Está bien, hablaremos de otra cosa. Quiero que por la mañana te sientas bien.*

Eve siempre se sentía mejor después de los sueños. Habían comenzado dos años después de la muerte de Bonnie, y había veces que Eve sentía como si fuera lo que la había mantenido en su sano juicio. Probablemente, si le contaba algo así a un psiquiatra, la enviaría a la granja de recuperación más cercana. Bueno, al carajo los psiquiatras. No había nada que no fuera positivo en los sueños.

—*Si mis costillas aún me duelen tanto, no hay forma de que me sienta bien por la mañana.*

—*Estarán un poco mejor.* —*Bonnie se reclinó en la silla.* —*Éste es un lindo lugar. Me gustan esos pantanos. ¿Por qué nunca vinimos por aquí?*

—*No sé. Supongo que nunca llegó el momento.*

—*Bueno, la ciudad de Panamá era linda también. Me encantó el agua...*

—*Sé que así fue, nena.*

—*Hay muchas cosas que a uno le pueden gustar. Ahora, cuéntame sobre el cachorro de Jane. ¿Sarah se lo dio?*

—*Sí, y es un total granuja. Por supuesto, Jane piensa que es el animal más inteligente del universo. Habla de ir a la costa y conseguir que Sarah la ayude a entrenarlo...*

Capítulo cinco

—Está de mejor humor esta mañana. —Galen estudió la expresión de Eve mientras la ayudaba a meterse en el coche después de haber abandonado el hospital. —Y luce mucho más saludable. ¿Durmió bien?

—Cuando no soñaba.

—¿Pesadillas?

Ella negó con la cabeza.

—No, buenos sueños. —Levantó la vista al cielo azul brillante. —Es un día precioso.

Él asintió.

—Probablemente pueda tomarse el día para descansar. ¿Por qué no se sienta en el balcón y simplemente deja correr el tiempo?

La iglesia, oscura y acechante, obstruía su visión mientras ella yacía tirada en el piso del balcón.

—Quiero empezar a trabajar. ¿Descubrió algo más acerca de la muerte de Marie?

—Oficialmente es muerte por intoxicación por los alimentos. Causa cerrada.

—Ya veo.

—Yo no. Le pagué un pequeño chantaje a un empleado del departamento del juez de instrucción para echarle un vistazo al informe provisional.

—¿Y?

—Intoxicación por los alimentos —hizo una pausa—. Lo único un tanto fuera de lo común eran unas marcas en la parte superior de los brazos.

—¿Causadas por qué?

—No hay ninguna conclusión. Pero yo me preguntaba... ¿sogas?

—Pero eso no es lo que dice el juez de instrucción.

—No. —Galen se encogió de hombros. —En todo caso, el cuerpo ya ha sido devuelto y el funeral es mañana.

—¿Viene su hijo?

—Supongo que sí. Aquí es el pueblo natal de su madre ¿Por qué?

—Quiero verlo y expresarle mis condolencias.

—¿Qué? —Él hizo una mueca. —Creo que es de muy mala educación ofrecerle condolencias a la familia de alguien que intentó matarla.

—No creo que haya intentado matarme, y creo que a su hijo le gustaría saber lo que ella me dijo de la relación que tenían. En momentos como éste puede ayudar. Desearía ir al funeral.

—Está bien. Averiguaré cuándo y dónde. Me sorprende que quiera demorar el comienzo de su trabajo con el cráneo.

—El apoyo significa mucho para los sobrevivientes. Estos momentos son una pesadilla. Nadie lo sabe mejor que yo.

—Eso he oído. —El tono de voz de Galen era sobrio. —Su Bonnie.

—Mi Bonnie —habían estacionado frente a la casa y ella salió del coche—. Melton llamó al hospital y concertó en verme aquí a la una, luego irá conmigo a la iglesia. ¿Viene usted con nosotros?

—No me lo perdería —Galen observó cómo Eve abría la puerta principal y luego entraba en el vestíbulo. Echó una mirada al vestíbulo y comenzó a subir las escaleras. Eve lo seguía. —Los esqueletos son mis preferidos. ¿Le importaría si echo un vistazo en su dormitorio? Estuve aquí temprano y realicé una limpieza, pero me sentiría mejor si reviso de nuevo.

—¿Limpió ese desastre?

—Bueno, el ama de llaves no podía hacerlo. No quería que usted volviera y se encontrara con eso.

—Gracias. Es algo muy amable de su parte.

—Yo *soy* amable. —Abrió la puerta del dormitorio y examinó el lugar. —Mi mamá siempre decía que si uno quiere tener éxito en el mundo, debe hacerle a los demás lo mismo que le hacen a uno.

—No es exactamente lo que dice el refrán.

—Tiene más sentido de la manera que lo decía mamá. —Salió al balcón y miró el pantano. —Parece todo bien. Usted descanse. Revisaré el cuarto de baño y abajo, y luego le cocinaré un almuerzo liviano.

—No soy inválida. Yo lo haré.

—¿Está intentando eliminar mi trabajo? ¿Cómo puedo ser el jefe de los probadores de la reina si usted lo hace todo? —Se encaminó hacia la puerta. —A propósito, me mudé a la habitación contigua. Probé, y a través de estas finas paredes que parecen de papel, puedo oír prácticamente todo lo que sucede en esta habitación. Espero que usted no ronque...

Unos minutos más tarde, Eve oyó que él bajaba corriendo por las escaleras. Antes de abandonar el balcón, le propinó una mirada más a la iglesia. Era difícil quitarle la vista de encima. Supuso que era natural que la antigua estructura llamara la atención, y era lo último que había visto cuando pensó que iba a morirse. Esto había garantizado que atraparía su imaginación.

Eve se obligó a dar media vuelta y regresar al dormitorio. El ancho espacio de la cama era tentador. Era ridículo sentirse tan lastimada y cansada. Cuando había dejado el hospital pensó que se recuperaría mucho más pronto. Debía ignorar el cansancio y dirigirse a la ducha. Estaría bien una vez que se pusiera en marcha.

Bueno, quizá, sólo una corta siesta...

—Los zapatos fueron hechos por la Compañía Norton Shoe. —Carol Dunn arrojó el informe sobre el escritorio de Joe. —Es una empresa del sudeste con sucursales en Alabama y Louisiana. Número cuarenta y dos.

—¿La distribución? —preguntó Joe.

Ella sacudió la cabeza.

—Bastante en ambos estados, y en menor grado aquí, en Georgia. Con este tipo de suela delgada no son muy caros, así que se venden muy bien.

—Eso es fantástico —dijo él frunciendo el entrecejo—. ¿Qué de las marcas de los neumáticos?

—Firestone Affinity HP de quince pulgadas. Los neumáticos estándar en la nueva Saturn L-Trescientos.

—Gracias, Carol. —Joe leyó el informe. —Te debo una.

—Usted se debe una buena noche de sueño —respondió ella—. Jane llamó y me dijo que lo enviara a casa temprano.

—Ya voy —se puso de pie y se encaminó hacia la puerta—. ¿La llamaría y le diría que llevo comida china, pero que debo parar una vez más en mi camino?

—Cobarde.

—Bien. Ella es dura. —Echó una mirada por encima de su hombro. —¿Recibí hoy una llamada de George Capel cuando estaba fuera?

Carol sacudió la cabeza.

—¿No confía en los mensajes grabados?

—Soy un tipo anticuado. No creo en esos artefactos novedosos.

—Y tenía esperanzas de que no estuviera funcionando.

—No ha aparecido en el laboratorio de ADN durante una semana. Fui a su casa, la correspondencia se está apilando y no anuló la entrega del periódico.

—No suena bueno, pero puede haberse ido a dar un corto paseo. Ya ha sucedido.

—Sí, lo sé. Pero creo que es hora de hablar con sus vecinos.

—Está bien, llamaré a Jane —dijo Carol—. Pero usted mejor no se olvide la comida china.

Joe asintió y saludó con la mano mientras abandonaba la oficina. Llamó a Logan cuando llegó a su coche.

—¿Has sabido algo de Galen?

—No se comunicará conmigo a menos que tenga alguna razón. Él mismo organiza su propio show.

—Entonces, ¿no sabes si ella se encuentra bien?

—Hubiéramos sabido algo si hubo algún problema. Galen está con ella.

Y Joe no estaba con ella y esto lo estaba volviendo loco.

—¿Puede pedirle que dé informes regularmente?

—Galen no opera de esa manera.

—Entonces debería, carajo.

—Usted pidió a Galen, Quinn.

Porque él era el mejor, pero esto no significaba que la independencia de Galen no lo molestara tremendamente. Quería *saber*.

—¿Cómo van las cosas contigo? —preguntó Logan.

—Bien. Me mantengo ocupado. —No lo suficiente. Tres días le habían parecido como trescientos desde que Eve se había marchado. —Estoy intentando rastrear a Capel. Parece haber desaparecido.

—¿Crees que le pagaron para enviar ese informe a Eve y luego huyó?

—Puede ser. No intentó sacarme más dinero, así que debe de haber tenido otra fuente.

—¿Alguna idea?

—Alguien que quiere herirme a mí o a Eve. Probablemente a mí. Ella no tiene enemigos. Yo tengo carpetas de archivos repletos de ellos.

—Sorprendente —murmuró Logan.

—¿Tú no?

Logan no respondió.

—Te haré saber si sé algo de Galen.

—Quizá debería llamarlo. No, no importa.

—Buena elección. No querrá que Eve sepa que está controlándola. ¿Cómo está Jane?

—Fantástico. Mejor de lo que me merezco en este momento.

—Coincido. Adiós, Quinn.

Joe colgó y puso en marcha el coche. Entrevistar a los vecinos de Capel y luego ir a casa con Jane. No pienses en Eve a todos esos kilómetros de distancia en Baton Rouge.

Sucursales en Alabama y Louisiana.

Louisiana...

No arribes a conclusiones muy rápido. La profanación de la tumba puede no haber tenido nada que ver con el trabajo de reconstrucción de Eve en Baton Rouge. Pero a él no le gustaba el camino de la investigación que estaba tomando forma, carajo.

Y deseaba fervientemente poder conectarse con Galen sin que Eve supiera.

Haz tu trabajo. Encuentra a Capel y al hombre que lo sobornó.

Haz más averiguaciones sobre los neumáticos. Mantén a Jane lo más feliz posible. Intenta contenerte y no saltar a un avión y viajar para ver a Eve en Baton Rouge.

Y abriga la esperanza de que el tiempo cicatrice el abismo que se ha abierto entre ustedes.

—Me quedé dormida. —Eve bajó las escaleras, intentando acomodarse el cabello desgreñado. —Cielos, son las cinco y cuarto de la tarde. ¿Por qué no me despertó?

—Fácil. Usted necesitaba dormir. —Galen hizo una mueca. —Y yo necesitaba tiempo para preparar una comida a su altura.

—Tengo que ir a la iglesia. ¿No apareció Melton?

—Estuvo aquí puntualmente. Le dije que se marchara.

—Usted no tiene derecho a hacer eso.

—Le dije que podía encontrarnos delante de la iglesia a las seis. —Miró su reloj. —Eso le da cuarenta y cinco minutos para comer mi magnífica comida —hizo un gesto hacia el comedor—. No me gustan las comidas apresuradas; impide que se las aprecie. Pero lo acepto esta vez.

—Debió haberme despertado.

—Pierde su tiempo. No quiere hacer que nuestro honorable senador espere.

Ella lo siguió.

—Ya lo tuve esperando durante cuatro horas.

Galen hizo una mueca.

—Lo merece. —La sentó a la mesa, desplegó la servilleta y se la colocó en la falda. —Ahora comience con la ensalada de espinaca.

—Rotundamente no. —Ella saltó. —Galen, quiero ir a encontrarme con Melton. De todas maneras, no podría comer esta comida. Tengo todavía el estómago revuelto.

—Qué necio soy. Me dejé llevar por mi puro genio culinario. Está bien, quizás esta noche le prepare una sopa cuando regresemos de la iglesia.

—Puede que no regrese hoy por la noche. A menudo trabajo a esas horas.

—Y puede que sí. Aún se la ve pálida como un papel.

—Galen.

—No se preocupe. No estoy tratando de forzarla. A veces tomo ventaja de las circunstancias para hacer lo que quiero, pero respeto su voluntad.

—¿Es realmente buen cocinero?

—Comer es uno de los grandes placeres de la vida. Suaviza las asperezas.

Y la vida de Galen probablemente tenía una multitud de asperezas. La mirada de Eve se paseó del mantel blanco de damasco a las chispeantes velas color verde claro y, luego, a la delicada porcelana. Era tan diferente como el día y la noche a la comida íntima que hacía dos días había realizado en la cocina.

Y esa había sido su intención, se dio cuenta ella de repente. Él no había querido recordarle a Marie Letaux o a la última comida que había hecho en la casa.

—Estoy segura de que su comida era maravillosa. Gracias, Galen.

—De nada. Es malo que tenga que esperar un poco más para que me aprecie de verdad. —Le tomó el brazo. —Vayamos a la iglesia así usted deja de inquietarse.

Para su sorpresa, cuando llegaron, Melton estaba esperando impaciente afuera de la iglesia.

—Bien, llega temprano. ¿Está mejor? Galen dijo que no se sentía bien.

—Me siento mucho mejor. —Su mirada se dirigió a la puerta. —Esperaba que usted estuviera dentro.

—No tengo la llave. Estoy esperando a... Aquí está. —Su mirada se posó sobre un hombre de cabellos rubios rojizos que se apresuraba en dirección a ellos. —Él es Rick Vadim. Contraté a Rick para que la ayude aquí. Rick, ella es la señora Duncan.

El joven asintió y le sonrió a Eve.

—¿Cómo está, señora? Es un placer conocerla.

—Hola. Encantada de conocerlo. —Le estrechó la mano. —Él es Sean Galen. Es...

—El asistente de la señora Duncan —suministró Galen—. Hago que todo marche sobre ruedas.

—Entonces hay dos de nosotros —dijo Rick con solemnidad—. Ésa es también mi tarea.

—Rick ha sido contratado para asistir a la señora Duncan de todas las maneras posibles —dijo Melton.

—¿Es antropólogo forense? —preguntó Eve.

—No, no tengo conocimientos científicos. Pero soy muy bueno adquiriendo cosas y allanando el camino. —Abrió la puerta. —¿Le gustaría ver el cráneo?

—Por eso estoy aquí. —Eve echó una mirada al vestíbulo. Había esperado que el interior de la iglesia estuviera cubierto de polvo, pero estaba impecable. —¿En dónde está?

—La capilla principal —Rick hizo un gesto señalando la entrada en forma de arco—. Por aquí, por favor.

—¿La capilla?

—Parece más respetuoso —dijo Rick—. Por lo que he leído acerca de su trabajo, usted cree en ser respetuoso con aquellos que han fallecido.

—Sí, es cierto. Pero dudo de que sea capaz de trabajar en la capilla. Necesito una buena cantidad de luz, una mesa de trabajo y un pedestal para mi equipo.

—Ya he organizado un cuarto para usted. Creo que le agradará —abrió la puerta—. Aquí está.

Un enorme ataúd negro.

Ella se detuvo en seco en el umbral y lo miró fijamente. El ataúd dominaba el pequeño santuario.

—Esperaré aquí afuera —dijo Melton.

Eve sentía la misma extraña renuencia a acercarse al ataúd que él obviamente sentía. —Pensé que usted ya había sacado el cráneo del ataúd. No esperaba ver... Es muy... grande...

—Este ataúd está diseñado para proteger los restos de un daño y una decadencia mayores. Queríamos asegurarnos de que el cráneo se conservara perfectamente —dijo Rick con entusiasmo—. Créame, me disgustó que el esqueleto se haya perdido. Yo no estaba a cargo cuando sucedió eso.

—¿Perdido? —repitió Eve—. No creo que ése sería el término que yo utilizaría.

—Me parece increíble a mí también. Todo este asunto es completamente estrafalario. Pero no es un problema mío. Mi tarea es asegurarme que a partir de ahora nada salga mal. —Rick se adelantó hasta quedar de pie junto al ataúd. —Y me dijeron que el cráneo está en muy buenas condiciones. —Abrió la tapa y dio un paso a un costado. —¿Qué piensa?

—Pienso que necesito algo de luz. Apenas puedo ver. Está en penumbras aquí.

—Lo siento —rápidamente Rick encendió una vela del altar—. Tiene una hermosa luz y calor en la sala de trabajo. Lo preparé para usted. No sabía si iría a querer examinar detenidamente el cráneo aquí. Yo hubiera pensado...

Él estaba tan contrariado que Eve suavizó la impaciencia que sentía. —Está bien, Rick. Puedo llevar el cráneo a la casa.

—No, por favor, no haga eso. Créame, haré en ese cuarto todo lo que me pida —dijo Rick—. El senador quiere que el trabajo se realice aquí.

—¿Por qué? —preguntó Galen.

—Es una isla. El senador Melton se preocupó mucho por el esqueleto que desapareció. Quiere que la señora Duncan no corra riesgos, y la gente de seguridad que contrató dijo que la iglesia sería un lugar mucho más fácil de mantener protegido. Le prometo que haré todo lo que pueda para que la iglesia sea un lugar cómodo para usted.

—Eso demandará algún quehacer. —Galen se acercó, tomó una linterna de su bolsillo y enfocó dentro del ataúd. —Hace un frío terrible. Debe de haber humedad en cada molécula de este lugar.

—Está muy abrigado en la sala de trabajo.

—Está bien —dijo Eve de manera ausente, la mirada en el cráneo. Aún no podía ver muy bien, pero la luz de la linterna era mejor que nada. Aunque el cráneo estaba ennegrecido por el fuego, estaba intacto, excepto que no tenía dientes y la mandíbula estaba destrozada. Pero no había roturas ni pinchaduras visibles. Eso era una suerte.

—Es un hombre. Caucásico. El cráneo está sorprendentemente bien conservado. Podré trabajar con él.

—Ha sufrido una buena paliza —Galen señaló la línea de la mandíbula destrozada—. Y no hay dientes. Ha pasado por una batalla tremenda. Me recuerda esa película del gladiador.

—Cállese, Galen —dijo Eve—. Tengo que ser imparcial cuando hago la etapa final. No quiero que la cara parezca la de Russell Crowe.

—Fantástica película. —Galen miró a Rick y le guiñó un ojo. —Cuando ella no esté cerca, puede decirme quién cree que es.

Rick sonrió y sacudió la cabeza.

—Estoy tan a oscuras como usted. Sólo puedo suponer. —Se volvió a Eve. —Tengo un pedestal y dos mesas de trabajo en su estudio. Entiendo que necesita un video y un juego de ordenadores para realizar las rectificaciones. Me contacté con el Departamento Forense de la Universidad de Louisiana y creo que dejé todo bien organizado. Tan pronto como usted esté lista, le traeré el cráneo.

Él obviamente estaba dispuesto a sacarla rápidamente de la capilla y ponerla a trabajar. Su entusiasmo era su encanto, pero ella aún no estaba lista para dejar el cráneo.

—Galen, ¿por qué no va con Rick y revisa la sala de trabajo mientras yo intento darle un buen vistazo al cráneo?

—Claro. —Galen le entregó la linterna. —No es mi tarea más interesante, pero vivo para servir.

—Gracias. —Hizo brillar la linterna en la cavidad nasal. —Definitivamente caucásico...

—Vamos, Rick. No nos quieren aquí.

Eve era vagamente consciente de que se habían marchado y de que se hallaba sola en la capilla. No importaba. Sus sensaciones de malestar habían desaparecido en el mismo momento en que vio el cráneo. Era otro de aquellos que ya no estaban. No importaba si era Bently o algún pobre vagabundo. Al final, claramente, había sido tan víctima como la pequeña Carmelita, cuya reconstrucción ella recién había terminado. A juzgar por las condiciones del cráneo y por el hecho de que los dientes probablemente habían sido arrancados después de la muerte, él debía haber sido aún más víctima que ella.

Tiempo de empezar a conocerlo. Eve le tocó suavemente el hueso de la mejilla.

—¿Cómo te llamo?

Sabía que a cualquiera que no estuviera en el medio le parecería una locura, pero había establecido una costumbre y le daba a todos los sujetos un nombre. Cada uno tenía una historia propia y una vida. Se habían reído y habían sido amados por alguien, incluso este pobre guerrero golpeado. Obviamente, no había ganado la última batalla, pero abrigó la esperanza de que hubiera tenido su porción de victorias.

—¿Victor? No es un mal nombre —asintió—. Funciona para mí. —Con cuidado colocó nuevamente la tapa. —Te veo mañana, Victor. Y veremos qué podemos hacer para llevarte a casa.

—¿Lista? —Galen estaba en el umbral. —Rick ha hecho todo bien. Su sala de trabajo está maravillosamente equipada, mucha luz y calor. Limpio y reluciente como los cuarteles de reclutamiento de los soldados. ¿Quiere verla?

Ella comenzó a decir sí y luego se detuvo. Carajo, la energía que pensó que había recuperado estaba agotándose. Se acercó a él.

—No, confío en usted. Lo veo mañana cuando me mude.

—¿Mañana?

—Está bien, usted tenía razón acerca de que yo no me sentía completamente bien. Pensé que podía comenzar esta noche, pero estoy demasiado cansada. No puedo empezar cuando estoy así de débil. —Hizo una mueca. —Me alegraré cuando recupere todas mis fuerzas. Hoy por la tarde dormí esa larga siesta, pero, aun así, todo lo que quiero hacer es dormir.

—Entonces eso es lo que debe hacer. Me alegra que no insista en comenzar a trabajar esta noche.

—Ya comencé a trabajar. —Eve miró por encima de su hombro al negro ataúd. —Y agudo ingenio y una actitud alerta son esenciales para ordenar mi equipo y comenzar con las medidas. Victor puede esperar unas horas.

—¿Victor?

—El cráneo.

—Oh. —Galen no la miró mientras se encaminaban por el pasillo. —No quiero ser maleducado, ¿pero usted siempre habla con los cráneos?

—No. —Ella le dirigió una mirada frontal. —Soy muy selectiva.

—Está bien conmigo. Sólo pensé en preguntar. —Su mirada se depositó en Rick que estaba de pie junto a Melton en la puerta de entrada. —Rick parece ser un buen tipo. Inteligente también. Fue a la escuela en el Norte.

—Eso no me sorprende. Habla como un yanqui. ¿A dónde fue?

—Notre Dame. Gran fanático del fútbol.

—Va con el territorio. Tiene el aspecto del muchacho norteamericano, cabello rubio y mejillas rosadas. —Dejó a un lado el tema. —¿Averiguó cuándo es el funeral de Marie mañana?

—A las once. ¿Aún piensa ir?

Ella asintió.

—Comenzaré temprano y tomaré un descanso para ir al entierro. —Mientras Eve y Galen abandonaban la iglesia, ella extendió la mano en dirección a Rick, quien aún estaba esperando en la puerta de entrada junto a Melton. —Gracias por todo. Supongo que lo veré por la mañana.

—Será un placer —le estrechó la mano—. Tendré todo listo para usted. Observé que el cráneo está un poquito sucio, pero dejaré que usted lo limpie.

—Eso es absolutamente correcto. No queremos correr el riesgo de un daño mayor.

Él asintió solemnemente.

—Ciertamente, ¿hay algo más que puedo hacer?

Dios, era intenso. Pero ese entusiasmo casi infantil era dulce.

—No me hallará muy exigente. Sólo déjeme hacer mi trabajo.

Él sonrió.

—Nadie la molestará. Se lo prometo. —Se volvió a Galen: —Un honor, señor.

Galen pareció sorprenderse.

—Hasta luego, Rick —dijo en voz baja mientras él y Eve abandonaban la iglesia—. ¿Señor? ¿Me estoy poniendo tan viejo?

—Uno ya no ve esa clase de cortesía más. Creo que es reconfortante.

—No me respondió.

—¿Cuántos años tiene, Galen?

—Treinta y siete.

—Eso habilita. —Tuvo una repentina idea y se dio vuelta para mirar a Rick, quien continuaba hablando con Melton. —Rick.

Él interrumpió la conversación y la miró.

—¿Necesita algo? Sólo tiene que pedirlo.

—Un dragón para matar, El Santo Grial que encontrar —murmuró Galen sarcásticamente.

Ella lo ignoró.

—¿Estuvo usted aquí hace dos noches cuando vine a la iglesia, Rick?

Él frunció el entrecejo.

—¿Usted estuvo aquí antes?

—La primera noche que llegué a Baton Rouge. Vine y golpeé la puerta. Nadie respondió.

—Porque no había nadie. Estaba en la Universidad de Louisiana organizando para tener el equipo de video. Llegué ayer por la mañana. Hubiera respondido, si hubiera estado en la iglesia.

—¿No había nadie aquí?

Él sacudió la cabeza.

—Sólo los guardias patrullando los alrededores. Y supongo que se deben de haber dado cuenta que usted no era un intruso. ¿Pensó de verdad que había alguien dentro de la iglesia?

—No, supongo que no. Sólo que tuve la sensación... No importa. Lo veo por la mañana —se volvió a Melton—. Adiós, senador.

—¿Entiendo que va a aceptar el trabajo? No estaba seguro de que lo haría. Estoy muy agradecido.

—No lo hago por usted. Lo hago por ese hombre de familia.

El senador sonrió.

—Aun así, me siento agradecido. Me alegra de que todo esté funcionando bien. Usted tiene mi número de teléfono; por favor, llámeme si hay algún problema.

—Puede estar seguro. Vamos, Galen —Eve se encaminó al puente.

—¿Vio algo que la condujo a creer que había alguien aquí esa noche? —preguntó Galen.

—No, fue sólo una sensación.

Él se rió entre dientes.

—Quizá fue el fantasma de nuestro gladiador.

—No creo en fantasmas.

—Eso, probablemente, es bueno. Considerando la cantidad de esqueletos con los que trata, podría convertirse en un caso de camisa de fuerza.

Ella desvió la mirada.

—¿Usted cree en fantasmas?

—Yo *no* descreo de ellos. Creo que todo es posible. Sólo tienen que mostrármelos —sonrió—. Y, hasta ahora, nuestros fantasmales amigos no han estado en forma como para manifestarse delante de mí.

—La mente ve lo que quiere ver. Todo es la imaginación... o sueños.

—¿Sueños?

Eve cambió el tema.

—Y deje de llamarlo el gladiador.

—Está bien. Su nombre es Victor. ¿No es así como lo llamó?

Eve se dio vuelta para mirar a la iglesia. Melton y Rick debían haber entrado. La puerta estaba cerrada, y la entrada había recobrado ese aire de prohibido secreto que ella había notado la primera vez que la vio.

Bueno, se suponía que los secretos eran para resolverse, y mañana ella comenzaría.

—Sí, su nombre es Victor.

—¿Lo harías? —preguntó Joe—. Todo lo que pido es una de tus tardes. Simplemente ven conmigo hasta lo de los vecinos de Capel y deja que te describan al tipo.

—No trates de engañarme. Eso es sólo el comienzo —Lenny Tyson dibujó en una línea junto a las dilatadas fosas nasales de la mujer de su boceto—. Luego el verdadero trabajo comienza y en este momento estoy abrumado. Lo sabes, Joe.

—Un favor, Lenny.

Tyson levantó la vista del boceto.

—¿Por qué?, ¿es el tipo un asesino de masas o algo así?

Joe sacudió la cabeza.

—Esto no es un asunto de la oficina, es personal. Te pagaré el doble de lo que te pagan por realizar los bocetos. Dos vecinos vieron a George Capel el día antes de su desaparición. Entró en su departamento con un hombre pequeño de cabello oscuro de unos veintipico o treinta años. Salieron unas horas después juntos en el coche. Se lo vio más tarde ese mismo día en el Banco en donde tiene su caja de seguridad. El mismo hombre lo acompañaba. Eso fue hace casi una semana.

—¿Y tú quieres que dibuje un boceto del amigo de Capel?

—Vamos, Lenny. ¿Cuánto puede llevarte?

—Depende de la buena memoria que tengan los vecinos. —Tyson se reclinó en la silla.

—Siete días es mucho tiempo. Es muy prometedor que recuerden el color de su cabello y que no era un hombre corpulento. ¿Cuán exacto debe ser?

—Quiero intentar compararlo con las fotografías de los archivos.

—Ay. Eso es difícil.

—¿Lo harás?

—¿El doble de lo que me pagan?

—Tres veces.

Lenny suspiró, se puso de pie y tomó su maletín artístico.

—Vamos.

Capítulo seis

Cuando Eve entró en la sala de trabajo a las siete de la mañana del día siguiente, el cráneo de Victor estaba colocado en un pedestal.

—Le dije que tendría todo preparado. —Rick sonrió mientras con un gesto señalaba la pequeña habitación. —Están las mesas de trabajo, y conseguí el pedestal de un escultor que vive aquí en Baton Rouge. ¿Está bien?

—Muy bien.

—¿Y el equipo de video?

—Verificaré eso más tarde. Es la última etapa. —Eve colocó su maletín sobre la mesa. —Ahora, si me consigue algunas toallas y un recipiente con agua, podré comenzar a trabajar.

—Parece como si fuera a operar o traer al mundo un niño. —Galen apareció en el umbral de la puerta.

Rick se rió entre dientes mientras salía de la habitación.

—Hay similitudes en ambos casos. —Eve se arremangó las dos mangas de su camisa blanca suelta. —Me preguntaba esta mañana en dónde se hallaría usted.

—Estuve hablando por teléfono la mayor parte de la noche. La seguí con los ojos desde mi balcón cuando se marchó de la casa.

—¿Por qué estuvo hablando por teléfono?

—Investigando. Para mi gusto Melton es un poquito tramposo. Así que llamé a algunos contactos —hizo un gesto—. Pero parece que Melton está diciendo la verdad en todos los frentes. Bently desapareció hace dos años, y todo lo que le dijeron sobre él parece coincidir. Ciudadano modelo, esposo y padre. Según se dice, era genuinamente un buen tipo. El sheriff Bouvier es un oficial respetable y le entregó el esqueleto a Melton.

—¿Esqueleto?

—Bouvier no sabía nada acerca de la desaparición del esqueleto. Melton le prometió que conseguiría un experto rápidamente para hacer una prueba de ADN y luego, calladamente, le devolvería los restos. Cuando le conté a Bouvier que podía haber algunas piezas que habían desaparecido, se puso loco. Está en juego su trabajo. Cuando se calmó, dijo que se contactaría con el senador y que estaba seguro de que Melton utilizaría su influencia para que se encontrara el esqueleto y se lo devolvieran. Estaba repleto de excusas y cantaba loas del senador. Está sólidamente afirmado en el campo de Melton.

—Usted parece desilusionado que la historia de Melton resultara verdad.

Galen se encogió de hombros.

—Tengo una fea sensación sobre todo esto.

—Si encontramos algún problema, yo siempre puedo dejar todo e irme a casa —pero ella no quería irse a su casa. No tenía intenciones de regresar y enfrentar la situación de la cual había escapado. Quería trabajar hasta caer exhausta y, luego, trabajar más.

—¿Está segura de que no puedo persuadirla para salir de aquí? Llamaré y veré si puedo conseguir dos pasajes a Atlanta.

—¿Dos?

—Mi trabajo no terminó. Estaré con usted hasta que esté seguro de que no hay más peligro.

—No andaré por más tiempo con un guardaespaldas, Galen.

—Sólo hasta que esté seguro. ¿El aeropuerto?

Eve lo pensó. No subestimaba el poder de los instintos de Galen, pero no había ninguna razón firme para pensar que no sería capaz de finalizar este trabajo sin correr riesgos. Verdad, su intoxicación con la comida era preocupante, pero ahora estaba bien custodiada por Galen y por los hombres que había visto en los alrededores de la iglesia esa misma mañana.

Y a ella no le gustaba la idea de alguien matando a un hombre, como Galen había descripto, y marchándose sin ser castigado. Uno no podía castigar un crimen sin identificar a la víctima. Y ése era su trabajo.

—No hasta que esté segura de que hay una razón para irme. —Se volvió al cráneo. —Ahora, váyase por un rato. Necesito empezar a trabajar.

—Está terriblemente sucio —Galen tocó el barro de la frente de Victor—. Una suciedad de aspecto extraño, ¿no?

Ella se encogió de hombros.

—La suciedad es suciedad.

—¿Podrá sacársela toda?

—La mayor parte. No trataré de sacarle todo de las cavidades. Podría causar más roturas —hizo un ademán para que él se fuera—. Váyase. Quiero comenzar a limpiar a Victor antes de que sea la hora de que me lleve al entierro de Marie.

—¿Aún piensa ir?

—¿Por qué no debería? Uno, pudo haber sido un accidente. Dos, si no lo fue, quizás alguna otra persona añadió algo en los ingredientes que Marie trajo a la casa. Si ella es inocente, entonces, la mataron para impedir que hablara, o para que mi dolencia pareciera un accidente. No una linda idea, ¿es así?

—Asesinato es aún menos lindo —Galen sonrió—. Pero usted quiere creer lo mejor de Marie. Entonces, vaya al entierro. No le hará daño.

Después de que Galen se hubo marchado, Eve se volvió a Victor y comenzó cuidadosamente a raspar la suciedad del cráneo.

Extraña suciedad.

Hizo una pausa y la miró. Era extraña. Diminutas astillas blancas parecían incustradas en un espeso barro negro y lo hacían aparecer más liviano.

Olvídalo. Quizá, toda la suciedad en el distrito del sheriff Bouvier era así. Si no era así, la policía lo hubiera notado. No era asunto suyo.

Olvídate y haz tu trabajo.

El hijo de Marie Letaux, Pierre, era alto, bien parecido y lucía visiblemente devastado por la muerte de su madre. Estaba rodeado de amigos y parientes cuando Eve se acercó a él después de la ceremonia en la pequeña iglesia.

Eve extendió la mano.

—Soy Eve Duncan. Quisiera expresarle mis condolencias. No conocía a su madre muy bien, pero puede que yo haya sido la última persona que la vio con vida. ¿Le contó ella que aceptaba un trabajo conmigo?

Pierre asintió.

—Estaba muy entusiasmada. Sabía que usted era alguien importante.

—No realmente.

—El señor Tanzer dijo que usted era famosa. A ella le gustaba la idea de trabajar para una mujer que había hecho algo con su vida. —Sus ojos se llenaron de lágrimas—. Mamá quería ser famosa. No se lo había dicho, pero cuando saliera de la escuela de medicina y empezara a atender, le iba a poner su propio restaurante. Debería habérselo contado —su voz se quebró—. Ojalá se lo hubiera dicho. Iba a ser una sorpresa.

—Ella sabía que la amabas. Estaba muy orgullosa de ti. —Eve miró el ataúd cubierto de flores que había sido colocado sobre un armazón color gris. —Ella quería fervientemente que terminaras tus estudios.

Pierre asintió con una convulsión.

—Siempre estaba pensando en maneras de ayudarme. Me llamó la noche anterior a morir y me dijo que no me preocupara, que había encontrado la manera de conseguir el dinero para mis estudios. Que todo saldría bien.

—¿Lo hizo?

Él asintió, la mirada se posó en el ataúd.

—Lo siento, tengo que irme ahora.

—Por supuesto. Espero que en el futuro todo te salga bien.

—Ahora no puedo pensar en otra cosa que no sea mamá. Es muy difícil para mí. Anoche, cuando revisé sus cosas, pensé que se me rompería el corazón. Tantos recuerdos… —trató de sonreír—. Pero mañana regresaré a la escuela e intentaré fervientemente convertirme en alguien de quien ella estaría orgullosa. Gracias por todos sus buenos deseos —se dio vuelta y se dirigió al ataúd.

—Buen muchacho —Galen se había acercado y estaba junto a ella.

Ella observó el ataúd que se desplazaba lentamente por el cementerio hasta la tumba en donde Marie sería enterrada.

—Sí.

La tomó del codo.

—¿Lista para partir?

Ella asintió, la mirada todavía fija en el ataúd.

—¿Escuchó lo que él contó sobre el llamado de su madre?

—Sí.

—¿No va a decir nada?

—Usted sacará sus propias conclusiones. Odio decir que yo se lo dije.

—Puede que no signifique nada. —Las manos apretadas en forma de puños. —Carajo, no quise creerlo. Aún no quiero creerlo.

—Por otro lado, el joven Letaux puede encontrarse con una agradable sorpresa cuando abra la caja de seguridad. —Galen condujo suavemente a Eve hasta el coche. —Ahora, ¿qué tal si almorzamos y damos una pequeña vuelta por la ciudad antes de que la lleve de regreso a la casa? Creo que necesita despejarse.

—Está bien. —Echó una mirada final por encima de su hombro al ataúd y al hijo de Marie, quien le iba a decir el adiós final a su amada madre. Y Marie también lo había amado.

¿Suficiente como para hacer por él algo tan terrible?

—Déje de preocuparse —dijo Galen—. Nunca arruine una buena comida con malos pensamientos. Cuénteme sobre su hija Jane. Escuché que el año pasado tomó mi puesto como enfermera después que yo me marché de la cabaña de Sarah Patrick en Phoenix. No disminuya mi ego diciéndome que hizo un trabajo tan bueno como el mío.

—Bueno, Sarah debe haber pensado que lo hizo bastante bien. Jane consiguió un cachorro.

—¿Considera eso bueno o malo?

Eve sonrió.

—Bueno. El cachorro es puro Monty... espero. No he visto ninguna señal salvaje en Toby.

—Muy malo. Nunca he visto nada malo en un toque de tigre. Hace que la mezcla sea más interesante.

—No estoy de acuerdo.

—Creo que es cierto. Usted eligió a Quinn.

Sí, Joe tenía algo de pequeño tigre en él, pero ella no lo había visto el pasado año. Ella no había visto otra cosa que amor y compañía y camaradería. Había sido algo mágico. No, mejor que mágico, porque había sido honesto y verdadero.

Al menos ella creía que había sido honesto.

Frenó el súbito dolor. ¿Sería alguna vez capaz de pensar en Joe sin sentir dolor? Cambió de tema.

—¿A dónde vamos a comer? Nada pesado. Siento todavía el estómago como si Evander Holyfield le estuviera pegando.

La caja de seguridad.

Eve se sentó erguida en la cama, el corazón le latía aceleradamente.

—¡Galen!

—La oí —gritó Galen desde la habitación contigua. Estuvo allí en cuestión de segundos. —¿Qué sucede? ¿Vio algo...?

—La caja de seguridad. Estaba dormida, pero me desperté y...

—Cálmese. Recobre el aliento. —Se sentó en la cama junto a ella y colocó el revólver que llevaba en la mesita de luz. —¿Una pesadilla?

—No. Debe de haber quedado en el fondo de mi mente y... la caja de seguridad de Marie. Usted pensó que probablemente contenía un soborno y que quien fuera que me envenenó intentaba asegurarse de que pareciera un accidente. Era importante para él no llamar la atención de por qué se había cometido ese acto.

—¿Y?

—Pierre, su hijo. Regresa a Nueva Orleans mañana por la mañana. Quería terminar con todos los detalles. Hay una buena posibilidad de que haya ido al Banco hoy a la tarde y haya intentado terminar con todo eso. Si había una enorme suma en la caja de seguridad, habría enviado una señal, ¿no?

—Usted está pensando que alguien quizá quiera detenerlo para que no informe de ese dinero.

Eve se humedeció los labios.

—Oh, Dios, espero que no. —Se puso de pie. —Quiero ir a verlo. Me vestiré. ¿Llama a la casa de Marie y ve si puede alcanzarlo?

—¿Tiene usted el número?

—No.

—Llamaré a información —Galen se dirigió al teléfono sobre la mesita de noche y encendió la luz.

Eve pestañeó.

—Está desnudo.

—Usted gritó. No iba a perder tiempo vistiéndome. —Habló en el teléfono y luego echó una mirada por encima del hombro. —Muévase.

No fue necesario que se lo dijera dos veces. Salió rápido de la cama y fue por el pasillo hasta el cuarto de baño.

Cuando salió cinco minutos después, Galen dejaba su habitación y estaba metiéndose la camisa dentro de los pantalones.

—Pierre no respondió —la miró—. Mire, puede ser una falsa alarma, pero cuando lleguemos allí, yo estoy a cargo. Usted no hace nada a menos que yo le diga. ¿Sí?

—Lo escuché. Apresúrese.

Nadie respondió cuando golpearon la puerta.

—Es posible que haya decidido salir temprano —dijo Galen—. O, quizás, estar aquí le traía demasiados recuerdos.

—No me gusta —dijo Eve—. ¿Está la puerta cerrada con llave?

—Sí. —Galen torció la manija un segundo. —Pero si la hace sentirse mejor… —la puerta se abrió—. Yo voy primero. Usted se queda aquí hasta que yo la llame. Si ve algo, me llama.

—Quiero… —Eve asintió con impaciencia—. Apresúrese. Si no está aquí, necesito rastrearlo en algún hotel.

—Me apresuraré —Galen desapareció dentro de la casa.

Eve no quería esperar afuera. Miró inquieta por encima de su hombro las ventanas de las casas a ambos lados de la calle. Oscuridad, silencio.

Observaban.

Tonterías. Nadie observaba.

—Venga. —Galen regresó. —No hay peligro.

—¿Está aquí?

—Está aquí —cerró la puerta—. Pero puede que usted no quiera verlo. No es una linda imagen. Tiene la cabeza destrozada.

La sacudió el horror.

—¿Qué?

—Allí, sobre el escritorio al otro lado de la sala.

Las luces estaban apagadas, pero pudo ver una figura poco nítida desplomada sobre el escritorio.

—¿Pierre?

—Por lo que puedo ver.

—Asesinado.

—Está preparado para que parezca un suicidio. La pistola está aún en sus manos. Puede que realmente él haya accionado el gatillo.

—Como Marie fue obligada a comer el guiso —dijo ella en un tono monótono.

—Correcto.

—Quiero verlo.

—¿Está segura?

—No será el primer cadáver que vea, Galen.

—Lo sé, pero debo luchar contra mis instintos protectores. —Encendió la lámpara junto a la puerta. —No toque nada.

Sangre y materia gris estaban desparramadas por doquier. Se obligó a caminar hacia adelante hasta que quedó frente al escritorio. Varias fotografías de la madre de Pierre estaban distribuidas sobre el escritorio frente a él. A un costado, yacía una pila de cartas manchadas de sangre.

—Parece —Eve tragó con dificultad para aliviar la tirantez que sentía en la garganta— como si él hubiera estado revisando sus cosas. Y se hubiera abatido y se hubiera quitado la vida. Todo el mundo en el entierro testificaría lo desolado que estaba. Muy bien montado. ¿O usted cree que él realmente hizo esto?

Eve sacudió la cabeza.

—Él quería que todo el trabajo duro de su madre valiera la pena. No haría... —Tuvo que salir del lugar. Se volvió y se encaminó hacia la puerta. —No fue él, alguna otra persona lo hizo.

—Eso es lo que pensé. —Galen la siguió, deteniéndose sólo para limpiar sus huellas dactilares de la lámpara y la manija de la puerta mientras esperaba afuera. —Pero el veredicto probablemente será suicidio.

Eve lanzó un suspiro profundo y tembloroso mientras se dirigía a la calle.

—Podemos contarle a la policía sobre Marie.

—¿Sin otra evidencia real que esos moretones? Usted no quería creer que la muerte de Marie Letaux no fue un accidente.

—Supongo que él fue al Banco hoy —dijo ella en un tono monótono.

—Dudo que estuviera muerto si no hubiera descubierto la caja de seguridad con el dinero. Debe de haber tenido tiempo de revisarla, o no hubiera sido una amenaza.

—Era tan joven...

—Sí, apesta —Galen tomó el codo de Eve—. Salgamos de aquí. Si alguien nos ve por aquí, pueden decidir que no fue un suicidio y apuntarnos como sospechosos. Usted puede estar por encima de toda sospecha, pero yo no.

—Siéntese —Galen empujó a Eve en una de las sillas de la cocina y puso la pava a calentar—. Le haré un poco de café.

—Estoy bien. —Eve mentía. No estaba bien. En todo lo que podía pensar era en ese bello joven que ya no era más bello. Pierre, cuya vida se había acortado de manera tan brutal.

—Entonces, hágame compañía. —Encendió la cocina y tomó el café instantáneo. —Estoy muy sensible. La sangre siempre me perturba.

Ella intentó sonreír.

—Mentiroso.

—Soy sensible. Hay sólo una capa de piel que cicatriza. —Sacó dos tazas del estante y puso cucharadas de café dentro. —Y la sangre hace... un enchastre. Debe ser derramada sólo cuando es necesario. Hay tantos métodos más prolijos. —Miró por encima del hombro e hizo una mueca. —Y eso la afectó. ¿Esperaba que yo la calmara? Usted es demasiado dura para algo así.

—¿Lo soy?

—Claro. Por supuesto, Quinn la hubiera consolado. Pero no aceptaría eso de mi parte. —Echó agua hirviendo en las tazas y se sentó frente a ella. —Así que, en su lugar, tómese una taza de café.

A pesar de lo que decía, intentaba consolarla. Ella bebió un sorbo.

—Me sorprende que un *gourmet* como usted tolere el café instantáneo.

—Es rápido —se reclinó en la silla—. Y puedo tolerar cualquier cosa. Estoy acostumbrado a salir del paso.

—Es bueno —tomó otro sorbo—. Yo… necesitaba esto. Supongo que estoy bastante conmocionada. *Odio* la muerte. Peleamos y peleamos y todavía no hay nada que podamos hacer al respecto.

—A veces, hay. Personalmente, tengo intenciones de vivir por lo menos hasta los ciento cincuenta años. Me figuro que con todos los avances que están sucediendo voy a poder tener agilidad a esa edad.

—Pierre era tan joven. Hay algo incluso más terrible cuando muere un joven.

—Como su Bonnie.

—Sí. —Eve miró dentro de la taza. —Como mi pequeña nena.

Galen se quedó en silencio.

Eve lanzó un suspiro tembloroso.

—Y odio a esos monstruos que arrebatan la vida de los jóvenes. Quiero alcanzarlos y agarrarlos de la garganta. Quiero gritarles lo injusto que es que se roben esos maravillosos y resplandecientes años. Es cruel y horrible… Mierda. —Las lágrimas corrían por sus mejillas. —Lo siento. No quise…

Galen estaba de rodillas junto a su silla.

—Eh, no me haga esto —la tomó entre sus brazos y la meció suavemente—. Está destrozando todo mi tejido que cicatriza. —Sintió que ella se ponía tiesa y, de inmediato, la soltó y se quedó en cuclillas. —Dejemos esto en claro ahora mismo. No estoy tratando de sacar ventaja de un mal momento. Son nuevamente mis naturales instintos. Una mujer llora y yo reacciono —la miró a los ojos—. Pero sé la diferencia entre un momento de vulnerabilidad y el verdadero sentimiento. Usted me gusta, la respeto y si me dejo llevar, la encontraría seductora. Pero usted no está disponible. Está tan claro que muy bien podría andar con un cartel. Así que soy su protector, su amigo y, a veces, un hombro en donde reclinarse. ¿Entiende?

Eve lanzó una sonrisa temblorosa.

—Entiendo.

Él sonrió.

—Al menos esta breve aclaración logró algo. Usted ya no llora —lanzó un dramático suspiro de alivio—. No soporto las lágrimas. Me destrozan.

—Lo recordaré. Puede ser muy útil. —Eve se puso de pie. —Voy a la cama. Mañana empiezo muy temprano.

Galen miró su reloj.

—Mañana ya llegó. ¿El aeropuerto?

—Diablos, no —se encaminó a la puerta—. No van a salirse con la suya después de haber matado a ese muchacho. Van a pagar por ello. Voy a darle a Victor una cara.

Capítulo siete

—¿Puedo entrar? —preguntó Galen.

Eve levantó la vista del cráneo.

—Si no me habla.

—Unas pocas palabras. ¿En dónde está Rick?

Ella se encogió de hombros.

—Por alguna parte. Hace un par de horas me trajo un café. ¿Por qué?

—Sólo verificando. A menudo es tan atento que hace que me preocupe y pienso que voy a perder mi trabajo.

—Es posible que sea atento, pero es callado y discreto. Apenas sé que está a mi alrededor.

—Dudo de que usted lo notara aunque él anduviera corriendo y tocando el tambor. Puedo ver que está atrapada por este proyecto. Nunca vi a nadie tan obsesionado.

—Es lo que hago —su trabajo la había salvado de la profunda desesperación y la había ayudado a mantenerse sana después del asesinato de Bonnie. Era su salvación y su pasión.

—Pensé que le informaría de algunas cosas que me enteré de Bently.

—Creí que ya me había contado todo.

—Sólo aquello obvio. Decidí investigar un poco más. No me gusta confiar sólo en lo que es obvio.

—Entonces, ¿qué descubrió?

—Era un ardiente defensor del medio ambiente, apasionado por la energía solar y la limpieza de los ríos.

—¿Y?

—Eso lo convertiría en blanco de un gran número de grupos de energía. ¿Y si planeaba presentarse en una plataforma que molestaría a gente muy importante?

—Está otra vez con esos "si".

—No puedo evitarlo. Es un juego que debo jugar. Es mi naturaleza desconfiada. —Galen sonrió—. Pero al menos usted debe sentirse aliviada de que Bently resulte una persona excelente.

—¿Por qué?

—Porque es obvio que usted se ha involucrado tanto emocionalmente con ese cráneo que le daría una increíble satisfacción si Victor resultara ser un buen tipo.

—En cualquier caso, no me impediría continuar con mi trabajo.

Galen ladeó la cabeza y miró de manera estimativa al cráneo.

—No parece que esté a punto de terminar. Parece un muñeco de vudú. ¿Qué son todos esos palitos sobre el cráneo?

—Son señaladores de la profundidad del tejido. Corto cada señalador de la medida adecuada y lo pego sobre el área específica del rostro. Hay más de veinte puntos en el cráneo por lo cual se conoce la profundidad del tejido. —Cuidadosamente colocó otro señalador. —Éstos son gráficos antropológicos que proporcionan una medida específica de cada punto.

—Entonces, ¿su trabajo es en la mayor parte tomar medidas?

—No, ésa es la parte más lenta. Hago tiras de plastilina y las coloco entre los señaladores y luego las armo hasta el nivel de profundidad del tejido, después aliso y relleno y trabajo con el cráneo hasta que me encuentro satisfecha. La última etapa es la más importante. Es por eso que no puedo mirar fotografías de los sujetos. No puedo siquiera permitir influir el inconsciente.

—Bueno, por el momento, no corre ese riesgo. Pero yo planeo ir a la oficina del periódico y conseguir una foto.

—Bueno, guárdela hasta que yo termine.

—¿Cuándo será eso?

—El tiempo que me lleve. Cinco o seis días, quizás —lo miró—. ¿Alguna noticia sobre Pierre?

—Una historia en la página cinco del periódico acerca del suicidio de Pierre Letaux, quien aparentemente estaba abatido por la muerte de su madre.

—Usted dijo que la policía no la cuestionaría.

—Admito que no quería estar acertado en este caso. —Se encogió de hombros. —Pero, a veces, los malos tipos ganan.

—No esta vez. —Colocó otro señalador. —Ahora váyase y déjeme trabajar.

—Estoy en camino —hizo una pausa—. Usted sabe que podemos llamar a Melton y decirle que pensamos que las muertes de Marie y de Pierre pueden no ser lo que parecen.

—Lo pensé. Y él me asegurará que estoy errada y que los informes policiales son acertados.

—Puede ser.

—Y en este preciso momento no necesito tener trato con Melton.

—No pensaría algo así. Puede interferir con Victor y usted no permitiría que algo así suceda. ¿Está Rick alimentándola?

—Cuando lo dejo. —Enarcó una ceja. —Parece que mi probador de comida no ha estado en su puesto.

—Rick no permitiría que nada le suceda. Al menos, no hasta que haya concluido con Victor. Nunca he visto a nadie más determinado en facilitarle el trabajo a uno. Y yo cocinaré esta noche para mí.

—Eso es reconfortante.

—Debería ser más que reconfortante. Debería sentirse sin aliento debido a la expectativa.

—No tengo tiempo.

—Está bien, olvídese de deleitarse con mi exquisita cocina. —Dio media vuelta para marcharse. —Yo también quiero que este trabajo esté terminado rápidamente.

Él no podía estar más ansioso que ella, pensó Eve al verlo marcharse. Desde que hacía dos noches había visto el cuerpo de Pierre, se había determinado a finalizar la reconstrucción.

Quizás incluso antes de eso. Había tan poca gente verdaderamente buena; Bently podía haber sido uno de esos raros individuos.

Colocó otro señalador.

—Estamos llegando, Victor —murmuró—. Galen piensa que puedes haber sido una especie de mártir, pero yo tengo que tener cuidado y no prestar demasiada atención. Puede que hayas sido simplemente un soldado o un vagabundo o cualquier otra víctima. No importa. También mereces que te lleven a casa...

—No identificación, teniente —el oficial Krakow se encogió de hombros—. Y no vamos a conseguir que nadie lo reconozca. Los muchachos forenses dijeron que está muerto desde hace por lo menos cuatro días, con el rostro en el agua de esa cloaca.

—¿Cuatro días? —La mirada de Joe bajó de la colina hasta el grupo de forenses que se apiñaban alrededor de la entrada del caño de la cloaca.

—Puede ser más tiempo. Usted sabe que es difícil de determinar cuando el cadáver ha estado a la intemperie. Debemos esperar al examinador médico.

—¿Qué clase de ropas lleva?

—Una camisa de algodón Oxford. Sin corbata, pero buenos pantalones a medida. Aparenta ser un profesional. Definitivamente no es uno de los vagabundos. —Krakow miró a Joe con curiosidad. —Éste no es su caso, ¿no, señor? ¿Está buscando a alguien en particular?

—Quizá, gracias, Krakow. —Joe empezó a bajar la colina, podía ver el cuerpo desparramado y el tamaño parecía el adecuado. Capel había sido un hombre corpulento que estaba perdiendo su cabello color castaño, pero él no podía ver el cabello desde allí. Profesional describía a George Capel, y él debía ahora chequear el marco temporal. Las condiciones lo eran todo en cuanto a la descomposición se refería. Él había visto sacar a una mujer del baúl de un coche tan sólo siete horas después; hubiera jurado que estaba muerta hacía días.

No tenía por qué ser Capel. Le pidió a Dios que no fuera. Si ese cadáver era George Capel, conduciría todo este lío a un nuevo y peligroso nivel.

—Hola, teniente. —Sam Rowley elevó la vista al verlo acercarse. —Parece que tenemos uno para usted.

Joe bajó la vista al cadáver. El cabello era castaño claro, pero no podía decir si lo estaba perdiendo debido al rostro hinchado, desfigurado.

—¿Homicidio?

—Aparenta haber una herida de cuchillo en la espalda. Hay múltiples heridas en el cuerpo, pero es difícil determinar si fueron hechas antes o después de la muerte. Ha estado aquí a la intemperie un buen rato.

—Necesito saber quién es. ¿Huellas?

—Puede que sea difícil verificarlas con las manos tan hinchadas. Probablemente debamos recurrir a los dientes.

—¿Cuánto tiempo demorará?

—El laboratorio está atestado de trabajo. Dos semanas, quizás.

—Necesito saber ahora, Sam.

Sam sacudió la cabeza.

—Hable con los técnicos del laboratorio. Sabe que yo no puedo hacer nada.

—Lo haré. —Joe dio media vuelta y volvió a subir por la colina.

Una herida de cuchillo en la espalda. Otras múltiples heridas.

Los músculos del estómago se le retorcieron al entrar de vuelta en el coche. No debía entrar en pánico todavía. Se dirigiría a los cuarteles y movería todas las influencias para conseguir la identificación ahora mismo.

Dios, esperaba que no fuese Capel.

—¿Cuánto le falta? —preguntó Galen mientras esa noche le servía un café a Eve—. ¿Ha concluido la etapa vudú?

—Mañana. Tengo que ir muy despacio para obtener una base totalmente verdadera. —Eve se llevó la taza a los labios. —Fue una muy buena comida, Galen.

—Fue una magnífica comida. Usted está demasiado cansada como para valorarme.

—No, no lo estoy. —Eve lo estudió con toda tranquilidad. Qué hombre tan curioso era. Complejo, llano en la superficie y con profundidades que eran definitivamente oscuras y enigmáticas. Sin embargo, nunca se había sentido por entero a salvo con un hombre que no fuera Joe. —Ha sido muy amable conmigo, Galen.

—Tan sólo estoy haciendo mi trabajo.

—No. Desde el preciso momento que me desperté en el hospital, me ha dado todo lo que necesité.

—Es mi oficio. Soy un abastecedor —se reclinó en la silla—. Y usted ha sido muy fácil. Últimamente, no he tenido que aporrear o matar a nadie.

Bromeaba. ¿O no? Quizá no. Ese costado sombrío nuevamente...

—Espero que no tenga tampoco que hacerlo en el futuro. —Su mano se crispó en la taza. —La muerte es algo horrible.

—Sí, lo es. Y nadie debería saberlo mejor que usted.

—¿Ni siquiera usted?

Él sonrió.

—Digamos que mi experiencia es activa y la suya pasiva.

—¿Por qué aceptó este trabajo de guardaespaldas, Galen? Tengo la impresión de que usted ha actuado en escenarios más importantes.

—Me gusta Louisiana. Incluso tengo una casa cerca de Nueva Orleans.

—¿Aceptó el trabajo porque le gusta el área? No lo creo.

—Está bien. Logan es amigo mío y me pidió, como favor, que lo hiciera. Me mudo demasiado como para tener muchos amigos, así que trato de mantener los que tengo —hizo una pausa—. Y supongo que me agrada la idea de ser elegido como caballero para proteger a una dama. En general, mis tareas son mucho menos nobles. Sólo la había visto a usted una vez, pero no me gustaba la idea de que se metiera en problemas.

Ella por cierto había estado en problemas la primera vez que lo había visto hacía dos años en Arizona, pensó Eve con pesar. Además de estarse ocupando de la loba herida de Sarah, Maggie, había estado intentando resolver sus propios problemas con Jane.

—Bien, usted fue muy bueno con Maggie. Sarah estaba asombrada.

—Tenemos mucho en común. —Galen tomó un sorbo de café.

—Quinn debe de haber estado realmente preocupado por este viaje o no hubiera llamado a Logan. Tengo la impresión que no son los mejores amigos del mundo.

Eve se puso tensa.

—No quiero hablar de Joe. —Terminó el café y se puso de pie. —Y en unos días ya no habrá nada de qué preocuparse. Lavemos esos platos. Quiero subir y llamar a Jane antes de irme a la cama. ¿Usted quiere lavar o secar?

—Yo lo hago. Necesito gastar alguna energía extra. Usted vaya y llame a la pequeña. Revisé arriba cuando estaba en la ducha. Es seguro. Pero no salga al balcón.

—¿Piensa que alguien va a dispararme?

Él sacudió la cabeza.

—Sería demasiado obvio. Hasta el momento, todo ha sido hecho para que parezca un accidente o un suicidio. Pero no estaría de más tener cuidado. A veces, en estas situaciones, aparecen nuevos elementos.

—Habla como si esto fuera algo corriente para usted. Yo lo hallo mucho más estresante.

Él comenzó a apilar los platos.

—Es, por cierto, interesante.

Ella lo miró y sacudió la cabeza. Justo cuando pensaba que había realizado progresos para llegar más allá de ese exterior llano, él volvía con firmeza a ese lugar.

—Buenas noches, Galen.

—Buenas noches. Dulces sueños.

No vaya al balcón o es posible que le disparen.

No coma nada que Galen no haya cocinado o es posible que la envenenen.

No era el material con el cual estaban hechos los dulces sueños.

Cuando esa noche Joe entró, Jane levantó la vista de la ensalada que estaba revolviendo.

—Hace un ratito llamó Eve.

—¿Cómo está?

—Bien. Cansada. Está trabajando con el cráneo. Lo llama Victor. ¿Sacas las chuletas, Joe?

Joe entró en la cocina y abrió la heladera.

—¿Cuándo terminará?

—No sabe. —Jane tomó la parrilla y la enchufó. —Ya sabes que Eve nunca está segura. Aunque está yendo bien.

—¿Mencionó a Galen?

—Sólo que había llamado a Victor "gladiador" y que ella tenía que hacer un esfuerzo enorme para sacarse eso de la cabeza. Oh, y dijo que es un cocinero increíble —rió entre dientes—. Es bueno que uno de ellos lo sea. Eve no es tan buena.

—No, no lo es. —Joe le entregó las chuletas. —Suena muy agradable.

—Sí. —Jane lo miró y se le desvaneció la sonrisa. —¿Joe? ¿Sucede algo malo?

—No, claro que no —dio media vuelta—. Tengo que ir a lavarme. Volveré enseguida.

Cuando cerró la puerta del cuarto de baño, se mojó la cara con agua y buscó la toalla. Oh, no, no sucedía nada malo. Se aferró al suave material de la toalla hasta que los nudillos se le pusieron blancos. Sólo que estaba terriblemente celoso y quería matar a Sean Galen.

Mierda, hubiera querido matar a cualquiera que Eve mirara en la calle o le sonriera en un restaurante. Muy sano. Muy lógico.

Pero, ¿quién decía que él era lógico cuando se trataba de Eve? Ella había sido el centro de su vida desde que la había conocido hacía ya años, y había tenido sólo ese poco tiempo en el cual le había pertenecido. No era suficiente. Nunca sería suficiente.

Joe lanzó un profundo suspiro. Control. Debía salir y no permitir que Jane viera lo loco y obsesivo hijo de puta que él era. Ella, desde que Eve se había marchado, había sido un ángel. No, no un ángel. Era demasiado terrenal y realista como para llamarla angélica. Siempre había poseído esa naturaleza encantadora y vigorosa que le recordaba a Eve.

Eve. Todo volvía a ella. Y ella estaba en Baton Rouge con Galen, quien la ayudaba, le hacía esas malditas comidas, le hablaba, compartía… Él había mandado a Galen para que estuviera con ella y lo haría de nuevo si fuera necesario, pero eso no lo hacía más fácil.

—Joe, las chuletas están listas —gritó Jane.

—Ya voy. —Colgó la toalla y abrió la puerta. Esbozó una sonrisa forzada. —Estoy muerto de hambre. Hoy me olvidé de almorzar.

—Has estado trabajando demasiado. —Llevó las chuletas a la mesa, casi tropezó con el cachorro. —Toby, sal de mi camino. No puedes comer estas chuletas.

—Apuesto a que se comerá las sobras.

—Quizá. No debería dárselas. Sarah dijo que debía tener una dieta balanceada y los restos de la comida no son realmente buenos para él —sacudió la cabeza—. Pero es un sabueso tan goloso. Nunca vi un perro al cual le gustara tanto la comida como a Toby.

—¿Qué más dijo Eve?

—No mucho más. Mayormente preguntó qué estaba haciendo yo y cómo estaba Toby. Le dije que él estaba bien —se sentó—. Le dije que tú también estabas bien.

—Pero no preguntó, ¿no?

—No, pero supuse que probablemente quería saber.

—Optimista.

—Está trabajando y ya parece más animada que cuando se marchó. El trabajo siempre la ayuda.

—Lo sé.

—Así que sólo debes esperar y ser paciente. Ahora, come tu chuleta.

Él sonrió levemente. —Sí, señora. ¿Algo más?

—Sí, no trabajes tanto. —Frunció el entrecejo severamente a Toby que había colocado la cabeza sobre sus rodillas. —No pidas. Es mala educación.

—No vas a durar así hasta que hayamos terminado la cena.

—Sí. Tiene que aprender...

Sonó el teléfono de Joe.

Jane suspiró.

—Me temía que no fueras a comer tranquilo.

—No contestaré. Dejaré que el contestador reciba el mensaje.

—Entonces, tendrás indigestión por preocuparte. Contesta.

Joe se lanzó al teléfono.

—Quinn.

—Soy Carol. La identificación dental llegó. Es George Andrew Capel, cuarenta y dos años.

La mano de Joe se tensó en el teléfono.

—Dios. ¿Algo del informe de la autopsia?

—No lo sé. Déjeme revisar. Sí, aquí está. Recién lo dejaron en el buzón de la correspondencia. Muerte causada por una herida de cuchillo que entra por la espalda y llega al corazón. Las otras heridas fueron menores, ninguna de ellas capaces de provocar un daño serio, pero sí extremadamente dolorosas. Parece que a nuestro asesino le gusta jugar con sus víctimas.

—Quizá. Gracias, Carol —colgó.

—¿Joe? —susurró Jane.

Él la estaba atemorizando.

—Está bien. Es algo que apareció y debo ocuparme.

—¿Eve?

—No. ¿Cómo podría ser Eve? Recién hablaste con ella. Era Carol desde la comisaría. Un asunto policial.

—Nunca te sientes tan mal por un asunto policial.

Ella era demasiado aguda, y él sentía demasiado pánico en este momento como para ocultarlo. Se puso de pie.

—Tengo que hacer un par de llamados en privado. Continúa comiendo. Regresaré pronto.

Jane frunció el entrecejo, todavía preocupada.

—Está bien, pero tu chuleta se enfriará.

—La calentaré. —De todas maneras no sería capaz de comer. Comer era lo último que tenía en la cabeza. La tumba. El informe que le habían enviado a Eve. George Capel. El trabajo de Eve en Baton Rouge. Todas las piezas encajaban.

Y la imagen que formaban lo hacían aterrorizarse.

—Aun sin los marcadores, todavía está bastante feo. —Galen ladeó la cabeza mientras estudiaba el cráneo sobre el pedestal. —Quizá son esas cavidades de los ojos.

—Váyase, Galen.

—No, son las ocho y usted ha estado trabajando aquí desde las seis de la mañana. Tiempo de bajar la cortina. Voy a llevarla a casa y a darle de comer. Rick la dejaría trabajar toda la noche.

—No estoy lista para ir.

—¿Va a poder terminar esta noche?

—De ninguna manera. Aún tengo unos buenos cuatro días de trabajo. Quizá más.

—Entonces mejor que descanse. Puesto que no hay tanta urgencia.

—Hay urgencia.

—No para usted. Melton puede esperar.

Él no comprendía. Cuando ella comenzó a trabajar, la urgencia surgía del mismo trabajo. Era como si la persona que estaba reconstruyendo la urgiera, le susurrara: "Encuéntreme. Ayúdeme. Lléveme a casa".

—¿Qué color? —Galen aún miraba las cavidades de los ojos. —¿Cómo sabe qué color usar para los ojos?

—No lo sé. En general, uso marrón. Es el color más común de ojos. ¿Por qué le molestan las cavidades de los ojos?

—Conocí a un tipo en Mozambique al que un cliente vengativo que estaba en el negocio de las drogas le sacó los ojos. Se las arregló sorprendentemente bien, pero siempre me produce escalofríos.

—Veo por qué.

—Me puso loco. Odio la mutilación. Nadie debería hacer algo así a otro.

Eve se volvió para mirarlo.

—Nunca lo había visto enfadado.

—A usted no le gustaría. Me pongo de una manera bastante fea.

—¿Con ese cliente vengativo del negocio de las drogas?

Galen no respondió de forma directa.

—A nadie debería permitírsele hacer algo así —repitió. De repente, sonrió. —Ahora, usted lo ha hecho. Me ha hecho escarbar en ese hecho tan desagradable y me siento deprimido. Debe venir a la casa así yo puedo prepararle una buena comida y olvidar todo. Es terapia.

—Eso es manipulación. —Eve colocó una toalla sobre el cráneo. —Pero dejaré que se salga con la suya. Quizás estoy un poco cansada.

—Bien. Ahora lávese las manos y saldremos. —Galen se dirigió a la ventana y miró el pantano. —Usted debería ver más de Baton Rouge. Es una ciudad fantástica.

—Almorcé con usted el día del funeral de Marie. Vi Baton Rouge durante horas y más horas ese día. Y no vine aquí para andar de paseo.

—Alguien necesita llevarla de la mano. Hay algo más en la vida que cráneos con cavidades vacías.

—No estarán vacías cuando yo las llene. —Eve se secó las manos con la toalla—. No soy una absoluta adicta al trabajo.

—Está cerca. Yo creo en detenerse para oler las rosas. —Galen le abrió la puerta—. Aunque conozco a Nueva Orleans mejor que a Baton Rouge. Así que caminaremos a la casa muy lentamente, y le contaré la historia de Nueva Orleans y, quizás, algunos detalles de mi estancia allí. Usted puede decidir cuál es más entretenida.

Las historias de Galen eran definitivamente más entretenidas y duraron la caminata de regreso a la casa. Eran subidas de tono, divertidas y llenas de coloridos personajes e incidentes.

—¿Su nombre era realmente Marco Polo? —preguntó Eve—. Debe estar bromeando.

—En absoluto. Dijo que su mamá lo llamó así porque estaba destinado a ser un gran explorador. En realidad, encajaba perfectamente con algunos de los bichos raros que habitan el barrio francés. Cuando estaba en su casa, llevaba puesto un atuendo del siglo XIII y tenía una atracción particular por las prostitutas chinas. No creo que esa fuera la clase de exploración oriental que su mamá tenía en la cabeza, pero quién soy yo para... ¡Mierda! —La empujó a un costado y se puso frente a ella—. ¿Quién diablos es usted?

—Quinn. —Joe salió de las sombras junto a la puerta principal—. Como Eve le dirá si se aleja de ella.

Eve lo miraba sorprendida.

—¿Joe?

—¿Recuerdas mi nombre? Supongo que debería estar agradecido.

—No deberías haber venido. No te quiero aquí.

—Lo dijiste muy claramente. Mala suerte. Estoy aquí y me quedo.

—¿En dónde está Jane?

—Está bien. Está con tu madre. El marido de Sandra y el pequeño Mike están en Oregon en un viaje para pescar. La verdadera madre de la chica está nuevamente en la cárcel por drogas y pensaron que él debía alejarse por un tiempo. Tu madre se alegró de tener compañía.

A la sorpresa la sustituyó el enojo.

—Te dije cuando me marché que no te quería aquí. Vete a Atlanta, Joe.

—Perdón. —Joe se volvió a Galen. —¿Qué ha estado sucediendo aquí?

—No es asunto tuyo —dijo Eve—. Vete a casa.

Joe dio vuelta rápidamente en dirección a Eve y sus palabras salieron disparando como balas.

—Tú me escuchas. No voy a entrar en tu pequeño y acogedor lugar aquí. Sé que no me aceptarías en la misma casa. Pero me quedo. No puedes detenerme. Ahora estoy y voy a decirte algunas cosas, y luego tú o Galen van a informarme lo que ha estado sucediendo aquí.

—Creo que mejor lo invitamos a entrar, Eve —dijo Galen mientras abría la puerta—. Odio las escenas públicas.

—Él se marcha. No habrá una escena.

—Sí, hay. A esta altura estoy dispuesto a quemar el distrito entero si no consigo lo que quiero.

—No querríamos algo así —dijo Galen—. Recién le estaba diciendo a Eve qué agradable ciudad era ésta.

—Oh, ¿eso era lo que le estaba diciendo? —murmuró Joe—. Yo hubiera pensado algo totalmente diferente.

—Oh, Oh. ¿En esa dirección sopla el viento? —Galen abrió la puerta. —Entre, Quinn. Puedo ver que va a ser una charla interesante. —Su mirada se posó en Eve. —Dele veinte minutos, Eve. Obviamente tiene algo que debemos saber. Por lo que he escuchado sobre él, no es tan estúpido como para venir desde tan lejos sin una razón.

—No quiero... —Mejor se sobreponía. Conocía la expresión en el rostro de Joe. No cedía. —Veinte minutos —pasó delante de Joe y entró en la casa.

—Enseguida estaré de vuelta. —Galen subía corriendo las escaleras. —Debo revisar el piso de arriba. Si quiere ser de alguna utilidad, puede revisar la planta baja, Quinn.

—¿Confía en mí para hacerlo? —preguntó Joe sarcásticamente—. Su confianza es... —pero Galen estaba fuera del alcance de sus palabras. Joe dio media vuelta y se dirigió hacia la primera puerta a la izquierda. —¿Es la cocina?

—El comedor. La cocina está al lado.

Joe abrió la puerta.

—Quédate aquí.

—Al diablo que me quedaré. —Eve lo siguió por el comedor hasta la cocina, y lo observó mientras revisaba las dos alacenas, debajo de la mesa y el comedor. —No es justo que hagas esto. No estoy lista para verte, Joe.

—¿Alguna vez lo estarás? —Pasó delante de ella y fue al pasillo. —¿Es la sala?

Ella asintió y lo observó mientras revisaba la habitación.

—¿Bien? —Galen bajaba las escaleras. —Ahora que ya nos sacamos eso de encima, supongo que usted no quiere una copa de vino o una taza de café... No, no lo creo. —Entró en la sala y se sentó en el sofá de terciopelo. —Me disculpará por sentarme antes que usted, Eve, pero puedo darme cuenta por su postura que no está de humor como para distenderse. —Se volvió a Joe. —Está enfurecida. Pienso que es mejor que se apresure un poco.

—No necesito su consejo. Conozco a Eve más de lo que usted podrá alguna vez conocerla. —Su mirada no abandonó el rostro de Eve. —¿No es cierto?

—¿Me conoces? Yo pensé que te conocía.

—Me conoces. Simplemente no quieres aceptar lo que sabes, lo que siempre supiste —sacudió la cabeza—. No puedo hacértelo entender. Al carajo. En este momento, no tiene importancia. Tengo que contarte sobre Capel.

—¿Quién es Capel?

—George Capel. Es el doctor al que soborné para que te mandaran ese ADN positivo y escondieran el verdadero.

—Y el hombre que me envió el informe verdadero.

—No fue Capel. No tiene sentido que haya hecho eso sin primero intentar sacarme más dinero... a menos que alguien le haya pagado una enorme cantidad al contado. Así que empecé a escarbar. Capel no apareció en el trabajo durante un par de días y pensé que lo había abandonado. —Joe apretó los labios. —Él sabía que yo lo estaría buscando. Pero alguien debe de haber sospechado algo y presionó a Capel. Yo fui al laboratorio de ADN y realicé preguntas. Pasé por una docena de empleados administrativos antes de encontrar a uno que recordara a un oficial de policía del condado de Forsythe, quien había pedido revisar los informes sobre Bonnie. La empleada estaba bastante preocupada porque no podía encontrarlos. El oficial de policía preguntó quién había estado a cargo del caso, y ella le dijo que George Capel y le preguntó si le gustaría verlo. Él le dijo que regresaría cuando tuviera más tiempo. Dos vecinos vieron ese mismo día, más tarde, a un hombre pequeño y moreno con Capel. Fueron a su casa y luego se marcharon juntos. Un hombre descripto de igual manera acompañó a Capel al Banco ese mismo día. La cajera del Banco que lo hizo entrar en la bóveda de seguridad le comentó que parecía enfermo. Él le dijo que tenía gripe. Mi suposición es que el hombre que estaba en el laboratorio de ADN sospechó algo turbio cuando no encontró los informes y decidió chequear a Capel. Lo chantajeó. Capel era realmente transparente, y no habrá sido muy difícil que alguien determinado a hacerlo lo hiciera cantar. Probablemente, lo obligaron a ir a su casa, así el tipo podía revisarla. No encontró informes de ADN. Entonces, la cosa se puso seria. Creo que se gastó un buen tiempo en tratar de persuadir a Capel para que revelara en dónde había colocado el informe. Luego, fueron al Banco y lo obtuvieron. No es sorpresa por qué parecía enfermo. Debía estar sufriendo agudos dolores.

—¿Todo esto por los informes de ADN de Bonnie? —preguntó Eve con escepticismo—. No tiene sentido.

—¿El hecho de que hace dos días hayamos encontrado el cuerpo de Capel te convence?

Sus ojos se abrieron.

—¿Qué?

—¿Asesinado? —preguntó Galen.

Joe asintió.

—Una herida de cuchillo en la espalda. Otros varios cortes en el cuerpo.

—Formas de persuasión —murmuró Galen.

—Eso es lo que pensé.

Eve sacudía la cabeza aturdida.

—¿Por qué?

—Tú —dijo Joe —, ¿por qué viniste aquí? ¿Qué te impulsó?

—Sabes por qué vine.

—Diablos, sí, lo sé. Todo fue muy bien orquestado. La profanación de la tumba para enviar la primera ola de conmoción. Luego, la llegada del informe de ADN. Un golpe uno-dos que te alejó corriendo de mí lo más posible. ¿Y no era conveniente que tú tuvieras un trabajo atractivo aquí?

—¿Estás diciendo que ese hombre fue asesinado para que yo viniera aquí?

—¿Quieres más pruebas? Las huellas en la colina fueron hechas por unos zapatos fabricados por una empresa con gran distribución en este estado. Conducen a marcas hechas por neumáticos que son estándar en un Saturn. Hice dibujar un boceto del retrato del hombre que fue con Capel a su casa y al Banco. Revisé los videos de seguridad del Banco, pero era demasiado astuto y no miraba a la cámara. Pero ambos, los vecinos y la empleada del Banco, estuvieron de acuerdo con el rostro del boceto, así que decidí guiarme por la intuición y lo llevé a la agencia de alquiler de coches del aeropuerto. Cartón lleno. La empresa Avis había alquilado un Saturn a Karl Stolz, de Shreveport, Louisiana. Pagó con tarjeta de crédito y fue muy amable con el empleado. Devolvió el coche y subió a un avión que se dirigía a Baton Rouge el día que le dijiste a Melton que aceptabas el trabajo.

—Hizo un buen trabajo colocando todas las piezas juntas —dijo Galen—. Supongo que rastreó la tarjeta de crédito.

—La factura llegó al verdadero Karl Stolz en una dirección de Shreveport. Un caso de robo de identidad. No ha abandonado su casa en los últimos seis meses —apretó las manos a los costados en forma de puños—. Créeme, Eve. Todo esto fue hecho para arrastrarte a Baton Rouge. Ahora, lárgate de aquí.

Era increíble. Sin embargo, ella le creía.

—¿Dices que este hombre intentó arruinar mi vida y mató a otro para que yo aceptara el trabajo? —Intentó pensar. —¿Melton?

—Hoy, antes de tomar el avión, lo llamé. Niega todo, por supuesto, pero todo este embrollo conduce a él... o a un socio.

—Me sorprende que no se lo hayas podido sonsacar.

—No tuve tiempo.

Eve sacudió la cabeza.

—Ve a casa, Joe. No quiero que te veas implicado. Si hay algún problema, yo me las arreglo.

—Quieres decir que no me quieres en tu vida. Bueno, eso es muy malo. Tú no eres la única víctima aquí. Quien sea que mató a Capel hizo un maldito buen trabajo de embrollar mi vida también. Ahora, ¿vas a decirme qué ha estado sucediendo aquí?

—No, no lo haré.

—Entonces, lo averiguaré yo mismo. —Dio media vuelta. —Si cambias de parecer, puedes verme en el hotel Westin.

—Espere. —Galen se puso de pie. —¿Puedo verlo unos minutos en privado, Quinn? ¿Por qué no sube y descansa, Eve?

—Galen —le advirtió Eve.

—Usted no lo está implicando. Yo sí. Recibo toda la ayuda que puedo. Mejor que él se ocupe de ayudar en lugar de andar dando tumbos por ahí e interponerse en mi camino al intentar descubrir unos pocos y simples hechos —sonrió—. Usted puede seguir manteniendo la distancia. Deje que yo trate con él.

—Yo no quiero que esté aquí.

—Yo sí. —Galen sonrió. —Así que, a menos que usted empaque y se vaya a su casa, él se queda. No cerca. En los límites. Pero se queda. Vaya y descanse que yo le prepararé algo de cenar cuando Quinn se haya ido.

—Deje de tratarme como si fuera una niña. No tengo hambre y haré lo que me plazca. —Eve salió dando grandes pasos de la habitación y subió las escaleras. Carajo, no había esperado que Galen se pusiera en su contra. Había sido una sorpresa, pero no tan grande como la espantosa historia que Joe le había contado. Parecía imposible que alguien llegara a extremos tan diabólicos para que ella estuviera aquí. Ese hombre había hurgado en el área más dolorosa de su vida y había utilizado a Bonnie para manipularla.

Una sensación de rabia la recorrió. Hijo de puta. ¿Y qué de la historia que le había contado Melton? ¿Cuánto había de verdad y cuánto de mentira?

¿Marie y Pierre Letaux? Los habían matado para impedir que ella hiciera la reconstrucción. ¿En dónde encajaban?

Oh, simplemente ella no lo sabía. No podía pensar en este momento. Estaba confundida y enfadada, y la conmoción y el dolor que había sentido al ver a Joe no la hacían sentirse mejor. Durante la primera fracción de segundo sintió una alegría tan vertiginosa que la hizo estremecer y, luego, recordó y el dolor regresó a toda prisa.

Tenía que lograr que Joe abandonara Baton Rouge. Ella no podía vivir con esta especie de confusión y, por cierto, no podía trabajar.

¿Trabajo? Sintió un repentino escalofrío al darse cuenta que, quizá, no debería estar tan preocupada por terminar a Victor como por sobrevivir.

Capítulo ocho

—Evidentemente no ha llegado a conocer a Eve tanto como pensé —le dijo Joe a Galen cuando oyeron el golpe que Eve le propinaba a la puerta—. Nunca debería tratarla de manera condescendiente.

—No creo que esté capacitado para hablar del tema. Ha puesto en juego su culo con ella —dijo Galen.

Joe se puso tenso.

—¿Le contó sobre el informe de ADN?

—Eso lo molesta, ¿no? No, Logan me contó todo lo que usted le dijo. Corrió un gran riesgo —cambió de tema—. Ahora, ¿quiere saber lo que ha estado sucediendo aquí o no?

Joe se quedó callado unos segundos.

—Quiero saber.

—Eso no fue muy doloroso, ¿no? —Galen le informó todos los sucesos desde que Eve había llegado a Baton Rouge.

Cuando Galen concluyó, Joe estaba maldiciendo.

—¿Por qué no me llamó? ¿Por qué no me lo hizo saber?

—Logan me contrató, no usted. Y de la única manera que podía hacer que Eve me aceptara aquí era estar de acuerdo en no decirle nada a usted. Así que realmente era su culpa.

—Y disfruta al decirme eso.

—El antagonismo siempre saca a relucir lo peor de mí. ¿Entregó el boceto al FBI para ver si podían localizar a alguien?

—No pudieron. No había ninguna coincidencia.

—Me gustaría ver el boceto. El hombre que llevó a Eve esa noche al hospital se ajusta a la descripción. Podemos llevarla a la oficina de admisión. ¿Lo tiene aquí?

—Tengo varias copias en el hotel. Le daré una —Joe miró las escaleras—. Ella no me escuchará. ¿Puede decirle que salga de aquí?

—Lo intentaré. Se pondrá totalmente furiosa con Melton si cree que está conectado con las cosas que usted le contó. Por otra parte, está obsesionada por el trabajo con Victor. Esta noche tuve que sacarla arrastrando.

—Carajo, es obvio que quien sea que está detrás de todo esto no está jugándose poco. Un paso en falso y ella puede... —se cortó y respiró hondo—. No puedo aceptar no estar aquí para ayudar. Me está volviendo loco.

—No lo está guardando en secreto —dijo Galen—. Haré lo mejor que pueda. Mientras tanto, deme el número de su celular e intentaré mantenerlo informado.

—Quiero estar algo más que informado.

—Es lo mejor que puedo hacer. Usted aparece por aquí y Eve explotará. Confíe en mí, la he estado cuidando bien. Continuaré haciéndolo.

—No confío en usted, y no quiero que... —Joe le entregó una tarjeta con su nombre y el número del celular a Galen, dio media vuelta y se encaminó hacia la puerta—. Si no me hace saber lo que sucede, lo destrozaré.

—Odio las amenazas. Ofenden mi gentil naturaleza.

—Estupideces.

—Ahora, ¿qué puedo hacer para irritarlo? ¿Qué lo heriría? —Galen sonrió con malicia. —¿Le cuento lo bien que he llegado a conocer a Eve? Intercambiamos puntos de vista y la historia del pasado. Comimos juntos, compartimos tristeza y muerte. La protegí y la tomé en mis brazos.

—Bastardo.

—Pensé que eso lo lograría. —Pasó delante de Joe y fue hacia la cocina. —Ahora tengo que irme y hacer algo de comer.

Joe estaba tentado de seguirlo y estrangularlo.

Galen miró por encima de su hombro y meneó la cabeza.

—Soy su red protectora, Quinn. Deshágase de mí y estará jodido.

Joe murmuró una maldición y abrió de un golpe la puerta principal.

—Oh, me olvidé de mencionar una pequeña cosa —dijo Galen—. Hace unas noches estuve desnudo en su habitación —y desapareció en la cocina.

Joe podía sentir el pulso latiéndole en las sienes mientras empezaba a seguirlo. Se detuvo y respiró hondo. Debía mantener la calma. Galen había querido ajustar cuentas con él. Podía estar mintiendo.

Y él podía estar diciendo la verdad. Está bien, acéptalo. Si él había dicho la verdad y Eve tenía a Galen de amante, él tenía simplemente que aceptarlo. Tenía las manos atadas. Necesitaba que el bastardo mantuviera a Eve viva. No podía ponerle una mano encima. No por ahora.

Más tarde.

—Le traje un sándwich —dijo Galen cuando después de golpear a la puerta, Eve le abrió—. Sé que dijo que no tenía hambre, pero debe abastecer el horno si quiere terminar con Victor.

—No me gusta que me invadan, Galen —dijo Eve con frialdad—. En particular, cuando se trata de mis asuntos personales.

—Pero no sólo se trata de sus asuntos personales. Se trata de su vida, y a mí me contrataron para que la conserve. Así que usted hace lo que quiere respecto a Quinn, pero yo lo necesito, lo utilizará. —Colocó la bandeja en la mesita junto a la cama. —Logan me dijo que fue soldado, además de su entrenamiento para el FBI y la policía. Puede sernos útil.

—Nadie utiliza a Joe.

—Por eso es tan divertido. —Galen sacó una cuerda con campanitas plateadas del bolsillo y cruzó la habitación hacia el balcón. —Este balcón me está molestando, estoy cansado de revisarlo todas las noches un par de veces.

—No sabía que lo hacía.

—Eso es porque soy tan bueno. —Salió al balcón y ató la cuerda con campanitas en uno de los barrotes de hierro forjado. Fue hacia otro barrote a unos metros y la ató. De inmediato, una lluvia de sonidos tintineantes surcó la noche. —Aquí estamos. Gracias a Dios por este débil trabajo en hierro. No es exactamente alta tecnología, pero suena bien y es suficientemente alto como para alertarme si entra un gato vagabundo. —Miró por encima de su hombro con una sonrisa pícara. —O si Quinn decide realizar una escena de *Romeo y Julieta*. "Una vez más en la brecha..."

—Ese último verso es de *Enrique IV*.

—Nunca permito que la exactitud se interponga si una cita es adecuada.

—Y Joe es demasiado pragmático para hacerse el Romeo.

—No me pareció tan pragmático. Esta noche ardía, y no le gustaba que yo estuviera cerca de usted. Al principio, me divirtió, pero luego mis mecanismos de defensa patalearon y me temo que fui un poco travieso.

—¿Qué hizo?

—Oh, nada en particular. —Galen tocó suavemente el barrote, provocando otra racha de sonido plateado—. Es bonito —abandonó el balcón, cerró las puertas y les echó llave—. Coma su sándwich y trate de dormir un poco. Sé que lo que le contó Quinn la preocupó.

—Claro que sí —Eve se estremeció—. Me siento... violada. Ese bastardo utilizó a mi pequeña para torcer mi vida y que se acomodara a él. Y lo que le hizo a Capel...

—Me sorprende que la moleste. Capel hizo una fuerte manipulación de usted.

—No, ése fue Joe. Él manipuló a Capel *y* a mí. Cuando Joe toma una decisión, oponerse a él es como intentar detener un tornado.

—Tuve esa impresión. —Galen se dirigió a la puerta—. Pero puede que usted esté siendo un poco dura con él.

—Usted no sabe nada de este asunto, Galen.

—Tiene razón, pero eso no me detiene para emitir una opinión —le sonrió mientras abría la puerta—. Buenas noches, Eve. Asegúrese de comer ese fantástico sándwich de jamón que le hice así puede alabarme por la mañana.

Eve sacudió la cabeza mientras la puerta se cerraba detrás de Galen. Él era totalmente imposible. Miró el sándwich sin entusiasmo, pero lo levantó y comenzó a comer. Galen tenía razón. Necesitaba tener fuerzas. No sólo para trabajar, sino para sobreponerse a esta pesadilla que se hacía más grande apenas se daba vuelta. Debía pensar cuidadosamente todo lo que Joe le había dicho y en todo lo que había pasado desde que estaba aquí, y tomar una decisión.

Probablemente empacaría y regresaría a Alabama.

Pero Victor esperaba. Podía sentir que él la llamaba. Cada día que pasaba estaba más cerca de llevarlo de regreso a su casa.

Debía pensar, y era imposible con el cataclismo emocional en el que estaba metida desde que había visto a Joe.

Dios, deseó fervientemente que él no hubiera aparecido.

Las campanas del balcón tintinearon suavemente en la oscuridad.

Eve se puso rígida en la cama, la mirada voló a las puertas del balcón.

Las campanas tintinearon de nuevo.

—Quédese quieta. —Galen estaba en la puerta de su dormitorio. —Tenemos un visitante —se movió en la oscuridad hacia el balcón—. Y no alguien demasiado brillante si lo sigue intentando después de haber oído el primer tintineo.

—Tenga cuidado —susurró Eve. Apenas podía ver a Galen en la oscuridad, pero la puerta se abrió de golpe y él estuvo afuera en el balcón. Se escuchó un estallido y ella saltó fuera de la cama y fue tras él.

Galen y otro hombre luchaban en el piso del balcón.

El brazo de Galen se elevó y su puño fue a la mandíbula del antagonista.

El hombre quedó sin fuerzas.

—No es un contrincante serio —dijo Galen mientras se levantaba y, pasando por delante de Eve, arrastraba al hombre al dormitorio—. Este trabajo no presenta ningún desafío.

Ella lo siguió a la habitación.

—Siento que él no sea merecedor de sus dones, pero yo hallo que un hombre deslizándose por mi balcón es una amenaza suficiente.
—El hombre, que aparentaba tener unos cuarenta y pico de años, te-

nía rasgos marcadamente eslavos y el cabello oscuro con algunos mechones grises. —¿Lo lastimó?

—No, tiene la mandíbula que es una manteca. —Galen se puso en cuclillas al lado del hombre y le revisó los bolsillos. —Y barriga. Está en una condición lamentable para esta clase de...

—Mierda. —Los ojos castaños del hombre se habían abierto; miraba a Galen. —Creo que me rompió cada uno de los huesos de la cara. ¿Por qué diablos hizo eso?

—Me pareció apropiado. —Galen colocó una rodilla sobre el pecho del hombre. —A Eve no le gustan los hombres que trepan por los balcones. —Abrió la billetera del hombre y verificó con la licencia del conducir. —Bill Nathan, cuarenta y siete años. El color de los ojos está bien, pero el peso está equivocado. Tiene unos buenos ocho kilos más de lo que dice aquí.

—Gané unos kilos cuando dejé de fumar. —La mirada de Nathan se dirigió a Eve. —¿Me quitaría a este... bastardo de encima así le puedo hablar?

—Mi nombre es Sean Galen y usted no está en posición de llamarme otra cosa que no sea "señor". —Galen terminó de revisarlo. —Está limpio. —Le entregó a Eve una tarjeta. —Identificación de prensa. Trabaja para el *Times Picayune*... quizás.

Nathan frunció el entrecejo.

—¿Va a dejar que me ponga de pie?

Galen miró a Eve de manera inquisidora.

Ella asintió.

—Quizá no debería. —Galen se encogió de hombros. —Oh, bueno, no es una amenaza muy poderosa aquí —se incorporó, levantó a Nathan y lo empujó a la silla que se hallaba junto a la cama—. Hábleme. ¿Qué hace aquí?

—Estoy en una misión de rescate, carajo. No me gusta que me traten a los empujones así.

—¿Por qué el balcón?

—No sabía si vigilaban la puerta principal. ¿Cree que me gusta subir gateando por el costado de la casa como el héroe chiflado de una historieta?

—Definitivamente no es su área de mayor conocimiento.

—Déjelo hablar, Galen —dijo Eve—. ¿Qué quiere de nosotros, Nathan?

—A corto plazo, quiero salvarles el pellejo. A largo plazo, aspiro al Pulitzer.

—¿Salvarnos de qué?

—De que termine la reconstrucción. —Nathan con cuidado se tocó la mejilla golpeada. —Dios, necesito un cigarrillo.

—Usted está diciendo que terminar la reconstrucción es peligroso.

—Así creo. Si termina, no la necesitan más, y puede que usted sepa demasiado.

Galen levantó una ceja.

—¿*Piensa* eso?

—Eso es lo que dije —repitió amargamente—. No puedo mirar una bola de cristal y decir qué es lo que harán. Sigo escarbando. Todavía no sé qué diablos sucede.

—Usted evidentemente sabe más que nosotros —dijo Eve—. ¿Quiénes son "ellos"?

—La Camarilla.

—Suena como un aquelarre de brujas —dijo Galen.

—No es divertido. —Nathan le propinó una mirada furiosa antes de volverse a Eve. —¿No creen que estuve tentado de dejar que las cosas siguieran su curso hasta que pudiera descubrir en qué estaba trabajando? Si usted no termina, corro riesgos de perder mi historia.

—Entonces, ¿por qué no lo hizo?

Hizo una mueca.

—Ética. La cruz de mi existencia.

—Ejemplar —murmuró Galen.

—La verdad.

La respuesta del hombre era al mismo tiempo malhumorada y desafiante, pero Eve pensó que podía percibir honestidad.

—¿Cómo sabía que estaba trabajando con el cráneo?

—No sabía. Seguí al cráneo y vigilé fuera de la iglesia. —Hizo una pausa. —No soy el único. Casi me caí encima de dos tipos cerca de la iglesia.

—Guardias. Hay cuatro a veces, cinco —dijo Galen—. Y con mucho más talento que usted.

—Soy periodista, no un matón.

—¿Desde cuándo usted sigue el cráneo? —preguntó Eve.

—Bueno, no lo seguí exactamente. Etienne me dijo que lo llevarían a la iglesia.

—¿Etienne?

—Etienne Hebert. —Lanzó un profundo suspiro. —Miren, no puedo fumar, así que por lo menos no me darían una taza de café. Necesito la cafeína.

—No es una reunión social —respondió Galen—. La conversación primero.

—Oh, por Dios. Si no tuviera intenciones de contarles todo lo que sé, no hubiera venido aquí esta noche. Como usted señaló, no soy nada del otro mundo en esta clase de cosa.

—Verdad. Pero puede ser una treta.

Eve tomó una decisión.

—Vamos a la cocina a tomar café. Tiene aspecto de necesitarlo.

Galen se encogió de hombros.

—Lo que diga. —Se quedó a un costado mientras Nathan se puso de pie y se encaminó a la puerta. —Espero que no se arrepienta, Eve.

—¿Una taza de café? —Eve los siguió por el pasillo—. No creo particularmente que eso sea ser demasiado suave. Tengo preguntas que realizar y es mejor que esté cómodo mientras las responde. —Le propinó a Nathan una mirada fría. —Y me aseguraré que las responda.

Diez minutos después, Eve servía café humeante en la taza de Nathan.

—¿Y quién es Etienne Hebert?

—No creo que el tiempo presente se pueda aplicar a Etienne. —Nathan bebió un sorbo de café y soltó un suspiro de profunda satisfacción. —Creo que Jules lo mató. —Extendió la mano ante la exclamación de Eve. —Está bien, está bien. Deje que lo haga a mi manera. Empezaré por el principio. Hace cerca de un mes recibí la llamada telefónica en mi oficina de un hombre que se llamaba Etienne Hebert. Dijo que él sabía lo que le había pasado a Harold Bently, y que Bently era la parte más pequeña de la historia. Me pidió que nos encontráramos en las afueras de Nueva Orleans, en una pequeña casucha a orillas del Mississippi.

—¿Por qué usted?

—¿Qué diablos sé? Quizá porque yo cubrí la desaparición de Bently en el periódico. —Tomó otro sorbo de café. —De todas maneras, fui a verlo. Era un tipo grandote, no más de veintiuno o veintidós, y parecía, a primera vista, un tanto simple —sacudió la cabeza—. Pero no era tan tonto. Después de hablar un rato con él, me di cuenta que era más inteligente de lo que había pensado en un principio. Estaba simplemente preocupado, y sentía culpa por hablar conmigo. Él tenía un hermano mayor, Jules, y de ninguna manera quería meterlo en problemas. Era obviamente un caso de devoción mayúscula a su héroe. Etienne era solamente un pescador, pero Jules era el inteligente de la familia. Era el único que había podido entrar en la Universidad —sonrió—. Quizás hubiera sido mejor que no lo hubiera hecho. Era un jovencito en Tulane cuando la Camarilla lo reclutó.

—¿Qué es la Camarilla?

—Es una sociedad secreta que existe desde principios de 1900.

—¿Sociedad secreta? —dijo Galen—. No me tome el pelo.

—No podría estar hablando más en serio.

—¿Y la sociedad se llama la Camarilla? Por Dios, despertaría sospechas. Deben carecer realmente de imaginación.

—Se llaman así porque sus miembros se reclutan de las jerarquías más altas de otras organizaciones. —Nathan hizo un gesto. —Y se creen la sociedad secreta máxima.

Galen resopló.

—Ésa era mi reacción hasta que hice los deberes —dijo Nathan—. Hay cientos de sociedades secretas alrededor del mundo, y los Estados Unidos se toma el asunto muy a pecho. Los Masones, Extraños Camaradas, Cráneos y Huesos —estudió la expresión de Eve—. Lo sé. Todas suenan un poco ridículas a menos que uno se detenga en la lista de miembros. ¿Sabían ustedes que George Bush y George W. Bush pertenecen a Cráneos y Huesos, y que el único comentario de George W. acerca de su pertenencia a la sociedad fue que no podía hablar del tema?

—¿Y qué? Supongo que no es prueba de que Cráneos y Huesos esté implicada en alguna actividad atroz.

—No es prueba. Pero hay también miembros que tienen elevadas posiciones de poder en la CIA y en Wall Street y en prácticamente todos los niveles del mundo de los negocios. No es solamente Cráneos y Huesos. La Comisión Trilateral y el Consejo de Relaciones Exteriores siempre han tenido influencia. Se supone que el grupo Bilderberg es tan poderoso que puede tener influencia en todo el mundo sobre los políticos. La carrera de Margaret Thatcher ascendió como un cohete después de que ella asistió a una reunión del grupo Bilderberg. Lo mismo sucedió con Tony Blair después de que lo invitaron a una reunión en Vouliagméni, en Grecia. En 1991, David Rockefeller invitó al gobernador de Arkansas, Bill Clinton, a una reunión en Baden-Baden, Alemania.

—Oiga, espere un minuto. Respeto a Bill Clinton y a Tony Blair.

—Yo también. No los acuso. Sólo intento mostrarle la influencia que puede ejercer una sociedad secreta. Probablemente la gran mayoría de sus miembros no saben nada de estas actividades, desconocen los grupos privilegiados en la organización. Yo ni siquiera sé qué grupos son parte de la Camarilla. Quizá ninguno de los que mencioné. Quizá todos ellos —se encogió de hombros—. Etienne no sabía cuántas sociedades secretas estaban implicadas. Él sólo sabía lo que le había contado Jules, y eso era que la Camarilla reunía a las jerarquías más altas de varias organizaciones, y que esos miembros selectos utilizan sus sociedades para influir en la economía mundial.

—¿Cómo?

Nathan se encogió de hombros.

—¿Cómo diablos puedo saberlo? ¿Pero no encuentran extraño que recientemente el precio del combustible subiera tanto cuando no había falta de petróleo?

Eve se había sentido tan enfadada como el resto ante el aumento del combustible.

—¿Y cómo pueden hacerlo?

—Utilice su imaginación. Se supone que en la Camarilla hay miembros de OPEP, personas importantes de Wall Street, y ejecutivos japoneses de empresas de computación.

—¿Se supone? Eso no es suficiente. Deme nombres.

—Si supiera quiénes, ¿cree que estaría aquí? Estaría en mi casa de Nueva Orleans escribiendo mi historia. —La mirada de Nathan escudriñó los rostros de Eve y Galen. —Carajo, es verdad ¿Qué más puedo decirles? Observé la Bolsa antes y después de los anuncios de Greenspan. Había siempre mucha actividad en una banca, y se hacían fortunas tan pronto como recibían los anuncios. Sabían lo que sucedería antes de que sucediera. Las sociedades secretas dominan nuestro pasado y nuestro presente. Tienen poder en cada una de las áreas. Casi todos los presidentes de los Estados Unidos en el siglo XX fueron masones. Diablos, la ceremonia de inauguración de George Washington fue masona. Los consejeros de Lyndon Johnson estaban en el Consejo de Relaciones Exteriores cuando él intensificó la guerra en Vietnam. El primer negociador de paz para Bosnia fue Lord Carrington, presidente del grupo Bilderberg. —Nathan lanzó un profundo suspiro. —Está bien, no acepten lo que les estoy diciendo como si fuera el Evangelio, sólo contemplen la posibilidad. Cuando los hombres poderosos se reúnen, es natural que intenten fusionarse y presionar para aumentar ese poder. Trabajan en la oscuridad y detrás de escena, porque si la gente supiera que está siendo manipulada saldrían aullando hasta el mismo infierno. Ha sido de esta manera desde las primeras sociedades secretas en Egipto y Samaria antes de la era cristiana. La Camarilla trabajó durante décadas para formar una red de tremendo poder, y no permitirán que ese poder peligre.

Galen se encogió de hombros.

—No veo cómo una organización compuesta por figuras tan poderosas y de tanto renombre puede reunirse sin llamar la atención.

—En general no se reúnen. Se comunican a través de mensajeros y, recientemente, a través de Internet. La única excepción es cuando algo realmente importante está desmoronándose y deben reunirse para formar una clara mayoría. Cuando se encuentran, lo organizan en un lugar y a una hora en donde parece natural que todos se encuentren. Como una boda real. Según Etienne, la última reunión fue en las Olimpíadas de Verano. Nadie sospechó que estaban allí para otra cosa que no fuera alentar a los equipos nacionales.

—¿Y fue Etienne reclutado por la Camarilla?

—No, su hermano intentó persuadir a la Camarilla de que lo aceptara, pero no creyeron que fuera buen material. Sin embargo, tenían una joya en Jules. Etienne dijo que a Jules le lavaron el cerebro hasta que creyó que todo lo que hacía y decía la Camarilla era correcto, que una mano líder fuerte era necesaria para preservar la paz y el statu quo. Se convirtió en el experto de las maniobras sucias.

—¿Asesino?

Nathan asintió.

—Recibió entrenamiento en una escuela para terroristas en Libia, pero desarrolló sus técnicas propias. Se convirtió en un experto, y trabajó para la Camarilla durante diez años antes del asesinato de Bently.

—¿Asesinato? ¿Está seguro de que lo asesinaron?

—Etienne dijo que él estaba allí cuando sucedió, y yo no tengo motivo para pensar que me haya mentido.

—Pensé que había dicho que la Camarilla no lo aceptó.

—Pero Jules confiaba en Etienne y lo llevó con él mientras realizaba una serie de trabajos. Etienne no representaba ningún problema para Jules hasta que sucedió lo de Bently. Algo lo molestó acerca del asesinato de Bently.

—¿Qué?

—No me lo dijo. Simplemente dijo que estaba mal, y que la razón por la cual la Camarilla lo hacía era equivocada. No le gustaba el asesinato, y no le gustó traer de vuelta dos años más tarde el esqueleto. Debe haberlo preocupado profundamente para romper con su hermano, a quien siempre antes había seguido ciegamente.

—Pero no suficiente como para entrar en detalles.

—Aún tenía esperanzas de cambiar la opinión de su hermano respecto de la Camarilla, y sólo quería utilizarme como resguardo en caso de no poder hacerlo. Dijo que alguien debía saber acerca de la Camarilla y detenerlos. Dijo que debíamos apresurarnos —hizo una pausa—. Estaba preocupado acerca de algo que Jules había ordenado hacer en Boca Raton. Repetía que debíamos detenerlos antes del 29 de octubre.

—¿Por qué?

—Eso es todo lo que dijo. Pensé que, quizá, sería un encuentro de la Camarilla, pero no hay ningún evento programado que les pueda dar una excusa para hallarse en Boca Raton en esa fecha. Así que quizás es algo relacionado con Bently. —Nathan hizo una mueca. —Todo esto son suposiciones. Me sentía terriblemente frustrado. Él me dijo que irían a traer el esqueleto hasta aquí, pero no cuándo ni por qué. Dijo que me llamaría nuevamente después de que colocaran el esqueleto en la iglesia —hizo una pausa—. No me llamó.

—No había un esqueleto —dijo Eve—. Sólo el cráneo.

—¿Realmente? —Nathan frunció el entrecejo—. Él dijo el esqueleto. Me pregunto qué sucedió con...

—Un esqueleto tiene infinitas más posibilidades para el ADN —dijo Galen—. El cráneo no tenía dientes tampoco. ¿Un trabajo de Etienne?

—Quizá —respondió Nathan—. Si fue así, me imagino que Jules se preocupó un poco. Le advertí a Etienne que tuviera cuidado. Robar un esqueleto no es exactamente el acto más cauteloso.

—Pero no intentó detenerlo.

—Soy periodista, y esto tenía todas las señales de ser una gran historia. No me siento culpable de hacer mi trabajo. Etienne no era puro como la nieve. —Sonrió con pesar. —Pero desgraciadamente yo sí tengo conciencia cuando la vida de inocentes corre peligro. Es por eso que estoy aquí.

—Le llevó bastante tiempo decidirse a venir para advertirnos —dijo Galen.

—Tenía que pensarlo —dijo con mala cara mientras Galen enarcaba una ceja—. Es la verdad —su mirada se posó en Eve—. Luego, leí sobre la muerte de Marie Letaux y el artículo indicaba que a usted la afectó la misma intoxicación. Intenté convencerme que había sido un accidente. Diablos, pudo haber sido. Pero cuando Pierre Letaux murió... Demasiada coincidencia, considerando todo lo que Etienne me había contado. Lo pensé durante un tiempo y luego decidí que no podía esperar que usted terminara. Debía arriesgar mi historia. Así que hagan las maletas y salgan corriendo de aquí.

Galen miró a Eve.

—No es una mala idea.

—¿Usted le cree?

—Bastante. La evidencia crece, y no me gusta. Añada lo que Quinn nos contó hoy por la noche, y creo que sería prudente desarmar el campamento y salir volando.

A ella no le gustaba tampoco. La historia de Nathan sobre sociedades secretas con tanto control sobre la vida diaria de la gente era a la vez atemorizadora y descabellada. Y también lo era el hecho de que ella había sido atraída a este trabajo por Melton, quien podía estar confabulado con el hombre que había utilizado la muerte de su hija como una herramienta. La idea la hizo sentir como si un rayo de pura rabia la recorriera.

—¿Eve?

—Estoy pensando. —Galen tenía razón. Existiera o no la Camarilla, la evidencia de cierta clase de conspiración estaba creciendo. Las muertes de Capel y los Letaux deberían haber sido suficientes en sí mismas. Sólo su obsesión por concluir con Victor había impedido que ella lo admitiera.

Victor.

—Nos vamos de aquí —dijo Eve—. Pero no dejo el cráneo. Victor viene con nosotros.

—¿Qué? —preguntó Nathan—. ¿Por qué?

—Porque ella quiere hacerlo —respondió Galen—. Y yo estoy empezando a querer que ella haga cualquier cosa que pueda hacerle burla a esos bastardos. Eve, no podemos confiar en todo lo que dijo Nathan hasta que haga algunas constataciones, pero si no va a andar con cautela, entonces usted tiene que estar en su propio territorio.

—Y llevar a Victor con nosotros —dijo Eve rotundamente—. No voy a entregarlo hasta que decida qué haremos.

Nathan sacudió la cabeza.

—¿Usted lo robará?

—Simplemente lo tomaré prestado por un tiempo. Hasta que tome una decisión, es mío. Es mi elección lo que le sucede a Victor. No de Hebert o de Melton o de cualquier sociedad secreta mal concebida. Dejemos que todos corran y se maten entre ellos. No van a utilizar a Victor en sus planes —miró a Galen—. La iglesia debe estar cerrada con llave a esta hora de la noche, Galen.

—¿Está sugiriendo que debería salir allí afuera y forzar la puerta y entrar?

—Pareció hacerlo bastante bien en la casa de Marie Letaux. ¿Será la iglesia un problema?

Galen sacudió la cabeza.

—¿Qué necesita de su sala de trabajo?

—Victor. Mis herramientas, el maletín de cuero para el cráneo, la caja con los globos oculares de vidrio. Rick está siempre en la iglesia cuando llego allí por la mañana, Galen. Si está, no quiero que lo lastimen.

—Recordaré eso, pero él puede ser parte de todo esto, sabe.

Ella no quería sospechar de Rick.

—Y quizá no. Quizá no sabe nada de todo esto. Hasta que no estemos seguros de que todo esto es verdad, no quiero que lo lastimen.

—¿Va a dejar que yo decida adónde vamos?

—Usted dijo que su trabajo era proveer lo necesario. Provea.

—Llevar el cráneo es un error. —La voz de Nathan era áspera debido a la intensidad. —Si se marchan y esconden, puede ser que por fin ellos abandonen la investigación. Lleve el cráneo y los seguirán. Sospecharán que saben algo, y nunca se rendirán. ¿Por qué no me escuchan?

—Porque no tenemos ninguna prueba de que usted no sea otra cosa que un ladrón que entra por la ventana y tiene una mandíbula de manteca —dijo Galen.

Pero la desesperación de Nathan era convincente y Eve sintió una repentina y frenética oleada de premura. —Lo estamos escuchando... dentro de los límites. Es por eso que nos marchamos de Baton Rouge. Empacaré y estaré lista para irme cuando usted regrese, Galen.

Nathan suspiró.

—Si no hará lo más sensato, será mejor entonces que la ayude a empacar.

—No, usted viene conmigo —dijo Galen—. No lo dejaré solo en la casa con Eve.

—Por Dios, después de todo lo que les conté, creo que merezco un poco de confianza.

—Las palabras no valen nada. La confianza se gana. Debe dar pruebas.

—¿Arriesgando mi cuello en esa iglesia?

—Una manera como cualquier otra. —Galen miró por encima de su hombro a Eve. —¿Usted sabe cómo manejar un arma?

—Sí.

—Hay una en mi maletín. Tómela. No me gusta dejarla sola en la casa.

—Entonces, deje que me quede, carajo.

Galen lo ignoró.

—¡Lárguese, Eve! Muévase. Puede que tengamos prisa cuando regrese. Necesito conseguir un par de cosas del armario de la cocina, y luego Nathan y yo estaremos en camino.

Capítulo nueve

¿En dónde estaban?

La mirada de Eve escudriñó con ansiedad la oscuridad, pero no podía ver nada más que los sombríos contornos de la iglesia.

Ya habían pasado más de treinta minutos. Seguro que ya deberían estar de regreso.

A menos que algo les hubiera sucedido.

Eve no se permitía pensar en eso. Galen era demasiado astuto como para dejarse atrapar, y ella no había escuchado ningún ruido de conflicto mientras estaba allí en el balcón.

—Vamos.

Giró para ver a Galen que venía en su dirección. Al menos pensó que era Galen. Estaba cubierto de barro y de limo, y tenía las ropas pegadas al cuerpo.

—¿Qué le sucedió?

—Ni siquiera una décima de lo que le debería haber pasado a él —dijo Nathan con resentimiento al entrar en la habitación. Él también estaba mojado y cubierto de limo. —Es el hijo de puta más loco que conocí. Me hizo nadar en ese maldito pantano.

—¿Qué?

—Nos hubieran podido ver si cruzábamos el puente —dijo Galen—. Me pareció la manera más fácil de resolver el problema.

—¿Fácil? —farfulló Nathan—. Me empujó al agua. ¿Qué tal si yo no sabía nadar?

—El agua era casi tan baja como para ir caminando.

—No es cierto —dijo Nathan, horrorizado—. ¿Y qué de las víboras de agua y los lagartos...? Cualquier cosa podía estar dando vueltas en ese espantoso lugar.

—Deje de quejarse. No lo picó nada más peligroso que un mosquito. Debería alegrarse de que lo dejé quedarse en la orilla en lugar de venir conmigo a la iglesia. —Galen fue al baño, tomó dos toallas y le arrojó una a Nathan. —Séquese. No tenemos tiempo para una ducha.

—¿Consiguió a Victor? —preguntó Eve.

Galen la miró sorprendido.

—Por supuesto. Todo lo que me pidió que trajera está abajo junto a la puerta trasera. Victor está bien. Lo coloqué en una bolsa para poder regresar nadando, con un par de bolsas para la basura infladas como si fueran flotadores. Me ocupé de él y cargué a Nathan con las otras cosas que usted quería.

—¿Ningún problema?

Galen negó con la cabeza.

—Está mintiendo —dijo Nathan con amargura—. Vi un guardia que entró en la iglesia después que usted. No salió.

—No estoy mintiendo. —Galen le propinó una mirada de fastidio. —Simplemente omitía un incidente que podía inquietar a Eve. Dije la verdad. No hubo problemas. Lo detuve antes de que alertara a nadie.

—¿Detuvo?

—No se preocupe, no era Rick. Vamos. Tenemos que salir de aquí antes de que se den cuenta que el cráneo desapareció.

—Está loco —le gruñó Nathan a Eve—. El bastardo pudo habernos comido. —Miró con beligerancia a Galen. —Y yo necesito una ducha.

—No hay tiempo. Vamos como está o no va nada. Usted llegó hasta aquí; si quiere, puede encontrar la manera de salir.

—¿Para que este tal Jules Hebert lo descubra? —preguntó Eve.

—Él debe seguir con lo programado. Mi mamá siempre dice que uno obtiene lo que merece.

—Me estoy cansando de lo que dice su mamá. Creo que usted lo inventó para su propia conveniencia. —Eve se encaminó hacia la puerta. —Lo llevamos.

Galen se encogió de hombros.

—Si insiste. Pero los dos olemos como el mismo demonio, y metidos en el coche haremos que cualquiera se enferme. —Pasó delante de Eve y se apresuró corriendo por las escaleras. —Salimos por la puerta trasera y nos metemos en el coche que está estacionado en la arboleda de cipreses a unos metros de la casa. —Se detuvo delante de la puerta de la cocina. —Quédese aquí un minuto. Volveré enseguida.

—¿Adónde va?

—Revisaré el exterior. La mayoría de los guardias están ubicados al otro lado del pantano, en la iglesia, pero hay un rufián que está a una corta distancia, en la orilla del pantano, vigilando la casa. No tuve tiempo de ocuparme de él cuando fui a buscar el cráneo. —Miró a Nathan. —Y además, Nathan hacía demasiado ruido quejándose. Tuvimos suerte de regresar a la casa sin que nadie nos viera.

—Usted intentaba ahogar…

—Prepárense. —Galen estaba fuera de la puerta y se desplazaba por uno de los costados de la casa. —Y crucen los dedos para que no encuentren a ese guardia en la iglesia…

—Vamos. Múevanse. —Galen apareció en la puerta unos minutos después. —Estamos con el tiempo contado.

—¿El guardia?

—Me ocupé. —Empezó a trotar a medida que se acercaban a la arboleda de cipreses. —Es el guardia de la iglesia el que debe preocuparnos. Han pasado casi quince minutos. Alguien irá y lo buscará.

Eve se detuvo en seco. El coche marrón que Galen había alquilado no estaba allí como había esperado. En su lugar, había un reciente modelo gris de Luxus.

Joe Quinn estaba de pie junto al coche.

Eve giró en dirección a Galen.

—¿Qué diablos sucede?

—Yo "sucedo" —dijo Joe lacónicamente—. Métanse en el coche y vayámonos de aquí.

Eve lo ignoró.

—¿Usted lo llamó, Galen?

—Claro. Antes de ir a la iglesia. Le dije que quizá lo necesitáramos. Diría que la situación está tomando tales proporciones que debemos traerlo. No puedo estar en todas partes al mismo tiempo. Abra el baúl, Quinn —colocó las maletas en el baúl—. Le presento a Bill Nathan. Entre en el asiento de atrás, Nathan. —Se volvió a Eve. —Usted elige en donde quiere sentarse, pero Quinn viene con nosotros. Lo invité a viajar con nosotros.

—Galen, usted está decidiendo demasiado.

—Es una costumbre en mí. Proveo. —Abrió la puerta trasera para que Eve entrara. —Y eso incluye toda la protección que puedo hallar.

—Por Dios, no voy a contaminarte —dijo Joe con aspereza—. Entra en el coche.

Eve vaciló y luego entró en el asiento trasero junto a Nathan.

—No me gusta esto, Galen.

—Lo siento. —Galen miró por encima de su hombro a la iglesia mientras entraba en el asiento del acompañante. —Nada se agita allí todavía. Dios, tenemos suerte. Vamos, Quinn.

Joe se acomodó en el asiento del conductor.

—¿Adónde vamos?

—Al sur. Tengo un lugar al norte de Nueva Orleans. Estaremos a salvo allí por un tiempo.

—¿No nos buscarán en ese lugar?

—Bueno, cuando uno está en mi negocio no quiere que el mundo entero sepa dónde es su casa. Todos los papeles del trabajo están bien enterrados.

—No se confíe demasiado —dijo Nathan—. Jules Hebert tiene la Camarilla que lo respalda, y eso abre un montón de puertas.

—Si la así llamada Camarilla existe. Cualquiera puede encontrar a cualquiera, con el tiempo suficiente. Pero es posible que tengamos un espacio como para que Eve finalice con Victor.

—Quizás.

—Conduzca, Quinn —dijo Galen—. Me estoy deprimiendo.

* * *

Los hombros de Joe estaban fijos; no había mirado a Eve ni una sola vez durante toda la travesía.

Y ella había intentado firmemente mantener la mirada en otra parte al mirar por la ventana o intentando charlar con Nathan, quien estaba poco comunicativo. Galen no era de mucha ayuda. Había estado inusualmente tranquilo durante el viaje, proporcionándole a Joe una ocasional directiva. Así que no había habido nada que la distrajera para no mirar a Joe, para no pensar en Joe, en esas horas en la ruta.

Parecía un error estar de nuevo en ese punto, cuando ella siempre estaba su lado. Todos esos años habían sido los mejores amigos y amantes...

Amantes.

Dios, cómo le encantaba que él la acariciara. Sentía ansiedad en el cuerpo al pensar en la última vez que él la había penetrado mientras se movía y entraba dentro de ella. Y después había sido casi tan bueno que la abrazara como si fuera algo maravillosamente preciado. Siempre se sentía tan cuidada...

Se obligó a alejar la vista de Joe. La vida no era sólo sexo. La vida era confianza y honestidad.

Y sexo.

Ella no había estado alejada de la cama de Joe desde que hacía dos años habían regresado de Arizona. Era natural que se hubiera acostumbrado a su cuerpo, acostumbrado a tener relaciones con él. No era que no pudiera soportar no tener relaciones. Pero sería mejor cuando pudiera salir del maldito coche.

Está bien, olvídate. Eve había intentado decidir qué haría una vez que llegaran a la casa de Galen. Había demasiados temas importantes que resolver. ¿Qué era lo mejor para Jane y para su madre? Piensa en ellas en lugar de pensar en Joe. Diablos, ¿qué era lo mejor para ella?

Una hora más tarde, Galen señaló una enorme verja de hierro montada sobre un cerco de hierro igualmente grande.

—Doble aquí. La casa está detrás de esos cedros. —Presionó un botón en el llavero y la verja se abrió. —Gracias a Dios ya estamos aquí. No fue éste el viaje más descansado que tuve. Podía haber cortado el aire con un cuchillo.

—Es su culpa —Eve elevó su propia plegaria de agradecimiento porque la travesía había concluido mientras se inclinaba hacia adelante para obtener un vistazo entre las sombras de una enorme casa de dos plantas de estuco color amarillo—. Por Dios, es una mansión.

—Le hice al dueño una oferta que no pudo rechazar —dijo Galen mientras se dirigían por la sinuosa entrada hasta unas puertas talladas de unos veinte metros de altura—. Pensé que era lo apropiado.

—Espero que no vayamos a involucrarnos con la Mafia —dijo Eve—. Es lo último que necesito.

—Estaba bromeando —dijo Galen—. En mi trabajo me pagan bien y Logan invirtió por mí. Tengo algún dinero por las dudas.

—Algo —dijo Quinn secamente—. Uno se pregunta por qué sigue trabajando.

—Cuando uno crece en los barrios pobres, no hay nunca suficiente dinero en el mundo que lo haga sentirse seguro —Galen salió del coche y abrió la puerta trasera—. Pero el año pasado intenté parar y no lo soporté. Me aburrí terriblemente. De hecho, eso que dije está bastante cerca de la verdad. Empecé a correr riesgos. Diablos, incluso empecé a escalar montañas. Cuando me quebré el tobillo en una pendiente de niños, decidí que era un caso perdido y regresé al trabajo. Pensé que era más saludable —ayudó a Eve a salir del coche—. ¿Está bien?

—Bien.

—Yo no —dijo Nathan—. Huelo y estoy sucio y creo que tengo picaduras de sanguijuelas.

—¿De verdad? —Galen levantó las cejas. —¿En algún lugar interesante? Si fue atacado por sanguijuelas, probablemente siguen pegadas. ¿Quiere que ayude a sacárselas?

Nathan lo fulminó con la mirada.

—Le gustaría eso, ¿no?

—No sea hosco. Sobrevivirá. Dudo de que tenga sanguijuelas.

—¿Es usted un experto?

—Seguro. Aunque tengo más conocimientos que usted en cruzar ríos infestados de pirañas.

Nathan resopló.

—¿Lo duda? Uno siempre cruza el río por la noche cuando las pirañas duermen, y se aleja de los muelle en donde...

—No quiero escuchar hablar de pirañas. ¿Puede abrir esa maldita puerta?

—Sólo intentaba educarlo —Galen se dio media vuelta, subió los cuatro peldaños, abrió las puertas de la entrada y encendió las luces del vestíbulo—. No hay sirvientes, Eve. Hay alguien del pueblo que viene una vez por semana para quitar el polvo. Excepto eso, estamos solos. Todos los dormitorios están en la segunda planta. Creo que hay diez u once. Elija el que más se acomode a su gusto.

—Lo único que yo quiero es ducharme —Nathan pasó al lado de Galen y entró en la casa.

—Envuélvase en una sábana cuando salga de la ducha —le gritó Galen—. Buscaré alguna ropa mía que sea bastante grande como para su contextura olímpica.

—Sólo tengo unos kilos de más —dijo Nathan entre dientes.

—Gruñón, ¿eh? —dijo Galen a medida que Nathan desaparecía—. Pero estoy de acuerdo con él acerca de la ducha. Sin embargo, haré un supremo sacrificio y le mostraré la habitación que creo que será perfecta para que usted trabaje con Victor, Eve. Venga —entró en la casa.

—Vayan. Buscaré las valijas. —Joe se fue hasta el baúl del coche.

—No estoy tan entusiasmado por ver la casa de Galen. Tuve ya bastante de su persona.

—Entonces no deberías haber venido.

—Sabes por qué vine. —Sus ojos encontraron los de Eve. —Y nada tiene que ver con Galen —Joe abrió el baúl—. Excepto por el hecho de que quizá tenga la oportunidad de quebrarle el cuello.

—¿Qué te parece trabajar aquí? —Galen abrió la puerta de una habitación en la planta baja—. Mucha luz.

—¿La cocina? —Eve echó un vistazo a una enorme habitación de piso de piedra, con una antigua cocina económica y también un hogar tan grande que se podía entrar en él.

—Esta habitación, en el siglo pasado, era el fregadero. El hombre al cual le compré el lugar reformó otra habitación del piso superior y la convirtió en la cocina. Este lugar era imposible de acondicionar, y a él le gustaban las comodidades. A mí también —señaló la mesa de carnicero—. Usted puede poner su equipo aquí, ¿no?

Eve sintió escalofríos.

—Es un poco frío.

—Para eso está el hogar. Lo mantendré con leña para usted. Entonces, ¿traigo sus cosas aquí?

Eve vaciló, se sintió tentada y, luego, sacudió la cabeza.

—No lo creo. Cuando veníamos, en el camino, estuve pensando.

—¿Alguna duda al respecto?

—Sí.

—¿Y qué decidiste? —preguntó Joe desde la cima de las escaleras.

—Que soy una idiota idealista si tan sólo considero continuar con la reconstrucción.

—Bien —Joe bajó las escaleras—. Eso es lo que he estado diciéndote.

—Si trabajara toda la vida, no podría realizar todas las reconstrucciones de la gente que me necesita. Es posible que Bently haya sido un buen hombre, pero hay otra buena gente en el mundo. Han asesinado a personas a mi alrededor. ¿Cómo sé que no tocarán a mi familia? —apretó los labios—. Sí, me apena la idea de no terminar con Victor, pero no seré estúpida.

—Bueno, parece que ha tomado una decisión —dijo Galen—. ¿Cómo quiere que manejemos el asunto?

—No confío en Melton. Me mintió.

—¿El FBI? —preguntó Joe.

—Quizás.

—Ya sé, usted no confía en ellos tampoco.

—Usted solía trabajar para ellos. ¿Conoce a alguien que tenga fama de ser incorruptible?

—No es fácil hallar a alguien incorruptible. Déjeme pensar y haré algunas llamadas.

—Puesto que no me necesitan, voy a ver la ducha. —Galen dio media vuelta y empezó a subir por las escaleras. —Si quiere, bajo a Victor y puede trabajar un poco antes de entregarlo.

—¡No!

Galen se detuvo sorprendido.

—Era sólo una sugerencia. Pensé que le gustaría...

—Tiene miedo —dijo Joe—. Piensa que si empieza a trabajar con él nuevamente, no será capaz de devolverlo sin terminar.

Carajo, Joe siempre podía saber lo que le pasaba.

—No soy estúpida. Sé lo que es importante. —Pero Victor era también importante. Estaba perdido y ella podía restituirlo a su lugar. Si tan sólo trabajara un poquito más quizá podría... —No preparé a Victor.

Galen asintió.

—Trate de descansar, Eve. Ha sido una noche muy larga.

—¿Está dándome órdenes, Galen?

Galen comenzó a subir los peldaños.

—¡Dios me libre! Sé que usted está mal conmigo. Pero reitero mi decisión de haber traído a Quinn.

Eve se apresuró corriendo detrás de él. Lo último que quería era quedarse a solas con Joe.

—¿Va a controlar a Bill Nathan? Parece bien, pero nada parece lo mismo desde que me marché de Atlanta.

Él asintió.

—Después de ducharme. —Sonrió con picardía. —Me pregunto si realmente tendrá alguna de esas astutas sanguijuelas...

—¿Se marchó? —El tono de la voz de Melton estaba bajo control, pero Jules podía detectar el enojo debajo de la suavidad. —¿Con el cráneo?

—Sí. Pero no se preocupe, la encontraré.

—Nunca debió haberla perdido, Hebert. Sus órdenes eran controlar que terminara con el cráneo y luego deshacerse de ella. ¿Dónde diablos estaba usted esta noche? ¿Por qué no la estaba vigilando?

—Tuve que ir a Boca Raton para controlar los preparativos. Pensé que no había peligro. Aparentemente, ella no sospechaba nada, y sé que quería terminar con el cráneo. Me pareció un buen momento para... —Se detuvo disgustado. Balbuceaba, esgrimía excusas como un idiota aficionado ante este imbécil. —Cometí un error. Me rectifico.

—Por cierto lo hará. Si no es demasiado tarde. ¿Qué sucederá si lleva el cráneo a la policía?

—No creo que haga eso todavía, pero debo apresurarme. Mis hombres vieron a Quinn entrar en la casa hoy temprano por la noche. Él o Galen deben haberla convencido de marcharse. Pero no puedo saber nada con absoluta certeza. Si se llevó el cráneo es, probablemente, porque quiere terminarlo. Ambos sabemos lo responsable que es con su trabajo. Eso me da un poco de tiempo. Necesitaré su ayuda.

—En tanto que no me comprometa.

—Ella no regresará a su casa. Si sospecha algo, se esconderá. Necesito que recurra a sus fuentes y descubrá a dónde puede ser que Galen la haya llevado. Rápido.

—Es un país grande.

Jules intentó controlar su carácter y pronunciar cada palabra con precisión.

—¿Puede hacerlo?

—Permití que usted adoptara esta postura con Duncan cuando cometió el error garrafal con Etienne, pero no puedo seguir corriendo riesgos. Es demasiado peligroso para nosotros. Usted consiga el cráneo y deshágase de ella y de todo a su alrededor rápido. No quiero la menor publicidad en torno al caso. ¿Entiende?

—Entiendo. ¿Puede averiguar en dónde está?

—Lo intentaré —Melton colgó el teléfono.

Lo intentaría seriamente, pensó Jules. Melton quizás intentara echarle la entera culpa a Jules, pero él era responsable de Boca Raton y quería que el problema con Bently estuviera resuelto antes de que tuviera que responder a alguna pregunta incómoda.

Y también así lo quería Jules. Estaba teniendo problemas para mantener todo en un delicado equilibrio. Desde aquella noche que había matado a Etienne, se había visto forzado a mentir y hacer trampas y realizar alianzas. Si no tenía cuidado, todo recaería sobre él.

No, no lo permitiría. Había renunciado a demasiadas cosas como para que lo derrotaran ahora. No se quedaría sentado aquí y confiaría en que Melton hallara a Eve.

Tomaría el asunto en sus propias manos.

Capítulo diez

Dios, quería que la cena terminara.

La comida parecía no terminar nunca. La actitud hosca de Nathan no había mejorado con la ducha. Joe había estado casi en silencio, y Eve había sido tan consciente de que él estaba sentado frente a ella que sólo había podido responder afectadamente a las preguntas y a los comentarios de Galen.

Galen era el único al que la atmósfera parecía no afectar. Estaba lleno de energía, enchufado, a cargo de un unipersonal. Alternaba entre correr a la cocina para traer una variedad deliciosa de platos, contar historias y, cada tanto, parlotear con Joe o Nathan.

—Todos ustedes son una gran desilusión para mí. —Galen se reclinó en la silla después de haber servido el café—. Si no fuera tan hábil socialmente, esta cena hubiera sido un desastre. La actitud de ustedes ha sido desastrosa.

—Esto no es un circo, Galen —dijo Joe—. Y usted no es el maestro de ceremonias.

—Muy buena comparación, Quinn. Es evidente que usted no carece del arte de la conversación.

—Galen —dijo Eve.

—Ella obviamente quiere calmar las aguas embravecidas. —Galen se dirigió a Joe—. ¿Me teme a mí o a usted? ¿Usted qué piensa?

—Creo que tengo la panza llena.

—Grosero. Muy grosero.

Joe se volvió hacia Eve.

—Realicé algunas llamadas antes de la cena. Llamé a algunos de mis contactos en el FBI, y todos estuvieron de acuerdo en que Bart Jennings es probablemente el hombre que necesitamos. Es inteligente y dedicado, y ha estado trabajando para el FBI durante los últimos veinte años.

—¿Lo conoce personalmente?

Joe negó con la cabeza.

—Pero escuché hablar de él cuando trabajaba allí.

—¿Qué está sucediendo aquí? —preguntó Nathan.

—Eve decidió entregar el cráneo.

—¿Sin terminar?

Eve asintió.

—Gracias a Dios. Una buena decisión. Aunque hubiera sido mejor dejar el cráneo y marcharse.

—No voy a dejar el cráneo para Jules Hebert y su gente. —Sus ojos encontraron los de Nathan. —No sé cuánto de su historia es verdad y cuánto es basura especulativa, pero no quiero ocuparme de esto. Lo entregaré a las autoridades.

—No puede confiar en las autoridades —dijo Nathan—. No puede confiar en nadie.

—Usted parece un personaje de una mala película —le dijo Joe—. Eve, hablé con Jennings y prometió mantener el asunto de manera totalmente confidencial. Pero le gustaría venir a verte mañana a las diez.

Eve frunció el entrecejo.

—¿Le dijiste en dónde estábamos?

—No, no haría eso sin consultarlo contigo. Le dije que volvería a llamarlo.

Eve se quedó pensando.

—Dile que lo veré. Quizás, entonces, Victor ya no esté en mis manos cuando Jennings se marche.

Galen sonrió.

—Sentirá pena de verlo marchar.

Eso era un sobreentendido. Ella siempre sentía pena cuando fracasaba y no podía lograr restituir un sujeto a su lugar, y Victor se había convertido casi en una obsesión para ella. Pero no debía pensar en eso ahora. Había entablado esa lucha en el viaje que habían hecho hasta aquí.

—¿Le dijo que obtuvo la información de la Camarilla de mí, Quinn? —preguntó Nathan.

—No, pensé que prefería que no lo hiciera. Aunque él presionó bastante. Como dicen ustedes los periodistas, cité una fuente confidencial.

—Bien. Porque puede estar cometiendo un terrible error —Nathan se puso de pie y arrojó la servilleta—. Yo no estaré aquí cuando se encuentre con Jennings. Hasta el momento he mantenido mi cuello a salvo al no hacerle saber a nadie que estoy implicado. E intento seguir haciéndolo.

Galen observó a Nathan marcharse de la habitación antes de dirigirse a Eve.

—A propósito, hice algunas averiguaciones respecto a Bill Nathan. Es columnista por cuenta propia del *Times Picayune*, y bien conocido por defender varias reformas ambientales —sacó un fax del bolsillo y se lo arrojó—. La foto del periódico no es muy buena, pero es definitivamente él.

Eve miró el fax. Galen tenía razón; la foto era mala pero se lo reconocía.

—Entonces, quizá, debería sacárselo de encima.

Galen la miró sorprendido.

—¿Por qué? Es tan divertido.

—Ya tuve bastante —Joe se dirigió a Eve—. Quiero hablar contigo.

Eve se puso tensa.

—Sí, ustedes dos váyanse. —Galen se puso de pie y apiló los platos. —Tengo que ponerlos en el lavaplatos. El trabajo de un ama de casa nunca termina…

—No necesito su permiso, Galen —dijo Joe.

—Es ese síndrome de maestro de ceremonias que tengo. —Galen comenzó a llevar los platos a la cocina. —Y creo que uno tiene que utilizar toda la ayuda que puede conseguir.

Joe observó la puerta cerrarse detrás de él.

—Está en el límite. Me pregunto si sabe lo cerca que estoy de… —Dio media vuelta y se desplazó a las puertas francesas que conducían a la galería—. Salgamos de aquí —miró por encima del hombro—. No me digas que no, Eve. Estoy cerca de explotar, gracias a ese hijo de puta.

—Galen es muy amable conmigo.

—Sí, me lo dijo. ¿Vienes?

Lo último que quería era una confrontación con Joe, pero no iba a ser capaz de tolerar más de esta tensión. Tenía que sobreponerse. Se puso de pie.

—Voy.

La noche otoñal estaba fría; la brisa del lago le hizo sentir un escalofrío.

—Incluso el tiempo está en mi contra —Joe se quitó la chaqueta y se la colocó en los hombros.

La chaqueta tenía el calor de su cuerpo y olía a su agua de colonia favorita.

—No la quiero.

—Y yo no quiero darte una excusa para ir adentro y alejarte de mí —se reclinó sobre la balaustrada de piedra y miró el lago—. Me gusta más nuestro lago. Éste es demasiado... bonito.

Ella entendía lo que quería decir. El lugar no tenía para nada la belleza de la tierra agreste y áspera del terreno de la casita en el lago.

—No parece el escenario de Galen tampoco, pero él dijo...

—No estamos hablando de Galen —interrumpió Joe—. Estamos hablando de nosotros y de nuestra vida juntos. Galen no pertenece a ella.

—Joe, esto es demasiado pronto. No puedo...

—¿No piensas que sé que es demasiado pronto? Iba a darte tiempo. Me estaba matando, pero lo hubiera hecho. Entonces, todo explotó. Pudieron haberte matado. No puedo estar contigo ahora —lanzó un suspiro entrecortado—. Y no puedo tolerar que te alejes de mí. Así que debemos llegar a un arreglo.

—¿Qué clase de arreglo?

—Me permites que me quede contigo, te proteja, y yo no pediré ninguna otra cosa. No te molestaré. No te arrinconaré. No te recordaré lo condenadamente bien que estábamos juntos. —Hizo una pausa y, luego, dijo entre dientes: —Incluso me quedaré y dejaré que duermas con Galen si es eso lo que quieres.

—¿Qué?

Joe entrecerró los ojos.

—¿No estás durmiendo con Galen?

—¿Estás loco? Después de todos estos años de conocerme, ¿crees que puedo meterme en la cama de otro sin vacilar?

Joe lentamente dejó escapar un respiro.

—Definitivamente voy a matarlo.

—¿Te dijo que estaba durmiendo con él?

—No exactamente. —Cambió de tema. —¿Seguirás conmigo en todo esto? Después de que todo termine, saldré de escena y dejaré que sigas reflexionando sobre mis pecados. Puesto que has llamado a Jennings, no será tanto tiempo. Ahora ya puedo dejarte marchar.

Eve no respondió.

—Escúchame —Joe la tomó de los hombros y la sacudió—. Merezco esto. Puede que pienses que soy un hijo de puta, pero después de todos estos años y de haber pasado todo lo que pasamos, no puedes tratarme así. ¿Cómo te sentirías si fuera yo? Te importo. No puedes desesinteresarte sólo porque piensas que cometí algo imperdonable.

—*Fue* terrible. —Y estar aquí cerca de él siendo bombardeada por tanta intensidad y por sus propios sentimientos era también algo terrible. —Y me estás destrozando, carajo.

—Respóndeme. ¿Cómo te sentirías si fuera yo quien pudiera ser acuchillado en el gaznate por un canalla?

¿Un mundo sin Joe? Dolor. Pérdida angustiante. Vacío.

—¿Lo ves? Ahora dame lo que quiero. Sé justa conmigo. Déjame que me quede y que te ayude.

Eve se quedó callada un instante antes de asentir entrecortadamente.

—Está bien. Pero puede que empeoren las cosas.

—Estoy preparado para eso —los labios de Joe hicieron una mueca—. Aunque sólo Dios sabe cómo puede empeorar más. —Sus manos se desplazaron anhelantes por los hombros de Eve antes de dejarla lentamente libre. —Sabes, hace días que no te toco... Duele... —Se dio media vuelta. —Pero se supone que no debo hablar del tema. Es contra las malditas reglas. —Desapareció dentro de la casa.

Dios, se estaba volviendo loca. Aún podía sentir el peso de sus manos sobre los hombros aunque ya no estaban más allí. Estaba rodeada por su perfume y el calor de su chaqueta y el sonido de su voz, y sus palabras habían quedado suspendidas en el aire.

¿Y si fuera yo?

Era la pregunta que derribaba todos los muros que ella podía levantar. Recordó lo angustiada que se había sentido hacía unos años cuando le habían disparado a Joe; desde entonces se habían acercado más el uno al otro. No tenía que pensar en eso. Tenía que intentar actuar automáticamente cuando estaba cerca de él. Había cedido porque había reconocido que estaba siendo injusta, pero hurgar en Joe y en la vida que habían tenido juntos era masoquismo.

Se quitó la chaqueta de Joe. El frío y la soledad la asaltaron de inmediato. Era tan sólo un abrigo, carajo. La llevó adentro y la colocó sobre una silla del comedor. Dejaría que más tarde él la buscara. No podía enfrentarlo en ese momento. Él había dicho que no se interpondría en su camino, pero simplemente por el hecho de estar en la misma casa la perturbaba. Subiría y se metería en la cama. Al pasar delante de la puerta del fregadero, echó una mirada nostálgica. Se sentía demasiado perturbada como para dormir bien. Si tuviera a Victor para trabajar se sentiría distraída y al mismo tiempo aliviada. Podía encontrar el cráneo y...

No, no debía caer en la tentación. Ya había tomado la decisión. Mañana el FBI estaría aquí y tanto la amenaza como el caos emocional quedarían atrás.

—Gracias por consentir en verme —Jennings le sonrió a Eve—. Logan me explicó que su actitud hacia las oficinas del gobierno es enteramente cordial —hizo una mueca—. Yo por mi parte tengo algunos problemas con la burocracia.

—Un hombre con juicio —murmuró Galen—. Creo que me gusta, Eve.

Ella sabía lo que quería decir. Desde el preciso momento en que Jennings apareció en la puerta hacía unos minutos, se había sentido impresionada. Jennings era un hombre de unos cuarenta años, con el cabello canoso y un rebelde mechón sobre la frente. Sus gestos eran directos, su conducta franca y abierta.

—¿Le dijo Logan que no queríamos que el senador Melton estuviera involucrado?

—No tengo problemas al respecto. El senador tiene fuertes conexiones en Washington, pero en todos los años que hace que estoy trabajando en el Departamento he visto ir y venir a las figuras poderosas. De ahora en adelante, está fuera del circuito.

—¿De verdad? —la mirada de Joe se centró en el rostro de Jennings—. Suena muy definitivo.

—Digamos que no confío en él. Puede que sea un soplón o que esté hasta el cuello. En ambos casos, necesitamos tener cuidado.

—¿Usted cree en la teoría de esa gran conspiración?

—No puedo descartarla hasta probar que no es verdad —Jennings hizo una pausa—. He escuchado fragmentos de información que sugieren que la historia tiene asidero. Hay una parte que es difícil de creer, pero puede ser condenadamente serio si incluso una décima fracción de lo que nos han contado es verdad. ¿Usted dijo que ese tal Etienne pensó que algo grande estaba sucediendo en Boca Raton?

Eve asintió.

—Al principio, pensó que era una reunión de la Camarilla, pero no había ningún encuentro que le diera a sus miembros una excusa para ir. Tiene que ser alguna otra cosa.

—Necesito el nombre del informante.

Joe sacudió la cabeza.

—Le dije, prometí mantenerlo en secreto.

—Usted hace mi trabajo más difícil —Jennings se volvió a Eve—. Lo que me conduce a usted. ¿Cuándo espera completar la reconstrucción?

—En tres, quizá cuatro días, la finalizaría. —Se puso tensa. —Pero no voy a hacerlo. Es por eso que usted está aquí. Usted va a sacármelo de las manos. Quiero salir de todo esto.

Él asintió con complacencia.

—Entiendo perfectamente. Yo me sentiría igual. Y si fuera usted, querría arrojarle el pedido que voy a hacerle en la cara. Pero tengo que hacérselo de todas maneras: Denos esos cuatro días. Termine la reconstrucción.

—¡Un cuerno que la hará! —dijo Joe.

—De ninguna manera —dijo Eve.

—Escuchen. Hebert y Melton están obviamente desesperados porque el cráneo esté terminado, y deben tener una razón. ¿Por qué?

—¿Bently?

—¿Pero por qué necesitan saber que está muerto? ¿Y qué conexiones existen con lo que va a suceder en Boca Raton? —Hizo una pausa. —Necesitamos saberlo. Nosotros estuvimos involucrados en la investigación por la desaparición de Bently, y descubrimos algunos intrigantes bocados de información. Bently hizo algunos tratos supersecretos con un Banco en Gran Caimán justo antes de desaparecer.

—¿Lavado de dinero? —preguntó Galen.

Jennings se encogió de hombros.

—¿Por qué? La fortuna personal de Bently era enorme. Su abuelo estaba en el negocio del petróleo. Ésa es una de las razones por las cuales Bently se hizo defensor del medio ambiente. En venganza. Pero enormes transferencias iban a ese Banco de Gran Caimán. Era una cuenta conjunta con Thomas Simmons, quien estaba autorizado a retirar la cantidad que eligiera. Luego, cerraron la cuenta y el dinero desapareció.

—¿Quién era Thomas Simmons?

—Interrogamos a la esposa de Bently y a sus socios y el resultado fue nulo. Nadie sabía nada de Simmons. —Hizo una pausa. —Pero surgió otra pista que nos condujo a un posible sendero. Iniciamos una búsqueda por computadora en todo el país de asesores y personal universitario y obtuvimos a un tal Thomas Randall Simmons de la Tecnológica Cal Tech. Se había tomado un año sabático alrededor de la época de la desaparición de Bently. No pudimos encontrar ningún otro vínculo hasta que verificamos con Gran Caimán y obtuvimos una muestra de su caligrafía. Era idéntica.

—¿Una estafa? —sugirió Joe—. Quizá debería buscar más al elusivo señor Simmons. Podría ser que Bently descubrió que le robaban y Simmons decidió deshacerse de él.

—Hemos estado buscándolo, carajo —dijo Jennings—. Y no obtuvimos absolutamente nada. Bently era muy inteligente. Debió necesitarse alguien muy astuto para ganarle.

—Entonces regresamos al punto en donde Bently mismo era un estafador. Alguna gente nunca tiene dinero suficiente.

Jennings sacudió la cabeza.

—No lo creemos. Bently era un idealista y superlimpio, pero hubo señales de que podía estar enviando su dinero a un proyecto secreto.

—¿Qué proyecto?

—Algo en lo que creía tanto como para arriesgar su fortuna personal. Ésa fue la pista que nos hizo salir disparando a investigar a todos los asesores del país hasta que encontramos a Simmons. Él estaba metido de lleno en una investigación muy interesante —hizo una pausa—. ¿Qué saben de células combustibles?

—No mucho. Se supone que es una de las alternativas de la nafta o el gas en los coches. Algunas compañías automotrices han realizado exhaustivos experimentos con las células, pero nunca se difundieron. Es demasiado caro.

—Su potencial de energía va más allá del campo automotriz. Todo, desde plantas de energía hasta casas y centros espaciales, puede operarse con estas células combustibles. Una fracción del costo actual y sin efectos colaterales para el medio ambiente. Escasamente haya una persona en el planeta que no se beneficie si las células combustibles se convierten en una alternativa viable. Los científicos están muy cerca de hacerlas realidad. Aunque la mayoría de la gente nunca oyó hablar de esta técnica. ¿No lo encuentran curioso?

—¿Qué tiene esto que ver…? —Eve se detuvo—. ¿Usted cree que Bently estaba financiando una investigación para que se desarrollara una célula combustible que funcionara?

Jennings asintió.

—Simmons estaba bien metido en la investigación. Y fuimos capaces de seguir el camino que recorrió el dinero hasta una fuente en Detroit. A Bently le vendieron varios componentes claves para el desarrollo de la célula combustible. No era tonto. No hubiera invertido tanto dinero si no hubiera estado bien seguro de que era algo muy importante.

—¿Por qué mantenerlo en secreto? —preguntó Eve—. Si la célula combustible va a traer tantos beneficios, ¿por qué no ir al gobierno y persuadirlo de que invierta un billón o dos en la investigación?

—Quizá quería el producto terminado, o quizá no confiaba en que el Congreso aprobaría una ley que antagonizara con todos los *lobbies* de energía del país —dijo Joe.

—O quizá, realmente, existe la Camarilla —dijo Galen lentamente—. Quizá sabía de su existencia y temía que utilizaran todo su poder para detenerlo.

Jennings asintió.

—Bueno, lo detuvieron en seco. Ahora necesitamos saber qué sucedió y por qué le interesa a Hebert y a Melton.

Eve lo miró exasperada.

—¿Y se supone que yo siga involucrada en este espantoso lío?

—Por favor. Cuatro días. —La expresión de Jennings era sobria. —No voy a decirle ninguna pavada sobre el deber. Cada uno tiene que tomar su propia decisión al respecto. Pero hay una gran posibilidad de que hayan asesinado a Bently porque intentaba hacer algo bueno para todos nosotros. Le diré que usted puede cambiar esto. Es importante.

—Es importante que yo y la gente que me importa estemos a salvo.

—Le ofreceremos seguridad. —Hizo una pausa. —Sólo cuatro días.

—No tienes que hacerlo, Eve —dijo Joe.

—Ya lo sé. —Eve se acercó a la ventana y miró al jardín. —¿Cuán a salvo estamos aquí, Galen?

—Bastante. Me aseguré de que no nos siguieran. Y, como dije, llevará tiempo localizarnos. Y ni Quinn ni yo somos indolentes en esta clase de asuntos.

Eve se dirigió a Joe.

—¿Están mi madre y Jane bien?

—Por supuesto. Anoche llamé a la oficina y dispuse todo. Habrá patrulleros dando vueltas por la propiedad varias veces al día y pedí varios policías de civil que vigilen constantemente. Y llamé a tu madre y le dije de la vigilancia y que no dejara ir a Jane a ninguna parte sola. —Su mirada se centró en el rostro de Eve. —Después de saber todo esto, no me gusta el rumbo que van tomando las cosas.

Tampoco a Eve. Era ya bastante difícil pelear su deseo de terminar con Victor sin que Jennings le diera la excusa que necesitaba. Ella se sentía tironeada por el deseo desesperado de sentirse libre y al margen de toda esta inmundicia conectada con la reconstrucción y por restituir a Victor a su lugar de origen. No quería que Jennings ejerciera ninguna influencia. Debía decirle que se fuera al diablo.

Pero, ¿no seguiría rondando el asunto? Mientras Victor continuara sin identidad, ella se sentiría acosada, por un lado, por su propio deseo de terminar, y por otro, por el conocimiento de que Jennings o quizás otro oficial podía aparecer y ejercer presión para que ella lo hiciera. Había sólo una manera de poner fin a todo esto.

Giró para enfrentar a Jennings.

—Oh, por Dios, está bien. Lo haré. Pero lo quiero fuera de mis manos en el mismo instante que lo termino. Quiero que todo termine.

—De acuerdo. —Jennings sonrió—. ¡Uf!, es un alivio. —Su tono adquirió el matiz de un hombre de negocios—. ¿Hay algo que necesite? ¿Algo que podamos hacer?

—Mantengan a mi niña y a mi madre a salvo. E intenten no interferir demasiado. No quiero que se asusten.

—No hay problema.

—Mejor que no los haya.

—Y enviaré agentes aquí desde Nueva Orleans para protegerla y...

—No —interrumpió Galen—. Permití que Quinn le contara de mi pequeño lugar de descanso porque usted dijo que sería absolutamente confidencial. Nadie más debe saber. Quinn y yo nos encargaremos de la seguridad aquí.

Jennings miró a Eve.

—¿Usted confía en ellos?

Ella asintió.

—Bueno, si cambia de parecer hágamelo saber. —Jennings se dio media vuelta para marcharse—. Me mantendré en contacto. Gracias, señora Duncan.

—No me agradezca. Sólo preséntese en el umbral en el preciso instante que termine mi trabajo.

Él sonrió.

—Hágamelo saber y estaré aquí.

Eve se volvió a Joe enseguida que Jennings cerró la puerta detrás de sí.

—¿Sin problemas?

Joe sacudió la cabeza.

—No me gusta, pero sé que no vale la pena discutir contigo una vez que tomaste una decisión. Tengo que llamar a la oficina y decirles que habrá algunos agentes del FBI que aparecerán en escena. No van a ponerse contentos.

—¿Preparo a Victor y su equipo en el fregadero? —preguntó Galen.

—Sí. Ya mismo. Si voy a volver a esta condenada reconstrucción, la haré lo más rápido que pueda.

—Sí, seguro —dijo Joe—. Admítelo, disfrutaste de un aplazamiento. No puedes esperar para ponerle las manos encima a Victor de nuevo.

Joe tenía razón. Podía sentir el cosquilleo en sus manos y un familiar entusiasmo que la inundaba.

—Eso no significa que no lo haga rápido.

—No lo dudo. Estarás trabajando cada minuto de cada día. Pero, ¿qué hay de nuevo en eso?

—Esta vez es diferente.

—Cada vez es diferente —Joe sonrió—. Adelante. Empieza a trabajar. Mantendré al mundo alejado.

—No quiero que...

Ya se había marchado.

Capítulo once

—¿Dónde está Eve? —le preguntó Joe a Galen cuando a la mañana siguiente, a las diez, bajó de su dormitorio.

—Se perdió el desayuno —respondió Galen—. En realidad, su ausencia hizo que la atmósfera fuera mucho más liviana.

—Estuve hablando por teléfono a la oficina. Además, no soportaba presenciar otro espectáculo de circo como el que montó usted la otra noche. —Repitió: —¿Dónde está Eve?

—Abajo, trabajando —Galen miró la carpeta que Joe tenía en las manos. —¿El boceto?

—Sí. En el FBI iban a revisar los archivos e intentarían enviarme una foto de Hebert para comparar, pero aún no ha llegado nada. Esto tendrá que servir por ahora. —Joe ya estaba bajando las escaleras del antiguo fregadero.

—Iré con usted.

Joe no respondió. Se detuvo al final de la escalera. Eve estaba trabajando sobre Victor junto a la ventana, el sol brillaba sobre su cabello castaño-rojizo y suavizaba la absorbente intensidad de su expresión. Cuántas veces la había visto así en su casa...

Eve levantó la vista y se puso tensa.

Demonios. Él apartó la mirada de la de ella y siguió bajando las escaleras.

—Necesito tu ayuda, Eve.

—¿Es eso lo que llamas mantenerte al margen, Joe? —preguntó Eve.

—Te libré de mi presencia durante el desayuno. Me iré de aquí tan pronto como confirme algo. Estuve haciendo averiguaciones en la oficina por posibles antecedentes criminales de Hebert. —Atravesó la habitación y sacó el boceto de la carpeta. —¿Alguna vez viste a este hombre?

Eve tomó el dibujo y lo miró. Frunció el entrecejo.

—Hay algo familiar... ¿Éste es Hebert? Galen, venga aquí.

—Qué... —Galen se sorprendió y lanzó un silbido bajo. —Rick.

Eve aspiró con fuerza.

—¿Qué?

—Imagíneselo con el cabello más claro —Galen señaló las mejillas delgadas—. Mejillas más rellenas. Aspecto agradable y prolijo.

—¿El hombre que te ayudaba en la iglesia? —preguntó Joe.

Mi Dios, Galen tenía razón. Eve asintió con la cabeza.

—Rick Vadim. Excepto que su cabello no era oscuro. Era castaño claro y tenía las mejillas llenas y... rosadas.

—¿Pequeño?

—Sí, pero parecía atlético, así que uno apenas lo notaba.

—Los disfraces son una especialidad para los hombres que están en la línea de trabajo de Hebert. —Galen estudió el boceto. —Y éste sólo requirió tintura para el cabello, un poco de lápiz labial y almohadillas en las mejillas.

—Parecía casi un niño —dijo Eve—. Y era muy dulce y tenía enormes deseos de agradar.

—¡Dulce! —Joe giró en dirección a Galen y dijo con sarcasmo. —Agudo. Muy agudo, Galen.

Galen frunció el entrecejo.

—Mis instintos son en general muy buenos. Hubiera jurado que no quería lastimar a Eve.

Joe frunció el entrecejo.

—Pero, ¿por qué cree que tenía que tener un disfraz? ¿Están seguros que no lo vieron nunca antes?

—No, no creo que yo... —Eve se detuvo—. El hombre que me llevó al hospital. No lo vi realmente. Estaba en penumbras y yo perdí la conciencia, pero cuanto más pienso en ese episodio, más me parece él. —Apretó los labios. —¿Éste es el hombre que mató a Capel y me envió el informe?

Joe asintió.

—Es el boceto de su retrato.

—Bastardo. —Eve se frotó las sienes. —¿Qué diablos sucede? Si él no contrató a Marie para que me matara, ¿quién lo hizo?

—Buena pregunta —murmuró Galen—. Parece que Hebert la quería mantener viva.

—Lo que no significa nada —dijo Joe—. No creen que es un buen samaritano. Créanme, es un hijo de puta sádico. Deberían haber visto lo que le hizo a Capel.

—No, gracias —dijo Eve—. Estoy segura que tenía su razón para mantenerme viva: Victor.

—Mejor le notifico a Jennings que podemos tener un comodín en el mazo. Y, si Hebert está con un disfraz, mejor que también lo sepa. Aunque él probablemente se deshaga de la personificación de Rick Vadim ya que sabe que sospechamos.

—Dios, ya no puedo más —dijo Eve angustiada—. ¿Cómo diablos esperan que pueda terminar con Victor? No quiero tratar de calcular si fue Hebert o uno de sus seguidores quien intentó envenenarme. No quiero pensar en Hebert o en Rick o en Melton o en ninguna otra persona. ¿Comprendes? Haz lo que tengas que hacer —regresó al pedestal—. Ahora, salgan los dos de aquí y déjenme volver a trabajar.

Joe vaciló y luego se encaminó hacia las escaleras.

Galen lo alcanzó cuando llegaba al vestíbulo.

—¿Cuando reciba la fotografía del FBI, puede hacer algunas copias? Tengo algunos contactos que pueden sernos útiles.

Joe asintió.

—Las tendrá en un par de horas. Puede ser una buena idea. Estoy seguro de que sus "contactos" tienen una buena posibilidad de conocer al hijo de puta a fondo.

—Sé que es difícil que usted lo crea, pero conozco algunas personas que no son criminales —dijo Galen—. Mírenos a usted y a mí. Somos los mejores amigos, y usted ni siquiera organizó un atraco.

—No me hará salir de las casillas, Galen.

—Hmm. —Galen lo miró especulando. —Eso debió irritarlo, pero está muy calmo. Me temo que Eve le contó que compatibilizamos. Lástima, estaba pasándola tan bien.

—Estuvo muy cerca de que lo asesinaran.

Galen sonrió burlonamente.

—Bien merecido por confundir a Galahad con el viejo libidinoso Lancelot.

—¿Galahad?

—Cito referencias. Por supuesto, algunas son fraguadas. —La sonrisa de Galen se desvaneció. —Supongo que está bien, que la diversión ya terminó. Vamos a necesitar trabajar juntos para asegurarnos que Eve quede intacta. ¿Hacemos la paz?

Joe se quedó mirándolo unos minutos y luego, sin muchas ganas, repitió:

—Paz.

—Bien. Entonces consígame las fotografías y yo iré a la máquina de fax y empezaré a trabajar. Aunque enterré todos los documentos en este lugar, si la búsqueda la hace alguien con recursos, no llevará más de cinco o seis días desenterrarlo. Es evidente que Melton está capacitado para hacerlo. Pero puesto que Eve está tan cerca de terminar, dudo que él quiera esperar tanto. Buscará otra manera de hallarnos.

—¿Y se supone que usted tiene una idea de cuál será esa manera?

—No, pero estoy trabajando sobre ella. —Galen miró el boceto. —Él sabe mucho sobre usted y estará hurgando todo lo que puede sobre mí. Así que comenzamos sobre esas bases. —Su mirada se dirigió a la puerta que conducía al fregadero. —Y el hecho de que Eve no ceda hasta que finalice con Victor. ¿Es siempre tan resuelta?

—En general, más. En este caso ha estado distraída, pero no permitirá que eso suceda mucho más.

—Difícil vivir así, ¿vale la pena?

—Vale la pena —Joe añadió deliberadamente—. Cuando no hay imbéciles que alborotan y se interponen. Ya tengo bastantes problemas sin que usted me cause más.

Galen rió entre dientes.

—Intentaré contenerme. De todas maneras, la mayor parte del placer ya se fue. —Su sonrisa se desvaneció. —El único eslabón débil que veo es Jane y su abuela, y parece que usted ha tomado sus precauciones allí. ¿Está seguro de que son suficientes?

—La policía de Atlanta es muy buena, y tendrán un cuidado extra ya que saben que Jane es mía. Van a llamarme si hay algo aunque sea mínimamente sospechoso.

—Bien, reconozco que hasta el momento ha actuado muy bien. Pero hoy es otro día —empezó a subir las escaleras hacia el segundo piso—. No sé usted, pero yo empezaré a trabajar.

Un pinchazo final, pensó Joe mientras observaba que Galen desaparecía por el pasillo del segundo piso. Al menos esperaba que fuera el último. No había tiempo ahora para duelos personales. Logan tenía un tremendo respeto por Galen, pero Joe juzgaría por sí mismo. Galen trotaba peligrosamente en la línea que separaba lo correcto de lo criminal, y Joe no se sentía cómodo con eso. No cuando se hallaba cerca de Eve. Aunque Galen parecía saber lo que hacía. Los había sacado de Baton Rouge y le había provisto a Eve una casa segura.

Y ahora era la tarea de Quinn mantener a Eve a salvo, y no lo haría quedándose aquí y preocupándose por Sean Galen. Se encaminó hacia la biblioteca para llamar a Jennings en el FBI y darle una patada en el trasero.

CUARTELES DEL FBI
WASHINGTON D.C.

—Interesante. —El agente especial asistente a cargo, Robert Rusk, se reclinó en la silla y miró pensativamente a Jennings. —¿Usted realmente cree que la Camarilla existe?

Jennings se encogió de hombros.

—Considerando la otra información que se ha filtrado, diría que hay una posibilidad. Creo que necesitamos escarbar, y escarbar en profundidad.

Rusk asintió.

—Mi trasero estaría en juego si no verificamos todo exhaustivamente. Tome el próximo vuelo a Boca Raton.

—No tengo ninguna pista.

—Entonces investigue la ciudad y vea qué puede encontrar. No le hará daño. A veces, las cosas aparecen delante de uno.

Jennings asintió.

—Primero, tengo que ir a Atlanta y organizar la protección para la hija de Duncan.

—Bien, enviaré a McMillan para que encabece ese equipo. Vaya y váyase pronto. Boca Raton puede ser más importante.

Jennings hizo una mueca.

—Eve Duncan no piensa así. —Tampoco él. Probablemente Boca Raton fuera a ser un callejón sin salida. —Es posible que yo sea de más utilidad en Atlanta. Estaré andando a ciegas en Boca Raton.

—Usted es un buen agente, Jennings —dijo Rusk—. Y tiene unos instintos condenadamente buenos. Le he visto sacar algunos conejos increíbles de la famosa galera. Lo quiero en Boca.

No servía de nada discutir con Rusk. No sólo era el jefe; en general, daba en el blanco. Únicamente Dios sabía si ésta era la excepción. Jennings dio media vuelta y se encaminó hacia la puerta.

—Lo que usted diga.

Atlanta

Después de todo, debía de ser la pequeña niña, pensó Jules con tristeza.

Observó a Jane McGuire corriendo detrás de su cachorro por el sendero que conducía a Piedmont Park. Su abuela, Sandra Duncan, se reía sin poder contenerse mientras corría tras ellos.

La muerte de la madre podía sacar a Eve Duncan de su escondite, pero la amenaza de un niño siempre tenía más impacto. Particularmente en el caso de Eve Duncan.

Sonó el teléfono.

—Localizamos uno de los contactos de Galen en Nueva Orleans —dijo Melton cuando él atendió el teléfono—. Existe la posibilidad de que Galen tenga una casa por allí cerca.

—¿Cuán cerca?

—No sabe. Dijo que Galen es un maldito introvertido. Cree que a una o dos horas en coche. Estoy averiguando. Me dio una sólida pista por donde empezar a revisar documentos.

—Entonces ponga más gente a trabajar en el asunto. Envíe equipos a cada juzgado de la ciudad dentro de un radio de dos horas. Debo saber...

Un patrullero se desplazó a baja velocidad.

Cortó la comunicación y se metió entre las sombras de un roble en donde se quedó. Era la tercera vez en la última media hora, y no podía ser una coincidencia. También había detectado a un hombre de buzo color verde y cabellos grises que hacía ejercicios afuera de la escuela de la niña. Quinn había llamado a sus viejos amigos y al departamento de policía para que vigilaran a la niña. Esto hacía que la tarea de Hebert fuera más difícil.

Pero no imposible.

Nueva Orleans

—¿Puedo pasar? —Bill Nathan estaba en la cima de la escalera que conducía al fregadero.

Eve no levantó la vista.

—No, estoy ocupada.

—Sólo un minuto.

Eve exhaló un suspiro exasperado.

—¿Qué es?

—Decidí que debía ayudarla.

—¿Qué?

—Bueno, estoy aquí, pero Galen y Quinn no piensan que estoy capacitado para ayudarlos. Lo máximo que logré que me hicieran hacer es ir al almacén a comprar comida —hizo una mueca—. Así que pensé que vendría aquí y la protegería.

—¿Protegerme? No lo necesito.

—Uno nunca sabe —dijo Nathan con el entrecejo fruncido—. No me interpondré en su camino.

—Me hablará.

—Puedo quedarme en silencio. —Hizo una pausa y luego dijo de mala gana: —Por favor.

—¿Por qué? —Eve cuidadosamente alisó la arcilla sobre el área de las sienes de Victor. —Usted obviamente desaprueba que yo haga la reconstrucción.

—No desapruebo. Simplemente pienso que corre un gran riesgo. Me metí en muchos problemas por tratar de salvarla, y no quiero que mis esfuerzos se vean desperdiciados —su mirada se posó en Victor—. Pero quiero saber si él es Bently tanto como usted.

—Su historia para el periódico.

—No me disculpo por ello. Es mi trabajo.

—¿Le contó Joe sobre la teoría de la célula combustible?

—Sí. Tiene sentido —hizo una pausa—. Hay otra razón por la cual sigo haciendo fuerza para que el caso Bently permanezca abierto después de su desaparición. Él peleaba por algo en lo cual yo creo, y me pone furioso que algunos grupos interesados lo hayan sacado de escena. ¿Sabe que hay un área yerma en el Golfo de México de cincuenta millas de ancho, que es donde el Mississippi desemboca? Los fertilizantes del río absorben el oxígeno y nada puede vivir. ¿Y recuerda el derrame de petróleo en el golfo hace diez años? Lo cubrí para el periódico. Me enfermó. Todos los pájaros y peces que murieron, embardunados por la mancha aceitosa. Cuando era un niño, solía ir a pescar con mi abuelo a ese golfo... —sacudió la cabeza—. Pensé que era un recuerdo que no podía estropearse nunca en mi vida. Me equivoqué —frunció los labios—. Quiero que mis hijos crezcan en un aire puro con el agua limpia y con algo de esa belleza que conocí. Bently quería eso también, y peleaba por ello. No está bien que haya terminado así.

Eve lo miró sorprendida. Parecía que debajo de esa fachada hosca Nathan tenía un costado sensible. Era obvio que sentía cada palabra que había pronunciado.

—¿Qué me mira? —preguntó con brusquedad—. ¿Es tan raro que no quiera que la Tierra se convierta en un lugar más horrible de lo que es ahora?

—No, no es raro —dijo Eve con suavidad—. Yo vivo en uno de los lagos más hermosos que uno pueda imaginar. Y tampoco quisiera que nada lo estropeara.

—Bien, somos almas gemelas —Nathan se dejó caer en un sillón junto al fuego—. Entonces, ¿está bien si me quedo y la protejo? Me estoy aburriendo terriblemente esperando que algo suceda. Quiero *hacer* algo.

—No necesito... —Oh, qué diablos. Sus intenciones eran buenas y era obvio que no tenía nada que hacer. —Si no me molesta.

—No lo haré. —Sacó un libro en rústica de su bolsillo trasero. —Usted trabaja, yo leo —abrió el libro—. Olvídese de que estoy aquí.

—No se preocupe, lo haré. —Concentración. Debía olvidarse de Nathan y de Jules y de Joe y de todo lo que la perturbaba.

Pensar sólo en Victor y en la tarea de restituirlo a su lugar de origen.

—Le traje un café y un sándwich. —Galen colocó la bandeja sobre la mesa de trabajo. Miró a Nathan, dormido en el gran sillón junto al fuego. —Si hubiera sabido que tenía compañía, hubiera traído más comida.

—Me está protegiendo. —Eve sonrió burlonamente mientras le echaba una mirada a Nathan. —Insistió, pero después de cuatro horas se aburrió y cayó dormido. Tenía buenas intenciones.

—Hmm. —Galen le sirvió el café antes de apartarse de Nathan. —¿Cómo le está yendo con Victor?

—Sería mejor si no me interrumpieran constantemente.

—Ay. Bueno, no tendrá que preocuparse por mí por mucho más tiempo. La dejaré en paz. Voy a husmear y ver qué puedo descubrir sobre nuestro amigo Jules.

—¿Adónde va?

—Primero, Nueva Orleans.

—¿Cuánto tiempo estará fuera?

—No mucho, espero. Me mantendré en contacto.

—Demasiado para mi "probador de veneno".

—Designaré a Quinn para mi reemplazo temporario —extendió la mano al ver que Eve se ponía tensa—. Sabía que ésa sería su reacción. Es por eso que antes de marcharme decidí venir y hablar con usted. Es importante que yo me vaya y no tendría la posibilidad si Quinn no estuviera aquí. Usted evidentemente está resignada a su presencia, pero eso no es suficiente —hizo una pausa—. Él sabe lo que hace, Eve. Usted tiene que cooperar. Tiene que escucharlo.

—¿Debo hacerlo?

—No está pensando de la manera correcta. ¿Cree que su vida corre peligro?

—Sería estúpida si no considerara esa posibilidad.

—¿Cree que Joe Quinn es competente?

—Por supuesto.

—Entonces, carajo, deje de ser tan terca y permita que él la ayude. No va a tomar ventaja de la situación. Me sentiría mejor si al alejarme usted me promete que cooperará con él.

Eve no quería que Galen se marchara. Él había sido una especie de amortiguador entre Joe y ella. Ahora bajaba la barrera y la dejaba expuesta.

Bien, tenía que ser adulta. Era una situación límite y no podía esperar que todo sucediera a su manera. Ella era quien había elegido sacar a Victor de la iglesia. Debía asumir las consecuencias.

—Cooperaré.

—Bien. Regresaré tan pronto como pueda. Usted estará bien con Quinn protegiéndola —miró a Nathan—. Aunque dudo que Nathan sirva de algo —empezó a subir las escaleras—. Debo ver a Quinn antes de marcharme. Regresaré lo antes posible.

—¿Adónde se va? —los ojos de Nathan estaban de repente abiertos y él estaba erguido en el sillón.

—Ah, es bueno verlo entre nosotros otra vez. Temía tener que conseguir un sapo para que lo despertara con un beso. ¿Es así el cuento?

—¿A dónde diablos se va?

—A buscar a Hebert. Pero me siento muy confiado porque Eve estará a salvo siempre que usted siga durmiendo.

—Sabelotodo —dijo Nathan con la mirada fulminante—. Al menos, no salto encantado en pantanos llenos de lagartos y...

Le hablaba al aire. Galen ya había desaparecido por las escaleras.

Nathan musitó un juramento y su mirada se dirigió a Eve.

—¿Quinn se queda?

—Sí —ella se volvió a la reconstrucción. Con todas estas interrupciones sería increíble si alguna vez terminaba con Victor. —Ahora tengo que volver a trabajar.

—Perdón —se quedó callado un momento y luego musitó—: No estaba durmiendo realmente. Estaba descansando los ojos...

—¿Algo del FBI? —Galen se hallaba en el umbral de la biblioteca.

—Tengo sus fotografías. El boceto y la foto eran dos gotas de agua —Joe asintió al ver los cuatro faxes que se hallaban sobre el escritorio—. Hebert debe de ser muy astuto. Una vez lo atraparon por ser sospechoso de un asesinato, pero no fue a juicio. Falta de evidencia.

—O se mueve en esferas muy altas.

—Voy a creer todo eso cuando tenga las pruebas.

—Ése es el problema de ser un policía. Yo tengo la ventaja de poder hacer suposiciones inesperadas. —Galen dobló uno de los faxes y se lo colocó en el bolsillo de la chaqueta. —Pero esto me puede ser útil. Me dirijo a Nueva Orleans y tengo que llevar el coche. Me detendré en el camino y haré que le envíen otro coche. ¿Alguna preferencia en especial? ¿Otro Lexus?

—¿Por qué se va a Nueva Orleans?

Durantes unos minutos, Galen no respondió.

—Para tomar un avión a Atlanta. Aquí realmente no me necesitan y pensé que sería mejor que me uniera a la legión que usted tiene para que le cuiden a Jane y a su abuela.

Joe se puso tenso.

—¿Cree que va a suceder algo en Atlanta?

—No lo sé. No debería. Usted ya consiguió bastante seguridad. —Se encogió de hombros. —Mi problema es que no confío en nadie más que en mí mismo. Puesto que usted está aquí, pensé que sería mejor que fuera y patrullara el área. —Hizo una pausa. —¿Alguna objeción?

Joe lo pensó y luego lentamente, sacudió la cabeza.

—No si me llama cada día y me mantiene informado. Creo que está equivocado. Eve sería el blanco. Pero nunca rechazo a nadie que quiera proteger a Jane, ni siquiera a usted.

—Me emociona su confianza. Lo llamaré —Galen dio media vuelta y se encaminó a la puerta de entrada.

Joe lo siguió y observó mientras Galen caminaba hacia el Lexus. —¿Le dijo a Eve?

—No que me iba a Atlanta. No quise que se preocupara cuando realmente no tengo ninguna razón sólida como para cuestionar lo que usted dispuso en cuanto a la seguridad. —Abrió la puerta del coche. —El coche que vendrá no es un coche alquilado. Tengo algunos contactos en Nueva Orleans y pudieron encontrar un coche prestado.

—¿Prestado?

Galen sonrió burlonamente.

—No es robado. Conduciré hasta Mobile y dejaré este coche allí. Puede dejar una falsa pista para Hebert si es que se las ingenia para seguirlo. —Encendió el motor. —Nathan parece determinado a mantener a Eve a salvo. Puede ser útil dentro de un campo limitado, pero no confíe demasiado en él. No estaría a la altura de Hebert.

—Yo puedo emitir mis propios juicios, carajo.

Galen lo estudió.

—Usted está incómodo porque me voy. Debería sentirme halagado, pero sé que es sólo porque tiene miedo de que Eve resulte muy difícil. Se sentirá aliviado al saber que le hice prometer que cooperaría con usted —sonrió con picardía—. Eso toca una cuerda sensible, ¿no? A usted no le gusta que nadie actúe como intermediario entre Eve y usted. Bueno, no tendrá que preocuparse por un tiempo. Están solos, Quinn. —Levantó la mano para despedirse mientras apretaba el acelerador.

Joe observó al Lexus que se desplazaba por la gran carretera. Se alegraba de ver a Galen que se marchaba y de saber que ahora era el único que estaba en control de la situación. Y no podía negar que sentía bastante alivio al saber que Galen sería uno de los del equipo que cuidaría a Jane. Un peso pesado como él era casi garantía de su seguridad.

Ahora él tenía que hacer su trabajo. Enderezó los hombros mientras regresaba a la casa y entraba.

* * *

—Dio vuelta a Victor sobre el pedestal —dijo Nathan—. ¿Por qué?

—Estoy llegando a la etapa final y no quiero que me vea trabajar.

—¿Por qué no?

—Usted conocía a Bently. Su expresión puede decirme algo. Si mientras hago la escultura final veo su aprobación o desaprobación, es posible que me sienta influenciada. Puedo dar una forma cuando debería dar otra y estropear la reconstrucción.

—Usted es muy cuidadosa.

—Tengo que serlo. Victor lo merece. Todos lo merecen.

—Bently lo merece. No estoy seguro de los otros cráneos que usted reconstruyó. Algunos de ellos probablemente merecían ser arrojados a la tierra y que se los olvide.

—Pero yo no sé eso.

—¿Qué haría usted si este cráneo perteneciera al hombre que asesinó a su hija?

Eve se detuvo en medio de un toque.

—Lo terminaría —finalizó lo que estaba haciendo—. Y luego, cuando estuviera segura, lo pisotearía, estrellaría e incineraría. Incluso quizá contrataría a un sacerdote de vudú para que lo maldijera —miró a Nathan—. ¿Es eso lo que quería saber?

—Sí —Nathan sonrió—. No quise ser insensible, pero me siento mucho mejor ahora. Usted era demasiado noble para mí.

—¿Noble? Tonterías. No tuve algo parecido a un hogar cuando era una niña y supongo que esa idea se convirtió en una obsesión para mí. Creo que todos deben tener su propia casa, su propio lugar, aun en la muerte. Quizá más en la muerte, si la vida que tuvieron fue tortuosa y problemática. Si yo los restituyo a su casa, valorizo sus vidas. Les muestro al mundo que no eran algo descartable, que tenían un valor. —Miró a Nathan. —¿Le encuentra sentido a lo que digo?

Él asintió lentamente.

—El conocimiento del propio valor es importante. Todos tenemos que comprender cuáles son las cosas importantes.

—¿Qué es importante para usted?

—Mis hijos, mi trabajo.

—¿Cuántos años tienen sus hijos?

—Henry, doce, y Carolyn, siete. Niños fantásticos —frunció el entrecejo—. Ojalá yo fuera tan fantástico como padre. Hace casi cuatro meses que no los veo.

—¿Por qué no?

—Estoy divorciado y ella tiene la tenencia. Era lo justo. Yo trabajo por mi cuenta y me especializo en historias del medio ambiente, así que viajo por todo el país. No podía ofrecerles un hogar estable. Mi ex esposa me deja verlos cuando puedo. Es una buena mujer. Soportó mi trabajo más tiempo del que debería haberlo soportado antes de liberarse —hizo una mueca—. A mi manera, soy como usted. Soy obsesivo con mi trabajo. Ojalá hubiera podido poner a ella y a los niños primero. Sabe, los periodistas tienen mala fama. Pero a menudo somos los guardianes que mantienen al público a resguardo de los malos tipos.

—Mi experiencia no ha sido demasiado positiva, pero conozco algunos periodistas que respeto —Eve tuvo un pensamiento repentino. —Y lo que recién dije es extraoficial. No me gusta verme citada por la prensa.

—No lo será. Lo prometo.

Eve le creyó.

—Gracias.

—Gracias por dejarme venir y hacerle compañía —esbozó un gesto—. Es bastante obvio que todos ustedes son bastante escépticos respecto a la Camarilla.

—Jennings parece dispuesto a arriesgar su existencia.

—Pero usted no.

—Creo que hay una posibilidad.

—Es más que una posibilidad; existe. Etienne me decía la verdad. Lo siento en las entrañas. En estos días, cada vez que oigo hablar de otra Bosnia o Sarajevo, me pregunto si la Camarilla decidió que era ventajoso políticamente utilizar una guerra para hacer avanzar sus planes.

—Eso tengo reparos en creerlo. Comenzar guerras está en una escala diferente de manipular las políticas económicas.

—Las guerras son instrumentos económicos. Mire detrás de la retórica y del idealismo, y encontrará el dinero. La guerra me atemoriza. La Camarilla me atemoriza. —Apretó los labios con seriedad.

—Y no saber lo que va a suceder en Boca Raton me atemoriza más que nada. Debe ser algo terriblemente feo lo que conmocionó tanto a Etienne como para hacer que me metiera en esto.

Nathan creía lo que estaba diciendo, y estaba haciendo que ella lo creyera también. Y esta creencia le produjo el mismo malestar que Nathan sentía. Dios, no necesitaba esta perturbación. De manera instintiva alejó la idea, su mirada fija en el cráneo que tenía delante.

—Quizá Etienne decía la verdad. Quizá, la Camarilla es todo lo que él decía. Pero ocuparse de ella era tarea del FBI. La mía es reconstruir a Victor. Sé que Hebert está allí afuera matando gente y que Melton probablemente está hasta el cuello. Eso es todo lo que necesito saber por el momento.

—Debe ser reconfortante tener tanto poder de concentración —Nathan se puso de pie y arqueó la espalda. —Dios, estoy tenso. Debo estar poniéndome viejo. Oh, bueno, es hora que salga y estire las piernas. —Se encaminó a las escaleras. —Regresaré en treinta minutos con café. —Un minuto después la puerta en la cima de las escaleras se cerró detrás de él.

Era un hombre extraño y complicado, pensó Eve mientras se volvía a Victor. Al principio, al ver la relación de Nathan con Galen, se había sentido tironeada por la exasperación y por la diversión, pero desde que se había instalado en su lugar de trabajo, había comenzado a agradarle y a sentir respeto. Era inteligente y perceptivo, y su compungida honestidad era atrayente.

—Nathan me pidió que bajara y me quedara contigo —Joe estaba en la cima de las escaleras—. No, no me lo pidió, me ordenó que bajara. No quería que te quedaras sola.

Eve se puso tensa e hizo un esfuerzo por relajarse.

—Se puso sobreprotector. Parece creer que soy una inútil. Pero yo puedo cuidarme sola.

—Ya lo sé. Yo te enseñé.

Sí, él lo había hecho. En esos primeros años después que Bonnie fue asesinada, él le había enseñado a defenderse. Ella se había sentido indefensa y enfurecida, y Joe le había infundido confianza. Alejó la vista y la centró en Victor.

—Entonces no deberías haberle prestado atención a Nathan.

—¡No me embromes! Yo también soy sobreprotector. Lo sabes. —Hizo una pausa. —Si no quieres que baje, me quedaré aquí.

Eve no quería que se quedara en la cima de las escaleras. No quería que estuviera cerca de ella. Era profundamente consciente de su presencia cuando se encontraban en la misma habitación. Toda la comodidad de la relación se había desvanecido. Bueno, tenía que acostumbrarse a ello. Le había prometido a Galen que cooperaría porque le pareció que tenía sentido. Ella no era una niña que escondía la cabeza entre las sábanas.

—Será mejor que bajes. —Mantuvo la mirada fija en Victor. —Me distraerás menos sentado junto al fuego que revoloteando como una gárgola.

—¡Dios me libre! —dijo mientras bajaba las escaleras—. Después de la comparación, garantizo que no revolotearé. —Se acomodó en el sillón. —Conozco esta tarea.

Sí, se había sentado en el sofá de la casa del lago durante cientos de horas, leyendo, trabajando, ayudando a Jane con sus deberes mientras ella trabajaba en alguna reconstrucción. Le había masajeado el cuello y los hombros cuando se sentía cansada y tensa. La había obligado a salir a caminar cuando se había obsesionado tanto que no abandonaba la casa.

—Esa época no era tan mala, ¿no? —preguntó Joe con suavidad.

Diablos, él conocía los recuerdos que esa última frase había despertado.

Eve no respondió, continuó trabajando con Victor. ¿Cómo diablos podía ella olvidarse de él cuando estaba a sólo unos metros y era consciente de cada respiro que daba? No se quedaría aquí mucho tiempo. Pronto Nathan aparecería por esa puerta con café y Joe se marcharía.

Sólo tenía que continuar trabajando.

—Es bueno verlo, señor Galen. —El joven de cabellos rojizos estaba esperándolo cuando el vuelo de Galen llegó desde Nueva Orleans. Le estrechó la mano. —David Hughes. Bienvenido a Atlanta. He oído hablar de usted. Bob Parks me dio una fotografía suya y me pidió que lo buscara y le expresara sus saludos. ¿Tiene más equipaje?

Galen negó con la cabeza.

—Viajo liviano. ¿Tienen a la niña vigilada?

—Tan pronto como usted llamó anoche —Hughes caminó por el corredor con él—. Los patrulleros que Quinn dispuso para la vigilancia están trabajando y, por lo menos, hay dos oficiales de civil dando vueltas por el lugar. Los policías y los tipos del FBI de los que usted nos habló parecen estar trabajando juntos. Mis hombres tuvieron algunos problemas para evitarlos.

—No están allí para chequear a los patrulleros. ¿Han visto alguna señal de Jules Hebert?

—No todavía. Hice copias de la fotografía que usted envió y las distribuí. Quizá no se encuentre aquí.

—Y quizá sí. Es donde yo estaría si quisiera que alguien saliera de su escondite. Uno siempre intenta lastimar en donde duele más. ¿Cuál es la rutina de la niña?

—Su abuela la lleva a la escuela todos los días y la pasa a recoger. La niña lleva al perro a caminar por la mañana y todos salen a correr en el parque después de la escuela. La niña no abandona el departamento después que regresa. —Miró su reloj de pulsera. —En quince minutos deberían estar en el parque. ¿Quiere venir?

—Sí —Galen quería ver a la niña y a su abuela y asegurarse de que las reconocería—. Vamos.

—Me sorprende que Quinn no esté con usted.

—Tiene otra prioridad. —Comprensión total. Era obvio que Eve era una obsesión para Quinn. —Y cree además que la niña está a salvo. Confía en sus amigos policías.

—Pero, ¿sabe él que usted está aquí?

Galen asintió.

—Cree que pierdo el tiempo. —Quizá Quinn tuviera razón. Todo parecía estar bien al menos en la superficie, pero él se sentía inquieto y siempre confiaba en sus instintos. —Apresurémonos, ¿sí?

Capítulo doce

Se marchaba, gracias a Dios.

Eve observó que Joe subía por las escaleras. Siempre le había gustado la manera en la cual se movía. Tenía una especie de gracia sensual y una actitud alerta que eran totalmente diferentes a la quietud del descanso. Ella siempre podía percibir la inteligencia, las emociones que se desarrollaban detrás de ese rostro casi inexpresivo.

—No traje leche —dijo Nathan desde el otro lado de la habitación—. Usted toma el café negro, ¿no?

—¿Qué? —Eve rápidamente levantó la taza que Nathan había colocado en la mesa junto a ella—. Sí, lo tomo solo.

Oyó la puerta en la cima de las escaleras que se cerraba detrás de Joe.

—Pensé que lo tomaba así, como yo me acordaba.

—Estará bien —todo estaba bien. Joe se había marchado. Podía trabajar.

Volvió a fijar la vista en Victor. Concentración, demonios.

—Vaya a la cama —le ordenó Eve a Nathan—. Es ya medianoche y usted ha estado sentado allí casi todo el día.

—Cuando usted vaya a la cama, yo iré. No la he molestado, ¿no?

—No, se ha quedado muy tranquilo. —Eve se quitó los anteojos y se frotó los ojos. —Pero no tiene sentido que esté a mi lado. Me estoy empezando a sentir culpable cada vez que lo miro.

Nathan sonrió levemente.

—Usted ha estado tan concentrada que ni siquiera ha notado mi presencia en las últimas seis horas. ¿Cómo va?

—Bien —la mirada de Eve regresó a Victor—. Está progresando.

—Está entusiasmada. ¿Terminará esta noche?

—Me gustaría, pero estoy muy cansada. Debería parar. —Sus dedos tocaron con ansia la mejilla de la reconstrucción. —Pero estoy tan *agotada*, caray.

—¿Podría mirar ahora?

—No, no podría reconocer nada todavía. Es la etapa final, la que dice todo —se limpió las manos en una toalla—. Pero a última hora de mañana estará terminado.

—Bien —la mirada de Nathan estaba fija en la nuca del cráneo—. ¿Por qué estas últimas horas son tan importantes?

—Es el momento cuando me invaden ciertos impulsos. A veces, siento como si el sujeto me guiara, me contara —cambió la cara—. Raro, ¿eh?

Nathan se encogió de hombros.

—He escuchado cosas más extrañas. El entero proceso es un misterio para mí. No entiendo cómo lo hace.

Eve sonrió.

—Primero, uno quiere tener que hacerlo realmente. Después de eso, es una tontería.

—Sí, seguro. Por eso es que se mata trabajando. Porque es tan fácil.

—Ninguna profesión es fácil si uno quiere ser el mejor. Usted también es bastante ambicioso, o no estaría detrás del Pulitzer.

—Es la culminación de la carrera de un periodista. Yo nunca quise ser otra cosa que periodista. Quizás algún día escriba un libro o dos. Soy un alma simple.

—Sí, seguro.

—Usted es quien eligió la profesión más macabra de todas.

—Todo el mundo creyó que había tenido bastante respeto a la muerte después que Bonnie murió. Pero uno va hacia donde lo llevan. —Le dirigió una mirada final a Victor antes de alejarse. —Y a mí me llevan a la cama así mañana me puedo levantar temprano.

—¿A qué hora? —Nathan se puso de pie. —Quiero estar aquí para la gran revelación.

—A la hora que me despierte. Pero aún me faltan varias horas de trabajo.

—Bajaré a las seis. —Nathan se desplazó hacia las escaleras. Hizo una pausa en la cima para volver a mirar a Victor. —¿Está segura de que no lo reconocería ahora?

—Estoy segura. —Eve lo siguió por las escaleras. —Ahora, olvídese de él y duerma.

—¿Sabe algo de Galen?

Eve sacudió la cabeza.

—Pero sólo han pasado dos días. Nos hará saber si descubre algo —accionó los botones de la pared que controlaban las luces del fregadero—. Y lo llamaremos mañana si termino a Victor.

Le echó una última mirada en la penumbra al cráneo que estaba abajo, sobre su mesa de trabajo.

Ya casi llegamos, Victor. Ya casi estás en casa.

BOCA RATON, FLORIDA
23 DE OCTUBRE

—Es una pérdida de tiempo, señor —le dijo Jennings a Rusk—. Lo verifiqué con los agentes de nuestra oficina de Miami y no hay ni siquiera un indicio de algún suceso aquí como no sean drogas, planes secretos y lavado de dinero. Será mejor que regrese.

—Si está seguro. —La voz de Rusk parecía decepcionada. —Tenía esperanzas de que tuviera suerte —colgó el teléfono.

Requeriría algo más que suerte, pensó Jennings. Se reclinó en la silla y miró por la ventana del hotel al Atlántico color gris azulado. Todo en la superficie de esta ciudad era insignificante. Quizá bajo la superficie también. No había nada como la fealdad del suceso ese del ántrax.

Como le había dicho a Rusk, había sido una pérdida de tiempo. No había logrado nada aquí; debía regresar e intentar por otro camino.

Sin embargo, ¿por qué tenía esa insistente sensación de que se había pasado por alto algo?

¿Qué diablos? Intentaría una vez más.

Abrió el portafolio con las notas sobre Bently y la Camarilla que Joe Quinn le había dado la primera noche que lo llamó. Junto a ellas, había colocado las notas que él había realizado desde su llegada a Boca Raton.

Debieron pasar quince minutos para que de repente se quedara rígido en la silla.

Gran mierda.

La niña se parecía a Eve Duncan, pensó Galen mientras la observaba correr por el parque detrás del cachorro. Extraño. Sabía que no estaban emparentadas, pero ese cabello marrón rojizo tenía casi el mismo matiz. Sin embargo, no poseía el recelo de Eve. Ésta era la segunda tarde que Galen la vigilaba y ella estaba felizmente despreocupada de todo lo que no fuera el perro.

—Me recuerda un poco a mi hija. Mi Cindy tiene esa edad —Hughes se sentó junto a Galen en el banco—. Una bonita nena.

—Sí. —Galen observó que Jane tomaba un palo y se lo arrojaba a Toby. —¿Ninguna señal de Hebert?

—No. Quizás usted le está ladrando al árbol equivocado. —De repente se rió entre dientes. —Como ese perro. Él parece no saber que uno debe concentrarse en un árbol y no en el parque entero cuando anda a la caza.

—Quizás esté equivocado. —Pero Galen no lo creía. —¿Nadie dando vueltas por el edificio de departamentos?

—No. Revisamos todos los vehículos e interrogamos a unas personas que parecían estar merodeando. Todos los de la calle eran del barrio —sonrió con una mueca—. Aquí viene, corriendo otra vez detrás del cachorro. Mejor abra el periódico.

Jane corría hacia ellos detrás de Toby. Galen levantó el ejemplar del *Atlanta Journal Constitution* frente a su rostro.

—¿Quién es usted?

Galen bajó el periódico y vio que Jane se había detenido y estaba frente a ellos.

—Perdón.

—¿Qué sucede? —La niña los miraba a los ojos con beligerancia. —¿Por qué me están vigilando?

—No sé lo que dices.

—No me mientan. Hace dos días que usted está aquí. ¿Es un detective de civil, como Joe? Si lo es, quiero ver su identificación.

—No, no soy un detective como Quinn. Y no deberías enfrentar a extraños en el parque.

—El patrullero aparecerá en cualquier momento y un detective de civil está siguiendo a la abuela. Se supone que no sé nada de ellos tampoco. —Apretó los labios. —Se supone que no sé nada de nada. ¿Cuáles son sus nombres y por qué están aquí? —Y él pensó que la niña carecía del recelo de Eve, pensó Galen atribulado. —Mi nombre es Sean Galen. Él es David Hughes. Estamos aquí para asegurarnos que estés bien.

—Usted es amigo de Logan, he escuchado hablar de usted. Se supone que ahora debe estar con Eve. —Miró a Hughes. —Pero no sé nada de él. Mándelo a otra parte.

Hughes rápidamente se puso de pie.

—Me voy. Lo veo después, Galen.

La niña se volvió a Galen.

—Déjeme ver su identificación.

—Sí, señora —le entregó la licencia de conductor.

Ella la miró y se la devolvió.

—Si usted es Galen, debe conocer el nombre de la madre de mi perro Toby.

—La bella y malhumorada Maggie. ¿Satisfecha?

Jane se aflojó.

—No —miró por encima del hombro—. Aquí viene la abuela. Tenemos que ser rápidos. ¿Por qué está aquí?

—Estoy seguro de que si le pregunta a su abuela, ella le dirá todo lo que tiene que saber.

—No me diga esas pavadas. La abuela no quiere preocuparme. Si le preguntara algo, mentiría para hacerme sentir bien. Es algo relacionado con Eve, ¿no? ¿Está en problemas?

—Estamos intentando que no esté en problemas.

—Pude darme cuenta de que algo andaba mal cuando hablé por teléfono hace unas noches atrás. Ella dijo que todo estaba bien y que Joe estaba con ella.

—Así es.

—Pero usted está aquí. ¿Por qué?

—¡Jane! —la abuela gritó, corriendo en dirección a ella.

Jane dio media vuelta y agitó la mano antes de decirle a Galen: —Apresúrese.

Él decidió tratarla como a una igual. La niña era inteligente y no haría daño que le advirtiera.

—Creemos que hay una posibilidad de que la gente que está intentando herir a Eve haga un intento de hacerlo a través de ti. ¿Has visto a alguien sospechoso?

—¿Quiere decir además de usted? Usted no es muy bueno en esto, ¿no?

—Puedo serlo. No intenté serlo esta vez. No esperé que tú sospecharas y mi presencia pudo haber disuadido a alguien.

—¿A quién? ¿Al otro viejo verde?

Galen se puso tenso.

—¿Viejo verde? ¿Notaste que alguien más te vigilaba?

—Hace dos días. Me siguió a la escuela y luego estaba aquí en el parque. Era mucho mejor que usted.

—¿Lo miraste bien?

Ella asintió.

—Me aseguré de hacerlo. Ya había notado los patrulleros. Sabía que algo estaba sucediendo.

Galen sacó la foto de Hebert.

—¿Algún parecido?

La niña miró.

—Es él.

—¿Por qué no le dijiste a tu abuela?

—No podía estar segura de que fuera un viejo verde. Podía ser uno de los amigos de Joe y la hubiera preocupado. O podía ser simplemente un común y corriente pervertido. He visto muchos de ésos.

—Oh, ¿sí?

—No lo he visto a él desde entonces. Tengo que irme o la abuela llamará a los policías para que lo atrapen —apretó los labios—. No me gusta no saber lo que está sucediendo. Dígale a Eve y a Joe eso.

Galen sacudió la cabeza.

—Le diré a Joe lo que dijiste, pero no le diré sobre tu "viejo verde" todavía. Será una manera segura de que abandone todo y venga corriendo. Están más seguros si siguen escondidos.

—¿Escondidos? Eve nunca mencionó nada de eso. ¿Por qué están escondidos?

—Es complicado. Eve quería terminar el trabajo que había comenzado.

—Entonces, ¿por qué está usted aquí? Regrese y asegúrese de que Eve y Joe estén bien —dijo con fiereza—. Haga su trabajo. No se atreva a dejar que nada les suceda. Yo cuidaré a la abuela —giró y corrió en dirección a ella—. Está bien —gritó—. Sólo quería que le indicara una dirección, abuela. Otro norteño perdido. Se confunden tanto con todas estas calles que se llaman igual.

—Te dije que no hablaras con desconocidos —le regañó la abuela en el sendero—. Ahora puedes llamar a ese idiota perro y vamos a casa a cenar.

—Ah —dijo Hughes en voz baja mientras caminaba en dirección a Galen—. Corrección: no es para nada como mi hija. Si necesito músculos, es muy posible que decida contratarla.

—Eve me contó que creció en las calles. —Observó a Jane y a Sandra Duncan caminando por el sendero. —No me dijo que tenía doce e iba a cumplir cincuenta.

—¿Le mostró la foto?

—Lo vio. Hebert está aquí, en Atlanta. O al menos estaba aquí hace dos días. —Se puso de pie. —Pero, ¿dónde diablos está? Si andaba dando vueltas, debieron haberlo visto.

—Quizá se atemorizó.

Esa idea no encajaba con la imagen de Jules Hebert que Galen había construido.

—O, quizás, está escondido esperando su oportunidad. —La idea de Hebert acechando a esa niña brillante, dando vueltas a su alrededor como una nube negra, le hizo revolver el estómago. —No vamos a darnos por vencidos, Hughes.

* * *

Jules observó la negra camioneta que se hundía en las aguas del lago Lanier formando apenas una onda. Había tanta agua aquí en Atlanta. Hallaba eso muy conveniente.

Había elegido una parte profunda del lago, así no hallarían al hombre tan pronto. No habría ninguna reacción por lo menos durante tres días. Leonard Smythe era divorciado y vivía solo en su casa rodante, y según la breve vigilancia de Jules aparentaba ser un hombre solitario.

Jules bajó la vista hacia el tesoro por el cual Smythe había muerto. Si hubiera tenido la posibilidad, éste se lo hubiera entregado en un segundo, pero Jules no podía arriesgar darle esa oportunidad.

Era triste cuando uno hombre tenía que morir por un sujetapapeles y unos trozos de papel.

Nueva Orleans

El cráneo de Victor estaba débilmente iluminado por la luz de la luna que se filtraba por la ventana.

Nathan no encendió la luz que hubiera iluminado los peldaños hacia el fregadero. Sabía que por las noches Joe Quinn hacía varias excursiones por los alrededores, pero no tenía idea a qué hora.

Bajó con cuidado, despacio, por los peldaños. No habría peligro. Había controlado a Eve y estaba dormida profundamente. Ambos, Eve y Joe Quinn eran aún una incógnita para él, y las incógnitas son siempre peligrosas.

Llegó al final de las escaleras y se deslizó silenciosamente por la habitación hacia el pedestal en donde estaba Victor. Conocía la nuca del cráneo perfectamente y nada de los rasgos. Sólo había podido observar la intensa expresión de Eve mientras trabajaba.

Sacó la linterna que había encontrado en un armario de la cocina y se acercó al pedestal. Aspiró hondo, el pulgar presionaba el botón de la linterna.

De repente, el lugar se inundó de luz.

—¿Le gustaría decirme qué está haciendo? —dijo Joe Quinn desde la cima de las escaleras.

Caray.

Se puso tenso y a la defensiva.

—No iba a dañarlo.

—No me respondió. —Joe bajó las escaleras. —¿Qué hace deslizándose por las escaleras en el medio de la noche?

—Sólo quería ver.

—Pero Eve no quería que lo viera hasta que termine. ¿Ya terminó? Nathan sacudió la cabeza.

—No hasta mañana. Ella dijo que no sería capaz de decir nada hasta entonces. Pero pensé que podía darme cuenta para donde iba el asunto —frunció el entrecejo—. Voy a mirar.

—Adelante. No voy a detenerlo.

Nathan dio vuelta alrededor del pedestal para detenerse delante de Victor. El desencanto lo invadió. El rostro tenía forma pero no definición. Nadie a esta altura podía reconocer los rasgos.

—Debió haberle creído —dijo Joe—. Eve no miente.

—No pensé que me había mentido. Sólo pensé que sería capaz de... —Apretó las manos a los costados del cuerpo. —Caray, es difícil esperar. Quiero *saber*.

—Y no confió en ella.

—En mi profesión uno aprende a no confiar demasiado —Nathan se encaminó hacia las escaleras y luego se detuvo para mirar a Joe. —¿Va a decirle que yo estuve aquí?

—Debería. Usted le gusta a Eve, y ella tiene la costumbre de confiar en la gente que le gusta. No aprecia a la gente que se mueve a sus espaldas.

—No hice nada que la fuera a herir. Si me siento culpable de algo, es de preocuparme demasiado —la mirada de Nathan volvió a Victor—. Es importante para mí saber quién es. Dios, espero que no sea Bently. Espero que él ande todavía dando vueltas, quizás en la clandestinidad y listo para salir a enfrentar a esos bastardos.

Joe lo estudió detenidamente.

—Le creo —se encogió de hombros—. Guardaré silencio por ahora. No pasó nada. Pero usted cometió un error.

—Todo el mundo comete errores. Usted debe haber hecho algo importante, o Eve no estaría tan enfadada. —Nathan subió rápido por las escaleras y luego se detuvo y miró por encima del hombro a Joe. —Debo haber cometido otro error. ¿Cómo sabía que estaba aquí abajo?

—Yo estaba afuera patrullando, y a través de esa hilera de ventanas vi un movimiento en la cocina. Despertó mi curiosidad cuando vi que era usted hurgando en los armarios. En particular, cuando sólo sacó esa linterna.

—Me fijé afuera de la cocina, pero debí ser más cuidadoso.

—Como usted dice, todos cometemos errores.

Y Quinn no le hacía pagar por éste.

—Gracias. Estoy en deuda con usted. —Nathan se apresuró a subir lo que le quedaba de las escaleras. Pudo haber sido mucho peor. Había hecho lo que sentía que tenía que hacer y no había pasado nada realmente malo. Había abrigado la esperanza de adelantarse, pero simplemente tenía que esperar.

Caramba, era difícil ser paciente.

* * *

El sótano estaba bien iluminado, los aparatos de la calefacción y el aire acondicionado relucientes y poderosos. Lo mejor de la tecnología norteamericana, pensó Jules, mientras caminaba por el pasillo.

—Ey, ¿qué hace por aquí?

Miró por encima de su hombro. Un guardia uniformado salía del ascensor.

—¿Nunca hablan entre ustedes? —Jules agitó su sujetapapeles. —Recién me registré con el guardia de la entrada principal —miró el escudo del hombre—. Phillips. Soy de manutención. Se supone que haga el servicio del control anual.

—Estuve afuera en la hora del café —dijo el guardia a la defensiva.

Jules lo sabía. No había esperado que Phillips regresara tan pronto, pero uno siempre tiene que estar preparado para realizar ajustes.

—Ya estoy casi aquí. ¿Ha notado algún problema en su área? ¿Agua detrás de los aires acondicionados? ¿Exceso de vapor?

Phillips sacudió la cabeza.

—Ya que está aquí, ¿le importaría venir conmigo a la sala de la caldera y sostenerme la linterna? Tengo que gatear por debajo de las máquinas y es terriblemente difícil ver algo.

Phillips frunció el entrecejo.

—Si no lleva mucho tiempo. Tengo que ir a la puerta principal y dejar libre a Charley.

—Como dije, ya casi terminé. —Jules levantó su caja de herramientas y comenzó a caminar por el pasillo. —No llevará más de un minuto.

Phillips lo siguió.

—Si está seguro.

—Oh, estoy seguro. —Jules le sonrió por encima del hombro. —Conozco mi trabajo.

—¿Listo, Victor? —murmuró Eve—. Es casi el momento.

—¿Dijo algo, Eve? —preguntó Nathan desde el otro lado de la habitación.

—Shh. No quiero oírle pronunciar una palabra hasta que haya terminado.

La arcilla era blanda, la sentía fría bajo los dedos. La tocó con delicadeza, vacilando.

Alisa.

No pienses.

Deja fluir tus instintos.

Se movía rápidamente; sentía un cosquilleo en los dedos.

—¿Quién eres, Victor? Dímelo, ayúdame.

Alisa. Modela. Rellena.

No tenía idea de cómo hacer los oídos. Hazlos genéricos.

La boca. Dios, la boca era difícil. Sólo conocía el ancho...

Deja que tu instinto te guíe. Olvida lo que no sabes y permite que tus manos fluyan.

Alisa. Modela. rellena.

Iba demasiado rápido.

Detente un minuto y estudia los ojos, el ángulo de las órbitas, la protuberancia huesuda encima...

Bien, hazlo.

Alisa. Modela. Rellena.

Verifica la altura del labio... 12 mm. Está bien. La proyección de la nariz, 18 mm. Deberían ser 19. Cámbialo.

Alisa. Modela. Rellena.

Sé consciente de las medidas, pero deja ahora que te dominen los instintos.

Dime, Victor. Déjame que te devuelva a tu hogar.

Sus manos se movían con rapidez por el rostro. Los dedos parecían tener vida, una mente autónoma.

Alisa.

Modela.

Rellena.

Galen salió del coche y caminó hacia Hughes, quien estaba bajo un farol de la calle.

—¿Algo?

Hughes sacudió la cabeza.

—Todo está tranquilo. La niña entró al edificio de departamentos con su abuela a la hora acostumbrada. Un patrullero pasó hace cinco minutos. Deben haber puesto más detectives de civil en esta tarea. Vi a un tipo que no reconocí hablando con el guardia de la puerta de entrada —extendió la mano al ver que Galen abría la boca—. Está bien. Lo observé y entró en el patrullero veinte minutos después. Los policías lo conocían.

—¿Y adentro?

—Tengo un tipo en el piso de la niña, y no reporta ninguna actividad. ¿Qué ha estado haciendo usted?

—Explorando. Hay una camioneta de una empresa telefónica a cinco manzanas de aquí. ¿Qué hace a estas horas de la noche? ¿Averiguó?

Hughes sacudió la cabeza.

—¿Por qué no?

—No estaba aquí hoy. Me ocuparé de eso.

—Ahora.

—¿Por qué está tan nervioso? Está a cinco manzanas de aquí.

—Puede ser una camioneta que vigila. Eve llama a Jane regularmente.

—Le dije que verifique la altura. El edificio de departamentos es demasiado alto y hay demasiada interferencia como para que intervengan los teléfonos.

—Sólo controla esa camioneta, ¿eh?

—Lo que usted diga —Hughes tomó su teléfono.

Galen levantó la vista al edificio de departamentos mientras Hughes le decía a unos de sus hombres que revisara el vehículo. Caramba, se sentía incómodo.

Hughes colgó.

—Está intentando comunicarse con la compañía telefónica. ¿Satisfecho?

—No. Algo sucede. Tiene que estar por aquí. Sabe que no tiene mucho tiempo.

—¿Qué quiere decir?

—No importa —le echó una mirada a los coches estacionados en la calle. No había vehículos nuevos y todos esos ya habían sido controlados. —Es que tengo la sensación de que algo anda mal.

—Si Hebert se metió bajo tierra, se enterró bien —dijo Hughes.

Galen se puso tenso.

—¿Qué?

—Usted dijo que Hebert debe haberse metido bajo tierra o nosotros hubiéramos sido capaces de...

Bajo tierra.

—¡Mierda! —Galen corrió a la entrada cubierta del edificio de departamentos. —¡Vamos!

Hughes salió del coche y se apresuró corriendo detrás de Galen.

—¿A dónde estamos yendo?

—Usted va a distraer al guardia y averiguar si algo extraño ha sucedido hoy. —Abrió la puerta de vidrio. —Y yo voy a ver hasta dónde quiere Hebert conseguir a esa niña.

Galen encontró a un guardia uniformado en la sala de las calderas, detrás de las enormes máquinas que calefaccionaban el edificio. Le habían cortado la garganta.

Encontró el explosivo plástico y el cronómetro que lo controlaba detrás de una máquina junto al hombre muerto.

Ventidós minutos.

Mierda.

No era un cronómetro simple y, probablemente, era una trampa para inexpertos. No hay tiempo para desarmarla.

Desconectó el teléfono mientras corría hacia el ascensor. Un teléfono sonando podía accionar una bomba. Volvió a conectar el teléfono al llegar a la calle.

De inmediato, sonó.

—Nada fuera de lo normal —dijo Hughes—. Una inspección del edificio. Uno de los guardias se sintió mal y tuvo que irse a su casa ¿Quiere que...?

—Olvídese. —Le llevaría más tiempo buscar a Jane que delegar la tarea. —Salga del edificio. Llame a su hombre en el piso doce para que saque a Jane y a su abuela. Ahora. Tiene aproximadamente veinte minutos. Luego, llame al escuadrón de explosivos y dígales que vengan. Creo que será demasiado tarde, pero es posible que me equivoque.

—Bien —Hughes cortó.

Galen miró su reloj de pulsera.

Diecinueve minutos.

Jane McGuire estaba en el doceavo piso. No demasiado tiempo.

Y nada de tiempo tampoco para el resto de la gente que vivía en el edificio. Galen no tendría tiempo de pasar por los primeros departamentos antes de que estallara la bomba.

Dios, ¿qué diablos podía hacer?

—Ya está —Eve se reclinó sobre la mesa de trabajo y se secó la frente. Dios, estaba agotada. La adrenalina la consumía y se sentía floja como un trapo. —Es lo mejor que pude hacer.

—Pensé que nunca terminaría. Son casi las tres de la mañana. —Nathan se adelantó, su cuerpo tenso por la ansiedad. —¿Puedo mirar ahora?

—No todavía. Tengo que colocar los ojos de vidrio en las cavidades —sonrió levemente mientras volvía al maletín que se hallaba sobre la mesa con las esferas de vidrio—. Galen se alegraría. Le molestan las cavidades de los ojos vacías.

—¡Apresúrese! —Nathan se humedeció los labios. —Lo siento. No quise... estoy simplemente... ansioso.

—Lo sé. —Eve abrió el maletín y sacó un par de ojos marrones y se dirigió a Victor. Sólo que ahora podía ser que no fuera Victor. Pronto podía tener un nombre verdadero. —Sólo llevará unos minutos.

Antes de lo anunciado, Eve retrocedió y se volvió a Nathan.

—Ahora puede mirar.

Nathan saltó de la silla y cruzó rápido la habitación. Se detuvo, aspiró hondo y luego dio una vuelta para colocarse al lado de Eve.

Miró fijamente los rasgos de la reconstrucción.

La mirada de Eve escudriñaba su rostro.

—Bueno, diga algo. ¿Es Bently?

—Es él —Nathan apretó los labios—. Es Harold Bently.

—¿Está seguro?

—Estoy seguro —su voz tenía altibajos—. Hizo un buen trabajo. Es él —dio vuelta y avanzó rápido hacia las escaleras—. Perdón. Estoy tan alterado que quiero estrangular a alguien. No puedo mirarlo. Tenía esperanzas...

Nathan subió corriendo por las escaleras y casi chocó con Joe que bajaba.

—Lo siento. No quise... —pasó rozándolo y salió por la puerta.

—¿Qué le pasa? —preguntó Joe mientras bajaba lo que le faltaba de las escaleras. Luego, vio el rostro de Eve y dijo: —Oh, ¿el momento de la verdad?

—Es Bently —Eve se frotó su dolorida nuca—. Uno siempre tiene esperanzas hasta que ve las pruebas.

Joe se puso a su lado y la miró a la cara.

—Evidentemente hiciste un buen trabajo si él está tan seguro.

—Yo deseaba tanto como él que no fuera Bently —dijo Eve—. Por lo que oí hablar, era un buen hombre. No quería que hubiera muerto de esta manera —los ojos se le estaban llenando de lágrimas. Se contuvo. —Pero siempre pasa lo mismo. Mueren más de los buenos que de los malos. Confían. No tienen defensas. Como Bonnie...

—Shh —Joe la recibió en sus brazos—. Dios, estás tan cansada que apenas puedes mantenerte en pie. Escúchame, hiciste un buen trabajo. Devolviste a ese pobre tipo a su hogar. ¿No es eso lo importante?

—Sí —una sensación de comodidad la invadió, quedaba lejos el frío y la soledad, como siempre que se hallaba cerca de Joe—. Eso es importante. Pero no ahora mismo.

—Ya llegará. —Joe le masajeó el lugar exacto entre los hombros que siempre le molestaba. Las rodillas se le aflojaron aliviadas. —Tienes los músculos hechos un nudo. Vete a la cama y trata de dormir. Supongo que no me permitirás que te dé un masaje...

—No —ella ni siquiera debía estar allí de esta manera. Existían razones, buenas razones, por las cuales ella debía alejarlo, pero no parecían importar en este preciso momento. —Estaré bien.

—Estarás más que bien conmigo. Me aseguraría que así sea. —Se encogió de hombros. —Pero no es posible. Vamos, te ayudaré a subir hasta el dormitorio y te arroparé.

—Estoy bien.

—Deja de contradecirme. Estás a punto de caerte. Sé que en este momento eres vulnerable y me encantaría aprovecharme. Pero no lo haré —le pasó la mano por la cintura y la condujo, casi la llevó, hacia las escaleras—. ¿Por qué peleas? No es nada importante ¿Cuántas veces he hecho esto después de que terminabas de trabajar?

Tantas que no podía recordarlo. A veces parecía que habían estado juntos toda la vida. ¿Diez, doce años? No podía pensar. Todo era una nebulosa en este momento.

—Ahora que concluí con Victor, supongo que es el momento de llamar a Jennings. El FBI probablemente debería...

—Me ocuparé de eso.

—Realmente no quería que fuera Bently, Joe.

—Lo sé. No importa. Todo te parecerá mejor por la mañana.

Eve era apenas consciente de que Joe la ayudaba a subir a su habitación y la empujaba hacia la cama. Él le sacó los zapatos y corrió el cubrecama.

—Ya vuelvo —Joe fue al baño y volvió con una toalla húmeda.

Cuidadosamente le limpió la arcilla de las manos—. Esto servirá por ahora. Puedes ducharte cuando te despiertes.

—Gracias, Joe.

—Siempre me gustó hacer cosas para ti. Te hace más mía. Después del sexo, es lo que más me gusta. ¿No lo sabías?

Ella no debía estar oyendo esto. Era... intimidad, y todo estaba mal entre ellos. Era difícil recordar por qué. No ahora.

—No, no lo sabía...

—Y no quieres pensar en eso. Está bien. Me conformo con que no te vayas. —Se sentó a su lado y le tomó la mano. —Esto es ya bastante bueno.

Eve apretó la mano contra la suya.

—No debería...

—Shh. Duérmete.

Ya estaba casi dormida. Se enrolló en la cama y cerró los ojos.

—Es tan... triste... Pobre hombre...

Capítulo trece

Eve estaba dormida.
Joe le miraba el rostro. Dios, quería aliviarle el dolor. Una gran oportunidad. Desde la muerte de Bonnie, Eve había estado en contacto con el dolor. Poniendo su mente y capacidad y corazón para que tanto los vivos como los muertos regresaran a su lugar. Bueno, había encontrado a otro perdido y, como de costumbre, él podía ponerse a un costado y ayudarla cuando ella se lo permitiera.
Diablos, se sentía bastante perdido en este momento. Debía dejar de sentir pena por sí mismo. Ella no necesitaba eso. Soltó la mano de Eve y se inclinó para besarle la frente.
—Duerme bien, amor.
No quería dejarla, pero se obligó a ponerse de pie y encaminarse a la puerta. Cuando se despertara, probablemente, todo volvería a ser como era, pero, quizás, esta noche él había logrado hacer un pequeño avance. Fervientemente deseaba haberlo hecho.
El teléfono sonó apenas llegó al pasillo.

El costado del edificio había estallado formando una bola de llamas y cemento.
Galen observó las llamaradas que salían por las ventanas. Pudo haber sido peor. La bomba había sido colocada de tal manera que sólo afectaba el lado oeste de la construcción. El departamento de la abuela de Jane McGuire estaba en ese lado de la construcción.
—La abuela tiene miedo. Atrape a ese cretino. —Jane McGuire

se acercó a Galen. —Mucha gente pudo haberse lastimado si esos rociadores no hubieran funcionado. ¿Usted hizo eso?

—Era lo único que se me ocurrió para sacar a la gente a tiempo. Desconecté la alarma para incendios que podía accionar la bomba y envié a los hombres de Hughes para que golpearan las puertas mientras no corrían riesgos. El agua que inundaba los departamentos nos ahorró un montón de discusiones. —Su mirada se paseó por la calle débilmente iluminada, repleta de hombres, mujeres y niños que a medio vestir se apiñaban todos juntos. Los perros corrían ladrando a los gatos, que sus dueños sostenían con fuerza en los brazos.—Espero que hayan salido todos.

—Yo también. —Jane tiró de la correa de Toby para mantenerlo a su lado. —Cuando vino el hombre, la abuela no quería irse. Fue sólo cuando los rociadores comenzaron a funcionar que salió corriendo.

Galen podía sentir las sirenas del coche de los bomberos sonando a la distancia.

—¿En dónde está tu abuela?

—Allí, tratando de calmar a la señora Benson. Recién tuvo un bebé y está muy conmocionada.

—Me sorprende que te permita hablar conmigo.

—Le dije quién era usted. Quizá debería haberlo hecho antes. En general, la abuela es bastante calma. —Volvió a mirar el incendio. —¿Hizo todo esto para matarnos?

Galen asintió con la cabeza.

—¿Y lo hizo para sacar a Eve de su escondite?

—Sí.

—Entonces, dígale que no se mueva. —Se humedeció los labios. —Y mejor hágalo rápido. Lo primero que hizo la abuela cuando llegó a la calle fue llamar a Joe.

—¿Qué?

—Joe le dijo que lo llamara si había algún problema —miró el edificio en llamas—. Él va a pensar que éste es un gran problema.

—¿Hace cuánto llamó? —él había querido llamar a Quinn.

—Cinco minutos. Le dijo a la abuela que se quedara conmigo que enviaría a alguien a buscarnos —miró el patrullero que doblaba la esquina. —Aquí está.

—Quizás. —¿Un coche de la policía aparecía y quería llevarse a Jane y a su abuela? De ninguna manera. No hasta que lo verificara. Galen se desplazó hacia el patrullero. —Quédense aquí.

—¿Qué diablos sucede? —exigió Joe cuando diez minutos después Galen contestó el teléfono—. Recién recibí un llamado histérico de la madre de Eve, y hablaba de usted y del edificio de departamentos que explotaba y los rociadores…

—Jane está a salvo. El patrullero que usted envió la recogió a ella y a su abuela y se las llevó a una casa segura. Eso es lo más importante.

—Usted fue ahí para proteger a Jane. ¿Cómo hizo el bastardo para acercarse tanto?

—Ella está a salvo. Eso es lo más importante. —Galen miró el edificio que aún seguía en llamas. —Más tarde le contaré el resto.

—Sin dudas lo hará. Necesito saber…

—Espere un minuto —Hughes intentaba atraer la atención de Galen—. Sucede algo.

—Disculpe —dijo Hughes—. Recién oí algo sobre la camioneta de teléfonos. La compañía Bell South dice que no envió ninguna a esta área —hizo una pausa—. Y ahora ha desaparecido.

—Dios —Galen apretó la mano en el teléfono.

—¿Qué sucede? —exigió Joe—. ¿Está bien Jane?

—Jane está bien. —Galen pensaba, repasaba las posibilidades. Ninguna de ellas le gustaba. —Pero puede que Hebert haya obtenido lo que quería.

—Entonces, ¿qué quiere decir con eso de que Jane está bien?

—Cálmese. Creo que Hebert compensó su apuesta. Hay una gran posibilidad de que hoy por la noche haya habido una camioneta que vigilaba estacionada a unas manzanas de aquí. No había posibilidad de que interceptara las llamadas telefónicas del edificio, pero una vez que la madre de Eve salió no tendría problemas.

—Y ella me llamó de inmediato.

—Si la bomba las hubiera matado, ustedes habrían salido del escondite. Si la bomba no las mataba, ella llamaría y le daría una posibilidad de rastrearlos. Salga de allí, Quinn.

—Son sólo suposiciones.

—¿Quiere arriesgar que estoy equivocado? Es posible que Hebert prefiera hacer este trabajo sucio de manera personal, pero no arriesgará perderlos por no estar en el sitio. Enviará a otra persona para hacer la tarea. Si ya hizo el arreglo, usted no tiene demasiado tiempo —repitió Galen—. Salga de allí.

Silencio.

—¿Adónde?

Gracias a Dios Quinn escuchaba.

—Póngase en camino. Llámeme cuando ya esté afuera. Trabajaré para conseguir un lugar seguro.

—Adonde sea que fuere —Quinn colgó.

Joe vaciló un momento, pensaba. Eve estaba agotada. Había casi perdido la coherencia. La dejaría dormir lo más posible mientras hacía los preparativos para la partida.

Se desplazó por el pasillo hacia la habitación de Nathan, abrió la puerta y encendió la luz.

—Levántese. Necesito su ayuda.

Nathan se incorporó en la cama.

—¿Qué sucede?

—Tenemos que irnos de aquí. Baje y empaque todo el equipo de Eve y la reconstrucción. Yo traeré el coche a la puerta de entrada.

—¿Por qué? —Nathan salió de la cama y se puso los pantalones. —¿Qué sucede? ¿Por qué tenemos que irnos?

—Galen dice que en cualquier momento podemos recibir visitas.

—¿Hebert?

—No, Hebert está en Atlanta. También Galen. —Joe dio media vuelta. —Muévase. Tengo que sacar a Eve de aquí.

—Tenga el baúl abierto así puedo poner el equipo. —Nathan se ataba los cordones de los zapatos. —Mejor empaque la ropa de Eve cuando la levante. Estaba muy cansada.

—Yo me ocuparé de Eve. —Joe ya corría por el pasillo. —Apresúrese.

* * *

—Despiértate, Eve.

Joe la sacudía, Eve débilmente se empezó a dar cuenta. Tan cansada...

—Despiértate. Tenemos que salir de aquí.

Eve abrió los ojos.

—Tengo sueño...

—Perdona. Puedes dormir en el coche. Podemos recibir visitas.

¿En la casa del lago? Rara vez recibían visitas. Era un oasis de paz y tranquilidad. Joe se aseguraba de que así fuera.

Pero repentinamente, comprendió que no estaban en la casa del lago. Nueva Orleans. Victor. No, no era Victor. Era Bently. Se incorporó y se frotó los ojos.

—¿De qué hablas?

—Hice tu bolso —Joe la puso de pie—. Nathan ya está en el coche. —Casi la llevó en brazos de la habitación y la bajó por las escaleras. —Él empacó todo tu equipo. Todo lo que tenemos que hacer es emprender el camino.

—¿Por qué?

—Llamó Galen. Tenemos un problema. —La empujó hacia afuera en la puerta de entrada. —Éste ya no es un lugar seguro.

—¿Por qué no?

—Más tarde. —La sentó en el asiento del acompañante del Lexus que Galen le había enviado y dio la vuelta corriendo para sentarse en el asiento del conductor. —¿Trajo todo, Nathan?

—El equipo está en el baúl. Yo tengo la reconstrucción aquí conmigo. —Nathan fijó la vista en el camino. —Los faros. Estarán en las verjas en unos segundos.

—Están cerradas con llave, ¿no? —preguntó Eve.

—Todos tienen el equipo para abrirlas —dijo Nathan—. Sólo les llevará unos minutos.

—Entonces, usemos esos minutos. —Joe no encendió los faros y condujo lentamente, silenciosamente, por el camino. Cuando llegó al pequeño bosque que rodeaba la casa, abandonó el camino y se metió entre los árboles.

El coche que se había detenido delante de las verjas era un Volvo oscuro. Dos hombres salieron de los asientos traseros y fueron hasta las verjas. Les llevó menos de tres minutos abrirlas. Los hombres volvieron al coche.

Eve contuvo la respiración cuando el coche pasó deslizándose al lado de ellos y se dirigió por el camino a la casa. Las luces del Volvo estaban ahora apagadas también y el coche tenía en la oscuridad un aspecto brillante y amenazador.

—Ahora —susurró Nathan.

—No todavía. Dejemos que entren. —Tres hombres entraron por la puerta principal. Otros dos fueron por la puerta trasera. —Bastante cerca —soltó el freno y apretó el acelerador.

El ruido del motor no pudo haber sido tan fuerte como le pareció a Eve, pero fue bastante fuerte. Un hombre salió corriendo por un costado de la casa.

—Acelera —dijo Eve.

Joe ya estaba acelerando. Salió disparado a través de las verjas abiertas y llegó a la ruta a cien kilómetros por hora.

Esos malditos árboles que rodeaban la casa, pensó Eve. No podía ver nada. ¿En qué estaba pensando? Esos árboles quizá los habían salvado.

Ahora podía ver. Luces de faros a toda carrera por el camino hacia las verjas.

Luego, cuando Joe dobló una curva de la ruta y pisó fuerte el acelerador, desaparecieron.

—Hay una estación de servicio adelante. Está cerrada pero puedo ver los surtidores —dijo Nathan—. Puede estacionar detrás de la estación y dejarlos pasar.

—Funcionó en la casa. —Joe salió de la ruta y se detuvo detrás de la estación de servicio. —Quizá no esperen algo así una segunda vez. Tenemos que ver...

Apagó las luces.

O quizás esperaran algo así, pensó Eve. La mano de Joe se deslizó por debajo de la chaqueta. Ella conocía el gesto. Estaba aflojando la pistola en la cartuchera.

—Salgan —dijo Joe—. Ahora.

—¿Qué?

—No discutan. Ambos. Salgan —dijo Joe con brusquedad.

Eve obedeció instintivamente y halló a Nathan a su lado.

—Cuídela, Nathan —el Lexus se alejó rugiendo de ellos y volvió a la ruta.

Mierda. Las manos de Eve formaron puños al ver las luces traseras del coche que desaparecían en la curva. Todo había sucedido tan rápido que no se había dado cuenta lo que Joe estaba haciendo. Pero debería haberse dado cuenta. Lo conocía, demonios.

El Volvo dobló la curva rugiendo y como un bólido se dirigió hacia ellos.

Más cerca.

Casi encima.

Unos segundos después, estaba fuera de la vista.

—Funcionó —dijo Nathan—. Ahora deberíamos marcharnos.

—¿Qué quiere decir marcharnos? Están detrás de Joe.

—Pero eso es lo que él quiere que hagan. No tenemos manera de ayudarlo. Lo llamaremos una vez que abandonemos este lugar. Arruinará su plan si se queda aquí. Si él los pierde, pueden regresar para registrar el área.

—Espere un poco para que Joe los pierda de vista y luego llámelo y dígale que no nos vamos a ninguna parte. Yo no me muevo hasta que Joe regrese.

Nathan miró la expresión de Eve y se encogió de hombros.

—Está bien, pero no es una buena táctica.

—No me importan las tácticas —se apoyó contra la pared de la estación de servicio, la mirada fija en la curva en donde Joe había desaparecido. Dios, tenía miedo.

—Probablemente lo logrará —dijo Nathan—. Tiene buen entrenamiento, ¿no?

—Sólo porque estuvo en el ejército no significa que es campeón de automovilismo. Y no debió habernos dejado aquí, carajo.

—Fue una buena táct... —Nathan cortó la frase antes de terminar al encontrarse con la mirada de Eve. —Lo siento —rápidamente sacó el teléfono y en un segundo estaba hablando con Joe—. No está contento —dijo cuando colgó.

—Malo. No tiene derecho a salir volando como un murciélago del infierno. No es el único implicado en esto.

—No había mucho tiempo para discutirlo.

Eve lo sabía, pero eso no la hacía sentirse menos enfadada e indefensa... y aterrorizada.

Joe.

—Parece ser capaz de conducir bastante bien —explicó Nathan.

Trataba de consolarla, se dio cuenta Eve.

—Sí.

—Y creo que el Lexus fue más rápido que el Volvo.

—No hablemos del asunto, ¿eh? —dijo Eve entrecortadamente.

Nathan asintió y se quedó callado.

Pasaron diez minutos.

¿Dónde diablos estaba Joe?

Quince minutos.

Pasaron cuarenta y cinco minutos antes de que Joe apareciera por la curva y se aproximara a una parada detrás de la estación de servicio. Se estiró y abrió la puerta del acompañante.

—Entra. Creo que los perdí ocho kilómetros atrás, pero deberíamos salir de aquí.

Nathan se acomodó en el asiento trasero.

—No lo hizo nada mal, Quinn.

—Gracias —dijo Joe irónicamente mientras volvía a la ruta—. Me alegra contar con su aprobación.

—Intenté irnos, pero ella estaba preocupada.

—¿Lo estaba? —Joe miró de reojo el rostro con expresión firme de Eve.

—No *estaba* preocupada. Fuiste estúpido. Podías haberte quedado con nosotros y podíamos haberlos dejado pasar, pero probablemente disfrutaste jugar al estilo *Keystone Kops*. —La voz temblaba.

—Fue... estúpido.

—Parecía lo más razonable de...

—Era una buena táctica, ¿no? Cállate y sácanos de aquí.

Joe lanzó un silbido mudo.

—Sí, señora. Ahora mismo, señora. —Joe volvió a tomar por donde habían venido.

—¿Adónde vamos?

—No tengo idea. Todo lo que me preocupa es que cuando esté seguro no tenga a nadie que nos persiga.

Joe no se detuvo hasta que estuvo a unos ochenta kilómetros de la casa de Galen y cuando ya había cambiado la ruta y la dirección del tráfico dos veces. Finalmente, estacionó en el terreno de un supermercado de un pequeño pueblo al este de Nueva Orleans.

Sacó el teléfono y marcó el número de Galen.

—Estamos libres. Tuvimos visitas.

—Me lo temía. ¿Nadie está herido?

—No, pero estamos en un pueblo en el medio de la nada. Encuéntreme un lugar en donde alojar a Eve.

—Estoy moviéndome —dijo Galen—. Lo volveré a llamar —colgó.

—¿Puedo saber ahora qué diablos está pasando? —preguntó Eve.

Joe salió del coche.

—Vamos, caminemos un poco.

—Sabe, yo también tengo parte en esto —dijo Nathan.

—Más tarde —dijo Joe—. Quédese aquí y cuide el cráneo.

Hacía frío y Eve se metió las manos en los bolsillos de su chaqueta mientras empezaba a caminar con Joe.

—Háblame.

—No te va a gustar.

—No es nada nuevo. No me ha gustado nada de lo relacionado con esta reconstrucción —dijo Eve.

—Esta vez el golpe fue cerca de casa.

Eve se puso tensa.

—¿Jane?

—No entres en pánico. Jane está bien. También tu madre —rápidamente le informó lo que su madre y Galen le habían contado.

—¿Y dices que ella está bien? —Apretó las manos dentro de los bolsillos hasta formar un puño. —Por Dios, ese loco hijo de puta hizo estallar el edificio. Es un milagro que estén con vida.

—Pero están con vida.

—Nunca debí dejarla. Tú nunca debiste haberla dejado.

—¿No sabes que es exactamente eso lo que me estoy diciendo a mí mismo desde que recibí el llamado de tu madre? Pensé que Hebert se concentraría en ti, pero, aun así, les brindé protección a ellas.

—No lo hiciste. Casi las mataron. Debiste haber… —Sacudió la cabeza. —¿Por qué te culpo a ti? Es tanto mi culpa como la tuya. Yo soy quien acepté este trabajo. Yo soy quien elegí robar el cráneo. Pensé también que irían por mí. A mí es a quien se debe culpar.

—Shh. Deja de temblar. No pasó nada.

—¿Qué quieres decir? Algo pasó. Casi las mató. Yo estaba tan preocupada por Victor y tan ocupada en burlarme de Hebert que…

—Shh. —Joe la tomó en sus brazos y presionó su cabeza contra el hombro. —Jane y tu madre están bien, y vamos a mantener las cosas así.

Oh, Dios, ella lo necesitaba. Un ancla en el mar encrespado. Una roca inamovible.

—Joe… —sin pensarlo le pasó el brazo a su alrededor—. Jane nunca está segura de que yo la amo. Siempre piensa que Bonnie está primero. Es sólo algo… diferente.

—Ella sabe que la amas.

—No está segura. Quiero decírselo nuevamente. ¿Qué si hubiera muerto y yo no hubiera tenido la oportunidad de decirle cuánto significa para mí?

—Pero no murió.

—Hay tantas cosas que no le dije a Bonnie antes de que la arrancaran de mi lado. No voy a cometer ese error de nuevo —las lágrimas corrían por sus mejillas—. Pero casi lo cometí otra vez. *Mierda*.

—Está bien, no eres perfecta. ¿Quién lo es? Y Jane no es uno de tus niños perdidos. Es fuerte e inteligente, y es una sobreviviente. Se parece mucho a ti. Tenemos suerte que nos deje acercarnos a ella como lo hace. —Sus manos tomaron el rostro de Eve y la miró a los ojos. —¿Me estás escuchando, Eve? Jane no quiere una madre. Te ama, pero llegaste tarde para todo ese envoltorio maternal. No espera algo así. Eres una amiga condenadamente buena y eso es fantástico para ella.

—¿Lo es? —Eve sonrió con labios temblorosos. —Nunca me di cuenta que habías hecho tal estudio de nuestra relación.

—Tuve que hacerlo. Cualquiera que te sensibiliza me sensibiliza a mí.

Eve no podía apartar la vista de Joe. Sus ojos...

Joe soltó las manos y retrocedió unos pasos.

—Así ha sido siempre; así es. Tengo mucha suerte de amar a Jane también.

Eve lanzó un profundo suspiro.

—Bueno, ninguno de nosotros ha sido demasiado bueno en demostrarle que la amamos y la cuidamos. —Se volvió hacia el coche. —Bueno, no es demasiado tarde, gracias a Dios. Es hora de que piense en Jane y en mamá en lugar de pensar en mi trabajo.

—¿Y eso significa?

—Regreso a Atlanta. No voy a permitir que Jane y mi madre reciban el castigo por mis acciones mientras yo me hallo a kilómetros de distancia.

—Galen dijo que eso es lo que harías. Cree que irás directo a los brazos de Hebert.

—Al carajo Galen. Jane me necesita.

—Ella nos necesita a *ambos* —Joe sonrió levemente y asintió—. Al carajo Galen.

El teléfono de Eve sonó apenas llegaron al coche. Era Bart Jennings.

—Necesito contarle que hubo...

—Maldito sea. —La voz de Eve temblaba a causa del enojo. —Usted me prometió que estarían a salvo. Eso es todo lo que pedí y usted lo estropeó todo.

—Tiene usted todo el derecho a estar enfadada. ¿La llamó Galen? Mis hombres hubieran estado agradecidos de que trabajara con nosotros. No se identificó hasta el momento en el que se llevaban a su hija.

—Fue bueno que él estuviera allí. Usted arruinó todo.

—No estoy disculpándome. Si la hace sentirse mejor, estamos trabajando mano a mano con la policía de Atlanta, y la casa se halla totalmente vigilada.

—El edificio estaba vigilado.

—La identificación de Hebert era perfecta y estaba disfrazado. Se suponía que había una inspección ese día. El guardia en la entrada, cuando llegó Hebert, lo verificó con la oficina de manutención. No podemos localizar a Leonard Smythe, el hombre que debía hacer la inspección. Tenemos que imaginar que Hebert lo mató.

—No quiero escuchar nada de eso.

—Lo siento. Dije que no me disculparía. Enviaré dos agentes para que la pasen a buscar y la traigan...

—Demasiado tarde. Usted lo echó a perder —Eve colgó—. Se disculpa. Tiene cara para decir que lo siente. Mi madre y Jane casi estallaron en mil pedazos y él...

—Fácil. Es un tipo decente. ¿Qué más podía decir? —Joe apretó los labios. —No es que no quiera darle un puñetazo ahora mismo. Debería haber... —Sonó el teléfono y no esperó que Galen hablara. —Regresamos a Atlanta. No discuta, Galen. Encuentre una manera para que volvamos a casa —sacó una lapicera y escribió un nombre y un número de teléfono—. Está bien, lo veo en Georgia —Joe colgó y se volvió a Eve. —Dijo que sabía que pasaría esto. Me dio el número de teléfono de Philip Jordan. Dijo que lo llamáramos y que él nos pasaría a buscar y nos llevaría a un aeropuerto privado en Metairie, Louisiana.

—Es demasiado pronto.

—¿Se van a Atlanta? —preguntó Nathan.

—Sí.

—Quiero ir con ustedes.

—Qué sorpresa —dijo Joe—. ¿No tiene nada que ver con el hecho de que Hebert puede estar aquí? Puede estar en camino, sabe.

Nathan sacudió la cabeza.

—No cuando descubra que no nos atrapó en lo de Galen. Jules Hebert es inteligente. Llévenme con ustedes.

—Usted se ha convertido en una especie de lastre, Nathan.

Nathan se volvió a Eve.

—Quiero ir. Estamos juntos en esto.

Durante unos segundos Eve lo miró y, finalmente, asintió.

—Pensé lo mismo —Joe comenzó a marcar el número de teléfono. —Le diré a Jordan que habrá una persona más.

* * *

El avión aterrizó en un aeropuerto al norte de Gainesville, Georgia, con la luz rosada del amanecer. Galen salió a recibirlos cuando el avión se acercó al hangar.

—Bienvenidos a casa. —Levantó las cejas cuando su mirada se dirigió a Nathan que estaba detrás de ellos. —Veo que han traído un guardaespaldas.

—Quédese tranquilo, Galen. —Eve caminó al coche que estaba sobre el asfalto. —Ya bastante enojada estoy con usted por no decirme que pensaba que Hebert iría tras Jane.

—Ingratitud, tu nombre es mujer.

—Estoy agradecida. Sólo que ojalá hubiera sabido… —Se dio vuelta para enfrentarlo. —Soy una perra. Usted les salvó la vida. Estoy en deuda con usted por el resto de mi vida.

—Eso está mejor. —Galen miró deliberadamente a Joe. —Ahora, ¿tiene usted algo que decirme?

—Sí. —Joe empujó la maleta de cuero que estaba llevando en su dirección. —Deje de juguetear y ponga a Bently en el baúl.

—No estoy jugueteando. Intento cosechar lo que es mío. —Bajó la vista a la caja. —¿Es realmente Bently?

Eve asintió.

—Nathan está seguro, pero yo tendré que hacer la acostumbrada comparación con la foto y el video. Empezaré con todo eso tan pronto como nos instalemos nuevamente. —Entró en el coche. —¿En dónde está Jane?

—Ella y su abuela están en una casa segura en Gwinnett.

—Quiero ir a buscarlas.

—Qué sorpresa. —Galen se volvió a Joe. —He organizado la seguridad alrededor de la casa del lago. Pensé que querrían ir allí. Contraté a Bill Jackson y a su equipo para que patrullen el área alrededor de la casa. Los he contratado anteriormente y son buenos.

Joe miró a Eve.

Ella asintió cansinamente.

—Quiero llevar a Jane a casa. Ya ha estado de aquí para allá bastante.

—No le gustará —dijo Galen—. Ella quería que usted siguiera escondida. Me pidió que le dijera que no fuera tonta y fuera a su casa.

Eve sonrió.

—Parecen palabras de Jane.

—Y usted va a ignorarla. —Galen colocó la maleta con el cráneo en el baúl. —Puedo garantizar la vigilancia de la casa y del área más cercana, pero las colinas y el lago son partes vulnerables. Usted tiene una enorme cantidad de superficie privada. Lo que significa que no puede salir afuera, y estar encerrado indefinidamente con ese perro puede ser peor que enfrentar a Hebert.

—Confrontaremos el problema cuando surja.

—¿Puedo hacer una sugerencia? Hebert ha obtenido lo que quería. Usted ha salido y tiene el cráneo. Ahora, usted es el objetivo, no Jane. El peligro hacia su persona aumenta según lo cerca que se halle de usted. Podemos hacer que la policía cambie la casa a Markum, un pueblo a quince minutos en coche de la casa del lago, pero ella no debería estar con usted.

—No me diga eso. La quiero cerca. No puedo tolerar la idea de...

—Él tiene razón, Eve —dijo Joe.

Ella sabía que él tenía razón. Pero esto no convertía la perspectiva de hallarse separada de Jane y de su madre en algo más fácil. Lanzó un profundo suspiro.

—Está bien. Pero usted se asegura por todos los medios de que no corran ningún riesgo.

—Lo haré —dijo Galen—. Con la ayuda de los amigos de Quinn y cuatro agentes del FBI muy avergonzados. Nunca correría riesgos. Pero, como dije, Hebert consiguió lo que quiso. Ya no tiene una razón para meterse en el problema de ir tras Jane cuando puede concentrarse en ir tras usted. Después de todo, usted tiene el cráneo.

—Está bien, está bien, ya explicó sus razones. —Eve se sentó en el asiento del acompañante. —Pero quiero que me lleve ahora mismo a ver a Jane. No voy a hacer que sepa que estoy en la misma ciudad y alejada de ella. Usted puede llevarnos a la casa del lago más tarde.

—A ella no le gustará —dijo Galen—. Pero la llevaré hasta allí.

Nathan hizo una mueca.

—¿Puede dejarme en una agencia de alquiler de coches? Estoy cansado de andar sin vehículo y no quiero entrometerme en un tierno momento familiar. Me reuniré con ustedes en la casa del lago.

—Vaya, Nathan. Qué sensible —dijo Galen—. Me toca el sentimiento.

—Sólo "tocado" en ese cerebro intrincado —dijo Nathan secamente mientras entraba en el coche—. ¿Le dije lo agradable que han sido estos últimos días sin usted?

—Todas las buenas cosas llegan a su fin.

Mientras el coche arrancaba, Eve miró ciegamente por la ventana.

—Todo esto es un maldito lío. Tiene que haber una manera de salir de esto que sea segura para Jane. Tengo que pensar.

—¿Qué quieres decir? —preguntó Joe.

—Quiero decir que puedo estar terriblemente enojada con Jennings, pero aun así él puede sacarme el cráneo de las manos. Era la decisión inteligente antes y es la decisión inteligente ahora.

—¿Significa eso que se lo vas a entregar?

—No sé qué voy a hacer. No puedo ni siquiera pensar. Sólo quiero que mamá y Jane no corran ningún peligro.

Capítulo catorce

La casa en Gwinnett era una pequeña construcción de una planta realizada en ladrillo que tenía una amplia galería en el frente. Jane salió a la galería cuando vio que Eve se bajaba del coche.

—¿Qué haces aquí? —miró de forma acusadora a Galen—. ¿No puede hacer nada bien? Le dije que la mantuviera alejada de aquí.

—Lo intenté. Tuve que llegar a un acuerdo —dijo Galen—. Ella es casi tan obstinada como tú.

—Sí, lo es —Jane seguía con el entrecejo fruncido—. Joe, sabes que esto no es una buena idea. Oh, qué diablos —bajó corriendo los peldaños y se arrojó en brazos de Eve—. Estuve tan preocupada —susurró mientras le daba a Eve un enorme abrazo—. Te eché de menos.

Eve contuvo las lágrimas.

—Yo también. Siento que hayas tenido que pasar por todo esto.

—Nada del otro mundo. Pero aun así no deberías estar aquí —soltó a Eve y le dio un abrazo a Joe—. Dícelo, Joe.

—Sólo vamos a quedarnos un rato —dijo Joe—. Unas horas quizás ¿En dónde está Sandra?

—Adentro, alimentando a Toby. Me alegrará cuando pueda alejarlo de ella. Lo alimenta cada vez que le pide. Va a ponerse gordo como un oso polar.

—¿Y en dónde están los detectives que se supone que te están protegiendo?

—Jugando a las cartas —Jane arrugó la nariz—. Me gustan más que esos dos tipos del FBI en la casa al otro lado de la calle. Me siguen a todas partes adonde voy.

—Bien. Pero no deberían haberte dejado salir a la galería.

—Miraron por la ventana y vieron quién era. El detective Brady dijo que te conoce. Vamos, entremos —Jane dio media vuelta—. Tengo que detener a la abuela para que no siga llenando de comida a Toby.

—Y yo me ocuparé de que nosotros nos llenemos —dijo Galen—. Espero que tengan una cocina bien surtida...

—Comida congelada. La abuela es una pésima cocinera.

Galen se estremeció.

—¿Congelada? Improvisaré algo. Estoy seguro de que aun así puedo organizar un magnífico almuerzo.

Jane abrió la puerta mosquitero.

—Espero que se las ingenie para hacer *algo* sin echarlo a perder.

Se oyó que Joe hacía un ruido que bien pudo haber sido una risa entre dientes.

Galen le lanzó una mirada torva.

—Ni una palabra.

Joe lo miró de manera inocente.

—Los locos y los niños dicen la verdad.

La madre de Eve, Sandra, levantó la vista del recipiente para perros que estaba lavando.

—Era hora de que llegaras —abrazó a Eve—. La única persona que no se queja de mi comida es Toby.

—Esta mañana le dio panqueques —dijo Jane—. Vamos, Toby. Te llevaré al jardín para que corras.

Eve dio media vuelta para observar a Jane que abandonaba la habitación. Era obvio que Jane quería darle a Eve y a su madre la oportunidad de reparar algunos baches, pero no era necesario. La relación de Eve con su madre era complicada, pero el cariño que sentían se había sobrepuesto a una multitud de obstáculos y aún persistía.

—Lamento todo esto. ¿Cuán difícil ha sido?

—Bueno, aparte de que estalló el edificio... —Sandra sonrió al ver que Eve se estremecía—. De verdad. Está todo bien, Eve.

—No está bien. Te eché sobre los hombros una responsabilidad que debería haber sido mía.

—Lo malo sucede —Sandra sacudió la cabeza—. Te sientes culpable. Quizá, deberías. O quizás era mi turno de ser una ciudadana responsable. No hice un muy buen trabajo cuando eras una niña. Es un milagro que no estés cumpliendo una condena en alguna prisión. Es tiempo de que pague mis deudas.

—Eso son pavadas.

—Está bien, entonces quizá me guste cuidar a Jane y a ese perro idiota. Me mantienen al trote —la mirada de Sandra se dirigió a Jane en el jardín—. Me llama abuela. Nadie me ha llamado así desde que Bonnie... Pensé que era extraño dado que a ti y a Joe los llama por sus nombres. Pero luego me di cuenta de que ella percibió que me gusta. Es una niña muy inteligente. Como tú, Eve.

—Probablemente más inteligente.

—En absoluto. Tú tuviste una infancia con una madre como yo. Eso te otorga el nivel de un Einstein —tomó el brazo de Eve—. Ahora cállate y vayamos a buscar a Jane. No vendrá hasta que no crea que ya tuvimos suficiente tiempo juntas.

Eve la miró con amorosa exasperación.

—¿Me permitirás al menos que te agradezca?

—Ya lo expresaste. O algo por el estilo. Ahora te estás poniendo aburrida.

—El cielo no lo permita. —Eve sonrió. —De todos modos, vayamos a buscar a Jane.

—Alguna otra persona tiene que lavar y secar los platos —anunció Galen después del almuerzo—. He realizado la parte creativa y les he ofrecido a todos ustedes una comida magnífica. Es justo que hagan la tarea de los esclavos.

—Yo lavaré —dijo Jane—. Probablemente, Galen haría un desastre.

—Otro golpe a mi autoestima —suspiró Galen—. Tiene un gran objetivo, Eve —se desplazó hacia la sala—. Tengo que salir a la galería e informarle a sus amigos policías del cambio de localización.

—Ayudaré a Jane —dijo Sandra—. Con los años me he convertido en una experta. La gente prefiere que lave antes de que cocine.

Eve se puso de pie y comenzó a apilar los platos.

Jane sacudió la cabeza.

—Tú y Joe siéntense en la sala con una taza de café y dejen que hagamos nuestra tarea. Ustedes sólo se interpondrán en el camino.

Eve vaciló.

—Anda —dijo Sandra—. Y después que termine aquí, sacaré a Toby a dar un paseo. Ha estado un poco perezoso hoy.

—Porque lo alimentas demasiado, abuela —dijo Jane mientras se dirigía a la pileta de lavar platos—. ¿Cómo voy a lograr que alguna vez sea un perro de salvaje si pesa cincuenta kilos?

—Estás exagerando...

—Vamos. Nos han desalojado. —Joe tomó su taza de café y la de Eve. —La sala.

Eve lo siguió a la sala y se hundió en el sofá. Dios, se sentía cansada, y la comida de Galen no la hacía sentirse menos lenta.

Joe le entregó a Eve la taza de café y se sentó a su lado.

—Me alegra que hayamos venido a verla. La extrañé terriblemente.

—Yo también —la entrada en forma de arco permitía una visión clara de la cocina y de Sandra y de Jane trabajando delante de la pileta—. Tienes razón, no hay nadie como ella.

—Bueno, quizás una persona es como ella —la mirada de Joe siguió la de Eve—. Tú.

Eve sacudió la cabeza.

—Sólo porque crecimos en la calle no nos convierte en gemelas.

—Para mí está muy cerca.

—Ya dijiste algo así antes.

—Oh, no estoy diciendo que la amo porque es como tú. Merece más que eso. Pero cada tanto vislumbro algo que me recuerda a ti. —Joe sonrió. —Y me derrito.

—¿Te derrites? —Eve miró rápidamente dentro de su taza. —No tú, Joe.

—Oh, sí. Derretirme es una buena palabra. —Terminó el café y se puso de pie. —Y ahora creo que iré a la galería y veré si puedo ayudar a Galen a organizar ese nuevo lugar seguro.

Eve lo observó hasta que la puerta mosquitero se cerró detrás de él. Esos pocos minutos habían sido tan agradables y cálidos que casi se había olvidado de la distancia que había entre ellos.

¿O el tiempo aminoraba la distancia?

No lo sabía, pero había sentido una cercanía que era a la vez familiar y peligrosamente dulce. Los sucesos de los últimos días habían hecho que estuvieran juntos y habían desdibujado las irregulares líneas de la separación entre ellos. Aunque ella sabía que la separación estaba aún allí...

Debía dejar de seguirlo con la mirada. Sólo lograba perturbarse.

Dios, la perturbaba.

Se puso de pie de un salto y fue a la cocina para ayudar a su madre y a Jane con los platos.

—Nunca deberías haber venido. Pero me alegra de que lo hayas hecho. —Jane le dio a Eve un abrazo final después de haberla acompañado hasta el coche. —Ahora sabes que estoy bien y que me ocuparé de la abuela.

—Sé que lo harás. Siento haberte metido en todo esto, Jane.

—Ey, quizá Toby necesitaba engordar unos kilos.

—No bromees.

—Está bien. Deja de preocuparte. —Jane hizo una pausa. —¿Qué van a hacer con ese degenerado que hizo volar el edificio?

—No te preocupes. No se te acercará nunca más.

—Eso no es lo que pregunté. No vas a permitir que se salga con la suya, ¿no? Van a ir a buscarlo.

Eve la miró fijamente.

—Voy a hacer lo que es mejor para ti y para mi madre.

—Pensé que ése era el problema. —Jane frunció el entrecejo. —No es propio de ti esconderte y permitir que ese mal nacido vaya y haga algo tan terrible como lo que hizo. Pudo haber matado a un montón de gente en el edificio.

—Pudo haberte matado a ti.

—Pero no lo hizo, y ahora estás buscando un lugar para esconderme nuevamente. Vas a deslizarte dentro de una cueva e intentar protegernos a todos nosotros. No lo hagas, Eve.

—¿Qué?

—Estuve pensando. Quiero que no corras riesgos. Pero no puedes huir de degenerados así. Tienes que enfrentarlo cara a cara y molerlo a palos. Así que ve por él y atrapa al desgraciado.

—Eso no es algo muy astuto de...

—Oh, por Dios, estoy tropezando todo el tiempo con toda esa protección que organizaste para mí. No te atrevas a utilizarme como una excusa. Si pudiera, iría yo misma. Es espantoso ser una niña.

—No es una excusa. Es lo que hay que hacer.

Jane sacudió la cabeza.

—Esconderse no es propio de ti. Quizá te has olvidado de quién eres, qué haces. Es en parte culpa mía y no me gusta. Prométeme que lo pensarás.

—Lo prometo. —Eve vaciló. —Te quiero mucho, Jane.

Jane asintió.

—No te pongas sensiblera.

—Sólo quería asegurarme de que lo supieras.

—Lo sé. Sólo atrapa a ese HIJO de PUTA y cuídate. —Jane retrocedió un paso y observó a Eve meterse dentro del coche antes de inclinarse hacia adelante y murmurar: —Y cuida a Joe. Lo necesita más de lo que te lo hace saber.

¿Cómo diablos podía Eve reponder a esto?

—Te llamaré hoy por la noche, Jane.

Nathan se encontró con ellos cuando llegaron a la casa.

—¿Todo bien?

Eve asintió mientras salía del coche.

—Bien. No perfecto.

—No muchas cosas lo son. —La mirada de Nathan se dirigió al lago. —Pero la belleza del lugar está muy cerca de serlo. Usted tenía razón; su lago es hermoso, Eve. Alivia el alma.

—Nos gusta.

—Me recuerda que aún hay batallas por las cuales vale la pena luchar.

—Galen nos dijo que usted es una especie de paladín —dijo Joe.

Nathan se encogió de hombros.

—Lo intento. La mayoría de las veces es una batalla perdida. Realmente me canso de ir en contra de las grandes empresas que contaminan nuestros lagos y arroyos. Tienen el dinero. Yo sólo tengo palabras.

—No veo cómo un hombre que siente tanta pasión por el agua puede sentir tanto desagrado por los lagartos y las serpientes. —Galen comenzó a descargar las cosas del coche. —Usted necesita repensarlo e incluir a nuestros compañeros de la naturaleza. Apuesto a que nunca escribió un artículo acerca de las virtudes de la preservación de las sanguijuelas.

—No hay apuesta —dijo Nathan—. Cuando llegué, me encontré con Hughes, el jefe de su equipo de seguridad. Dijo que quiere verlo.

Galen asintió.

—Yo también quiero verlo. —Le entregó a Nathan dos valijas. —Así que puede hacer de bestia de carga y llevar esto adentro. —Sacó el teléfono mientras empezaba a caminar por el sendero.

Nathan lo siguió con la mirada.

—Uno de estos días... —dio media vuelta y entró con las valijas en la casa.

Eve tomó el maletín de cuero con el cráneo, pero vaciló antes de seguir a Nathan y echó una mirada al lago.

Alivia el alma.

La belleza sí aliviaba el alma, pensó. Podía sentir que parte de las asperezas y del dolor de los últimos días se alejaban.

—Hogar —dijo Joe en voz baja.

Eve lo miró y rápidamente desvió la mirada.

Pero la palabra se quedó con ella mientras subía los peldaños.

Hogar.

—¿En dónde está Galen? —preguntó Eve mientras salía del dormitorio después de haber hablado esa misma noche con Jane.

—Afuera, hablando con el equipo de seguridad. Se queja de que el área es un gran dolor de cabeza para vigilar. Nathan está en la galería en comunión con la naturaleza. ¿Cómo está Jane?

—En desacuerdo. —Eve arrugó el entrecejo. —Y haciendo saber su desagrado cada vez que tiene una oportunidad.

—¿Eso significa?

—Quiere que persigamos a Hebert e intentemos atraparlo.

—Ésas suenan como sus palabras. —Joe sonrió. —No es una mala idea. He estado pensando lo mismo.

—Yo también. —Eve sacudió la cabeza. —Me enfado tanto cuando pienso en ese edificio, que quiero matar a ese mal nacido. Pero no es un acto responsable cuando Jane...

—Puede ser lo más responsable que podamos hacer. Deshacernos de ese degenerado antes de que haga más daño. Quizá si tuviéramos una pista...

Eve no respondió durante unos segundos.

—Puede que tengamos una pista.

Joe la miró de manera inquisidora.

Eve agitó la cabeza rotundamente.

—No quiero siquiera pensar en eso. No es...

—Está bien. Está bien. Hablaremos de ello cuando no te sientas tan abatida. —Hizo una pausa. —Jennings me llamó al celular cuando estabas hablando con Jane. Quiere venir a buscar el cráneo.

—Lo tendrá cuando yo decida que quiero dárselo. Todavía estoy enojada con él.

—Fue muy insistente. Sólo se me ocurrió pasar el mensaje. —Se puso de pie y se acercó a la ventana. —El sol está bajando. Hermoso. Siempre me gustaron los atardeceres de otoño. Parecen ser más marcados, más definidos.

Como Joe. Su silueta estaba recortada en la tenue luz que se filtraba por la ventana y parecía estar hecho tan sólo de bordes y ángulos. ¿Cuántas veces lo había visto junto a esta ventana? Eve cruzó la habitación y se puso a su lado.

—Es hermoso —su mirada fue al lago que resplandecía como un espejo dorado en el crepúsculo—. Siempre me encantó este lugar.

—Lo sé. —La mirada de Joe se posó en el rostro de Eve. —Pero me sorprende que lo admitas ahora. Estabas ansiosa por marcharte de aquí.

—Estaba herida. —La mirada de Eve se dirigió a la colina en donde pensó que había enterrado a su hija. —Todo me recuerda lo que hacías.

Él se puso tenso.

—¿Hacía?

Eve no comprendió que había hablado en tiempo pasado.

—No lo sé, Joe. Aún siento... No ha terminado. No sé si alguna vez terminará.

—No sé si quiero que así sea.

—¿Qué?

—Eso te sorprende. —La mirada de Joe volvió al lago. —¿Quiero vivir contigo el resto de mi vida? Diablos, sí. ¿Lamento haberte lastimado? Sabes que sí. ¿Quiero volver al punto en el cual estábamos antes? Lo aceptaría, pero pienso que podríamos mejorarlo.

—¿Lo crees?

—Te pedí hace dos años que nos casáramos. Dijiste que me amabas. ¿Por qué no lo hiciste?

—Ambos estábamos ocupados. Simplemente no encontramos el momento.

Joe dio media vuelta para mirarla.

—Nunca insististe, demonios.

—Porque sentía miedo. Yo siempre fui quien suplicaba en la relación.

—Suplicabas un cuerno.

—Me llevó diez años que admitieras que me amabas y consintieras en vivir conmigo. ¿Crees que mecería el bote al intentar empujarte a una situación que no querías?

—Yo *sí* quería casarme.

—Entonces, ¿por qué no te casaste conmigo?

—¿Qué intentas decir?

—Digo que di unos pasos enormes, pero sigo siendo de segunda categoría para Bonnie.

—¿Y es por eso, supongo, que me mentiste?

—En absoluto. Hubiera hecho lo mismo aunque pensara que era tu prioridad número uno. Quería que la búsqueda de tu hija tuviera un fin.

—Mintiéndome.
—Fue un error. Pero no hubiera sido una tragedia si hubieras luchado por regresar a la tierra de los vivos antes de que sucediera.
—No sabes de lo que hablas —respondió ella con voz temblorosa.
—Nadie sabe mejor lo lejos que llegaste. Observé tu lucha para vencer el dolor y la depresión y la locura. ¿Por qué crees que te amo tanto? —Suavemente le tocó la mejilla. —Sólo tienes que dar unos pocos pasos más.
—Estoy... confundida. Intentas dar un nuevo rumbo a todo esto. —Eve contuvo las lágrimas. —Y nunca fuiste un suplicante, maldito seas.
—Sí, lo soy. Te estoy pidiendo que me permitas quedarme. Déjame ayudarte a realizar esos pasos finales. Está todo a la vista ahora. Podemos empezar de nuevo.
—Joe...
—Me amas. Fuiste feliz aquí. Puedes ser feliz otra vez.
Eve lo miraba sin poder hacer nada.
—Está bien. —Joe retrocedió un paso. —No te presiono. —Luego, se adelantó y la besó con fuerza. —Una mierda que no lo hago. Estoy cansado de tener paciencia. Nos necesitamos el uno al otro y no voy a permitir que lo arruines. —Se encaminó a la puerta de entrada. —Te veo por la mañana.

Eve se estremeció cuando la puerta se cerró de un golpe detrás de Joe. El aire parecía vibrar con la pasión que él había emitido. Y no sólo la pasión de Joe. Ella misma temblaba de emoción. Todas las barreras que había levantado entre los dos parecían estar desmoronándose. Se llevó la mano a los labios. Podía aún sentir la presión de su boca.

Joe...

¿Por qué no te casaste conmigo?

¿Por qué no lo había hecho? ¿Por qué había evitado ese compromiso final? Joe pensó que lo sabía y aun así había estado dispuesto a aceptar ser un segundón.

Él no era un segundón. Nunca sería un segundón para nadie.

Ella había estado a la defensiva, intentando protegerlo, se daba cuenta ahora. Pero ella era la única que podía herirlo. ¿Cuánto lo había herido en estos últimos dos años?

Joe caminaba por el sendero, cada uno de sus movimientos sugería una emoción reprimida que estaba a punto de estallar. Su actitud era completamente diferente a la que tenía la última vez que lo había visto junto a Jane hacía tan sólo unas semanas.

Pero claro, nada era lo mismo ahora.

Eve se alejó de la ventana. Se sentía demasiado abatida y confundida como para resolver sus emociones ahora. Así que debía dejar de mirar a Joe y pensar en alguna otra cosa.

Sí, seguro.

—Viene Jennings. —Joe abrió la puerta de un golpe y entró en la habitación—. Recién Galen llamó desde un puesto de control en la ruta. Jennings está solo en el coche, pero lo acompaña un vehículo de la policía.

—¿Qué?

Joe se encogió de hombros.

—No sé qué diablos sucede. Éste no es el estilo de Jennings.

Eve pasó delante de Joe y salió a la galería.

Se veían los faros de un coche que se acercaba.

Nathan se levantó de la mecedora de la galería.

—¿Qué sucede?

—Jennings. Probablemente quiere a Victor.

Él frunció el entrecejo.

—¿Por qué el coche de la policía?

Joe no respondió.

—Si no quiere que nadie sepa que está involucrado, mejor desaparezca, Nathan.

Nathan vaciló y luego, lentamente, sacudió la cabeza.

—Estoy cansado de esconderme. Ustedes salieron a la superficie. Es hora de que yo también lo haga.

—Haga lo que le parezca.

Unos minutos más tarde, el coche de Jennings estacionaba frente a la casa. Salió del coche y empezó a subir los peldaños.

—Disculpen que lo haga de este modo —dijo Jennings tranquilamente—. Pero tengo que tener esa reconstrucción, señora Duncan.

Eve se sintió irritada.

—No me gusta que me presionen, Jennings. Usted la obtendrá cuando yo esté lista para dársela.

—Sé que está enfadada conmigo, pero no permita que eso se interponga en su manera de actuar. Usted hizo su trabajo; deje que nosotros hagamos el nuestro.

—¿O romperán las puertas y lo tomarán? —Eve le echó una mirada al patrullero. —¿Tiene una orden de registro?

—Oh, sí —la sacó del bolsillo y se la entregó a Joe—. No podía correr el riesgo de que me lo negaran otra vez. Desde que estalló el edificio, mi superior, el agente Rusk, me ha estado encima para que encontrara a Hebert.

—No he terminado. He finalizado la reconstrucción, pero no he realizado las confirmaciones fotográficas y con el video.

—Yo lo haré. Tengo fotos de Bently en el coche. Rusk quiere que lo confirme de inmediato. Tengo que tomar el teléfono y llamarlo tan pronto como me marche de aquí.

—No es lo mismo. Quiero hacerlo yo misma. —Eve mantenía los labios apretados. —¿Alguna vez se le ocurrió que Hebert puede venir a buscarlo? ¿Por qué no mantiene vigilada mi casa en lugar de sacarme el cráneo? —Mi Dios, le estaba sugiriendo que la utilizaran como carnada. ¿Qué diablos pasaba con ella?

—En realidad, quizás armemos una situación similar para atraer a Hebert. Ésa es una de las razones por las cuales debemos tener el cráneo.

—¿Y yo estoy fuera del asunto?

Jennings asintió.

—No veo por qué lo objeta. La última vez que vine usted estaba ansiosa para que le quitara el cráneo de las manos.

—No me gusta que me saquen el trabajo por la fuerza. Si hubiera esperado, probablemente, lo hubiera llamado.

—No tenemos tiempo —hizo una pausa—. Recién bajé de un avión que venía de Boca Raton. Los últimos días estuve investigando allí.

—¿Y?

—Nada concreto, pero algo se me ocurrió cuando llegué aquí.

Repasé lo que me dijo usted y la respuesta apareció cuando menos lo esperaba. Estaba allí todo el tiempo, pero yo no la veía. Puede que me equivoque, pero tengo un presentimiento —sacudió la cabeza —. Necesito hablarlo con Rusk y ver si piensa que estoy loco. Si no es así, tengo que actuar rápidamente y unir todas las piezas.

Eve percibió una corriente subterránea de ansiedad. Había tensión, un alerta en su conducta que era inconfundible.

—¿Qué presentimiento?

Jennings sacudió la cabeza.

—¿Me trae el cráneo, por favor? No haga que lo tome yo.

Joe dio un paso hacia adelante.

—De ninguna manera.

—Me preguntó cómo quedaría esta clase de asedio en la prensa —dijo Nathan suavemente desde su puesto en la mecedora.

Jennings miró a Nathan sentado en la penumbra.

—¿Quién diablos es usted?

—Simplemente un amigo —respondió Joe.

Jennings volvió a mirar a Eve.

—Quinn es policía. ¿Quiere usted hacer que desobedezca una orden legal frente a hombres de su propio escuadrón?

Así que por eso él había llevado un patrullero. Astuto. Muy astuto.

Joe nunca le quitó la mirada al hombre del FBI. —Me importa un bledo su orden. ¿Eve?

—No. —Eve giró sobre sus talones. —Hubiera finalmente y de todas maneras entregado el cráneo. Es sólo que no me gusta la utilización de la fuerza y quiero yo misma concluir el trabajo. No vale la pena que le cause problemas.

—Puedo ocuparme de cualquier problema que se presente.

—No, Joe —Eve entró en la casa y tomó el maletín de cuero con el cráneo de Victor de su dormitorio. Lo llevó a la galería y se lo arrojó a Jennings.

—Gracias —abrió el broche del maletín, miró dentro, y lo volvió a cerrar. Levantó la vista y dijo con gravedad: —Me disculpo por causar alguna molestia. No fue mi decisión. Me hubiera gustado darle más tiempo, pero el asunto es demasiado urgente.

—¿No cree que siento esa urgencia? Mi hija casi murió en la explosión del edificio.

—Puede ahora tranquilamente dejar el asunto en nuestras manos.

—Dejé la seguridad de mi hija en sus manos y usted lo arruinó todo. ¿Por qué debería creer que será más eficaz para encontrar a Hebert?

Jennings aguantó sin chistar.

—Me lo merezco. —Dio media vuelta y bajó las escaleras. —Intentaré mantenerlos informados.

—Poco probable —dijo Joe—. Fui agente. Conozco el oficio.

Jennings entró en el coche.

—Haré lo que pueda. Eso es todo lo que puedo prometer.

Eve observó los dos coches salir a toda velocidad por la ruta y tomar la curva. Se debía sentir aliviada, se dijo para sí. Victor ya no estaba en sus manos, la responsabilidad recaía totalmente en Jennings. Pero no se sentía aliviada. Se sentía extrañamente caída y... estafada.

—Para usted fue duro ceder —dijo Nathan.

—No había completado el trabajo. Necesitaba hacer las láminas del video para la comparación final.

—El FBI se encargará.

—Pero Victor era *mío*.

—No tenías que entregarlo —dijo Joe—. Te hubiera respaldado.

—Sí, hubieras peleado con ellos y probablemente perdido tu trabajo.

—Quizás.

—Y te encanta ese maldito trabajo.

—Sí, pero está abajo en la lista de mis prioridades. ¿Te digo que es lo que la encabeza?

—No —dijo Eve con voz vacilante.

—Eso creía —Joe comenzó a bajar las escaleras—. Entonces, iré a buscar a Galen y le contaré lo sucedido.

—Lo siento, Eve —dijo Nathan—. Intenté ayudar.

—Lo sé. Debió haberse quedado callado. Jennings puede haber estado muy concentrado en lo que decía Joe, pero más tarde recordará que usted estaba aquí.

—¿Y qué? No me matará —sonrió burlonamente—. Espero.
Eve sintió un escalofrío por todo el cuerpo.
—Ey, es una broma.
—Sí —asintió temblorosamente y entró en la casa.

Capítulo quince

Jennings saludó al patrullero que lo pasó y estacionó a un costado del camino. Marcó el número de Robert Rusk en Washington.

—Lo tengo, señor. No fue agradable. Me *gusta* esa mujer, y si le hubiera dado un día más, probablemente, me lo hubiera entregado sin protestar.

—Usted no tenía tiempo para ser diplomático —dijo el agente Rusk—. Tenemos que saber si es Harold Bently. ¿Trajo las fotos de él con usted?

—Claro —Jennings encendió la luz del coche antes de sacar las tres fotografías del maletín y desparramarlas en el asiento a su lado. Luego, abrió el maletín de cuero y con cuidado sacó el cráneo. —Estoy haciendo la comparación ahora.

—¿Y?

Estudió los rasgos del cráneo y luego, cuidadosamente, hizo lo mismo con las fotografías. Lanzó un silbido bajo.

—Duncan es realmente buena.

—¿Es Bently?

—No hay dudas al respecto. —Jennings estudió el cráneo nuevamente. —Es, definitivamente, Bently.

—¿Está seguro?

—Sí.

—Bien.

—¿Lo llevo a la oficina directamente? Y necesito hablar con usted sobre Boca Raton. Puede que haya descubierto...

Nunca terminó la frase.

* * *

Eve fue la primera en oír la explosión. El ruido fue tan fuerte que sacudió la casa.

Salió corriendo a la galería.

—¿Qué diablos? —Nathan bajaba corriendo los escalones de la galería.

El cielo nocturno se iluminó con un resplandor rojo.

—No sé qué... —Eve miraba con espanto en el horizonte las puntas de los pinos en llamas. Bajó rápido los escalones y tomó por el sendero, siguiendo de cerca a Nathan.

—Vamos, vamos al coche. —Joe estaba junto a ella, tomándola del brazo y empujándola al jeep. —Creo que es en la ruta. Pero tiene que ser a un par de kilómetros.

Eve y Nathan se metieron de un salto en el jeep y Joe apretó el acelerador.

Eve se humedeció los labios mientras salían disparados a la ruta.

—¿Qué es?

Joe no respondió.

El cielo seguía iluminado por un funesto resplandor rojo.

Fuego.

¿Pero qué lo había causado?

Cuando tomaron una curva, Eve vio un ondulante humo negro y un colosal infierno. Al principio, no podía distinguir qué se hallaba en el centro de las llamas.

Joe respiró hondo mientras detenía el coche.

—Dios.

Un coche, o trozos de un coche.

—Mi Dios —Nathan saltó fuera del jeep.

Los ojos de Eve se abrieron horrorizados.

—¿Jennings?

Joe asintió.

—Eso supongo.

—¿Puede estar vivo?

Ella sabía la respuesta antes de que Joe dijera:

—Ninguna posibilidad. Cualquiera sea el mecanismo que hizo

estallar el coche era condenadamente poderoso. No queda casi nada del metal.

Y la carne humana es mucho más frágil.

—¿Fue una bomba? ¿Cómo?

—Puede llevar días en el laboratorio determinar algo así. Alguien no quería que quedaran piezas que luego pudieran reunirse.

—Hebert —dijo Eve lentamente—. Parece ser muy bueno con los explosivos. El edificio era...

—Yo salgo ya mismo de aquí —Galen corría hacia ellos—. Mi hombre en la ruta telefoneó para decir que el patrullero da la vuelta y regresa. Deben haber oído la explosión.

—Les hablaré —dijo Joe.

—Bien. Pero eso no me ayudará. Ustedes dos pueden estar más allá de toda sospecha, pero yo no —Galen miró el coche en llamas—. De todas formas, es posible que ustedes tengan un par de cosas que explicar. Me dijeron que sentían hostilidad por Jennings y minutos después su coche explota. Jennings era del FBI. Lo menos que puede suceder es que se los interrogue severamente acerca de por qué estaban implicados. Los llamaré más tarde hoy por la noche, después de que se calme todo el alboroto.

—Iré con usted —Nathan se bajó del coche.

—Entonces, será mejor que se mueva rápido. —Galen dio media vuelta y desapareció en el bosque.

Nathan lanzó un juramento y trotó detrás de Galen.

—Espere, carajo, transporto mucho más peso que usted.

Eve se dio vuelta y miró el coche que ardía. Pobre Jennings...

—Escucha —dijo Joe—, Galen tiene razón; harán toda clase de preguntas. Lo manejaré lo mejor que pueda, pero me es imposible mantenerte totalmente al margen.

Eve asintió torpemente. Se sentía tan aturdida que le resultaba difícil pensar qué hacer. No quería terminar ni en el departamento policial ni en las oficinas del FBI para responder preguntas interminables. Por otra parte, escaparse y salir corriendo no era tampoco una opción.

—No espero que me mantengas fuera de todo esto. Estaré bien.

—Dime eso después de que pasemos la noche —Joe abrió el celular—. Estoy llamando al jefe para que reúna un grupo forense de inmediato. Quiero que cualquier evidencia pase primero por nuestros laboratorios. No hay garantía de que el FBI no se entrometa ya que Jennings pertenecía a ellos, pero si se meten, al menos se verán obligados a compartir los resultados con el laboratorio de la policía de Atlanta.

—¿Tu jefe se doblegará ante las presiones?

—Probablemente. Como dije, si las pruebas ya están en camino antes de que el FBI aparezca en escena, el jefe tendrá un legítimo asidero si la información no se comparte. El FBI siempre dice que todo anda de mil maravillas entre los federales y los departamentos de policía locales, pero el antagonismo está allí. Sería un mal movimiento de relaciones públicas por parte de ellos si niegan el acceso.

Eve continuó mirando las llamas mientras Joe hablaba a toda velocidad en su teléfono y sintió que se le revolvía el estómago. Al principio, sólo había sido consciente del olor a gasolina y a pino quemado, pero ahora se daba cuenta de la existencia de otro aroma...

—¿Estás bien? —la mirada de Joe se dirigió a su rostro.

Eve respiró hondo y asintió.

—Pero vayamos a casa.

—Disculpa —la mirada de Joe fue a la ruta—. Ya llega el patrullero. Saldré de aquí lo antes posible.

No regresaron a la casa hasta después que el grupo forense llegó al desastre unos quince minutos más tarde. El agente especial Hal Lindman del FBI de Atlanta llegó una hora después, lo siguieron enseguida dos detectives de la comisaría de Joe. Pasaron varias horas hasta que el interrogatorio concluyó y se tomaron las declaraciones finales.

—Esto no ha terminado —dijo Joe mientras observaba los coches de la policía alejarse de la casa por la ruta—. El FBI, tan pronto como llegue el hombre que Rusk envía desde su departamento, va a tratar este caso como si fueran funcionarios criminales. Se harán cargo de la investigación y los hallaremos en nuestro umbral mañana por la mañana a más tardar.

—No estaremos aquí.

—¿Qué?

—Llama a Galen y haz que él y Nathan vuelvan de inmediato. Quiero hablarles.

Joe estudió la expresión de Eve y asintió.

—Haré que vengan.

Eve cruzó los brazos sobre el pecho y miró los pinos. El cielo ya no estaba color rojo, pero los árboles estaban quemados, pelados.

Jennings estaba muerto. Había estallado en mil pedazos. Cerró los ojos, enferma, ante el recuerdo del coche en llamas que volvía a su memoria. Ella se había enfadado con él porque arbitrariamente se llevaba el cráneo, pero el hombre sinceramente le había agradado. No merecía que ese monstruo lo matara.

—Estarán aquí en una hora —dijo Joe—. Tienen que tomar una lancha al otro lado del lago para evitar a los guardias que se hallan en la escena del crimen.

La escena del crimen. Era una frase horrible para un acto horrible.

—¿Eve?

La rabia estaba comenzando a suplantar al horror.

—Estoy terriblemente enfadada, Joe. Hebert lo mató a causa de Victor. Cuando Hebert pensó que no sería posible que descubriera quién era Victor, quiso asegurarse de que nadie lo supiera tampoco. No le importó al mismo tiempo hacer estallar en mil pedazos a un hombre decente.

—Puede haber sido más que eso —dijo Joe—. Jennings estaba sobre una pista de algo en Boca Raton.

Sí, Jennings se había mostrado entusiasmado. ¿Qué había dicho? *Estaba allí frente a mí todo el tiempo. Yo no lo vi.*

¿Que había estado frente a Jennings?

Eve se frotó las sienes doloridas. No podía pensar. Sentía demasiada rabia como para pensar fríamente. Quería idear un plan de nuevo y de nuevo y de nuevo.

Debes enfrentarlo cara a cara y molerlo a golpes.

Jane había dicho eso, pero Eve lo había olvidado. Ahora había otra muerte y, una vez más, Hebert se había salido con la suya.

Que se fuera al mismísimo infierno.

Ella no iba a meterse nuevamente en una cueva y a esconderse.

Galen apagó el motor de la lancha al llegar al muelle.

—Llamaron, vinimos.

—Entren en la casa —dijo Eve mientras caminaba por el muelle—. Es posible que no tengamos mucho tiempo. Joe no está seguro de cuándo aparecerá nuevamente el FBI.

—Sí, señora. —Galen lanzó un silbido bajo mientras salía de la lancha y la seguía hasta la casa. —Lo que usted diga.

Joe estaba sentado en la mecedora junto a la ventana.

—¿Algún problema para llegar hasta aquí?

Nathan sacudió la cabeza.

—Ningún problema. Dios, necesito un poco de café —se dirigió a la cocina—. Ustedes hablan, yo escucho mientras hago el café.

Su rostro estaba pálido y se lo veía angustiado, Eve lo percibió.

—No tiene buen aspecto.

—Estaré bien. No estoy acostumbrado a esta clase de cosas —gruñó—. Alguna vez pensé que me gustaría ser periodista de policiales, pero nunca pude pasar del primer tiroteo. —Puso agua en la cafetera. —Odio la violencia. Me enferma.

—Únete al club. —Eve se estremeció al recordar la pira funeraria en llamas de Jennings. —No debió haber sucedido. No debemos permitir que suceda.

La mirada de Joe se centró en el rostro de Eve.

—¿Y tenemos manera de detenerlo?

—Debemos intentarlo. —Las manos de Eve seguían apretadas a los costados del cuerpo. —No podemos dejar que siga así. Casi mató a Jane y a mi madre. Mató a Jennings y a Capel y —se detuvo y lanzó un suspiro profundo y tembloroso— Jane me dijo que debía enfrentarlo cara a cara y molerlo a golpes, pero yo sentía miedo de lo que él pudiera hacer. Eso fue un error. Tengo que detenerlo antes que haga algo más. Nadie está a salvo mientras él esté vivo y libre. No puedo dejar que continúe así.

—Para detenerlo, tenemos que encontrarlo —dijo Joe.

Eve se quedó callada durante unos minutos.

—O él tiene que encontrarme a mí.

—Ya ha destruido el cráneo —dijo Nathan—. Es posible que ahora no sea usted un objetivo. En particular si tiene otro pez para freír en Boca Raton.

—Oh, yo sí creo que seré un blanco para él. Sé demasiado y a él, evidentemente, le gusta mantener todo muy prolijo para la Camarilla —hizo una pausa—. Pero añadirá un pequeño ímpetu si cree que voy tras una evidencia que no quiere que se descubra.

—¿Y eso es?

—La tumba de Bently. Yo no tengo que tener el esqueleto entero. Actualmente, con la tecnología para determinar el ADN, si descubro un cabello, un hueso, incluso un diente, puedo tener la posibilidad de arruinar el juego que Hebert y la Camarilla están llevando a cabo.

—¿Cómo?

—No estoy segura aún. Pero no quieren que lo identifiquen, o no hubieran hecho estallar el coche de Jennings esta noche.

—¿Y cómo va a hallar la tumba de Bently?

—Puede que no sea posible. Pero si Hebert cree que me estoy acercando, quizás aparezca —abrió la cartera—. Por otra parte, es posible que la encuentre. —Tomó un sobre de papel madera tamaño carta y lo abrió. —Si puedo hallar de dónde viene esto.

Joe tomó el sobre y miró dentro.

—Barro.

—Galen lo llamó "extraño barro" —dijo Eve—. Es de color claro y tiene gran cantidad de huesos diminutos o trocitos de caracolas. Victor tenía este barro endurecido en todos los orificios.

Nathan hizo una mueca mientras se servía café en la taza.

—Agradable.

Galen sonrió.

—¿No es bueno que sea tan observador? Usted estaba tan concentrada en Victor cuando realicé el comentario que pensé que no había prestado atención.

—No quise. Se interponía en mi trabajo. Pero cuando usted se marchó, seguía machacándome ese comentario. Así que raspé un poco de barro, lo coloqué en un sobre y lo metí en mi billetera.

—¿Por qué no me lo dijiste? —preguntó Joe.

—Me olvidé.

Joe enarcó las cejas.

—¿Te olvidaste?

—Está bien, lo borré de la mente —respondió Eve desafiante—. Te dije, se interponía en mi tarea con Victor.

Galen sacudió la cabeza.

—Obsesión.

—¿Y qué va a hacer con este barro? —preguntó Nathan.

—Llevarlo a la Universidad estatal de Louisiana. Tienen allí una de las mejores escuelas de geología del sur. Veré si pueden darme una pista de dónde hallar un barro de este tipo.

—¿Y luego?

—Voy allí y Hebert me sigue.

—No —dijo Joe rotundamente.

—Sí —Eve lo miró directamente a los ojos—. Cara a cara, Joe. Voy a atrapar a ese hijo de puta.

Él se quedó callado unos segundos.

—No objetaba eso. Dijiste yo, no nosotros. Yo voy contigo.

Eve abrió la boca para protestar y luego, lentamente, asintió con la cabeza. No era el momento de preocuparse por su conflicto personal. Habían trabajado juntos antes y no había nadie en quien confiara tanto como en Joe.

Confianza...

Galen asintió.

—Creo que yo me uniré también.

—No —dijo Eve—. Quiero que usted se quede y vigile a Jane. Lo necesito aquí.

—No fue para eso que me contrataron.

—Quiero que ella no corra ningún peligro.

Galen frunció el entrecejo.

—Está bien, pero Jane pedirá mi cabeza si descubre que yo no sigo sus pasos.

Eve sonrió ligeramente.

—Sobrevivirá.

—No estoy seguro. Es una cliente difícil.

Eve se volvió a Nathan.

—¿Viene con nosotros?

Él sacudió la cabeza.

—Voy a Boca Raton. Si Jennings halló algo allí, puede que yo sea capaz de lo mismo. Me mantendré en contacto —se sirvió más café—. No tenemos mucho tiempo. Ya es día 25 y el 29 era la fecha que a Etienne lo preocupaba.

El tictac del reloj. No pensaría en eso. Se movería lo más rápido posible, pero no tenía sentido entrar en pánico.

—Entonces, necesitamos empezar a actuar —se volvió a Joe—. ¿Puedes llamar a tu jefe y hacer que por unos días mantengan al FBI alejado?

Él negó con la cabeza.

—Pero puedo intentar que el jefe mantenga la boca cerrada respecto adónde nos hallamos.

—Bien —Eve se volvió a Galen—. Necesito que Hebert sepa lo que estamos haciendo.

—Él ya parece saber un montón más de lo que yo quisiera.

—Tengo que asegurarme.

—¿Alguna idea?

—Creo que lo que sabe Melton, Hebert lo sabe también —Eve frunció el entrecejo, pensando—. Tanzer. Él alardeó que nada sucedía en Baton Rouge que él no supiera. ¿Puede ingeniárselas para que alguien en la Universidad le filtre información a Tanzer después de que nosotros nos hayamos marchado?

—Y Tanzer llamará a Melton —Galen asintió—. Es posible que pueda conseguir uno de mis contactos para que lo haga —sonrió levemente—. Después de todo, Tanzer es *trou du cul*.

Dios, parecía haber pasado tanto tiempo desde que Marie Letaux había utilizado esa expresión. Tantas cosas habían sucedido, tantas muertes…

—Tenga cuidado —dijo Nathan con seriedad—. No quisiera que cayera en la trampa que le tiende a Hebert. Ese hombre me pone los pelos de punta.

Eve sintió un repentino recuerdo del escalofrío que había sentido cuando había hablado con Nathan esa misma mañana.

—Usted también tenga cuidado.

—Yo siempre tengo cuidado —terminó su café—. Tengo que vivir para conseguir mi Pulitzer —comenzó a caminar en dirección a la puerta—. Vamos, Galen. Mueva el culo y lléveme al aeropuerto.

Capítulo dieciséis

Universidad Estatal de Louisiana
11:45 a.m.
25 de octubre

—Es el distrito de Terrebonne. —El profesor Gerald Cassidy enderezó los anteojos bifocales sobre su nariz antes de levantar la vista para mirar a Eve y a Joe. —Estoy seguro.

—No ha hecho ninguna prueba —dijo Joe—. ¿Cómo puede estar tan seguro?

—Lo llevaré al laboratorio y le haré algunas pruebas, pero he visto este barro antes. Es poco frecuente. Hice una monografía en el área para mi doctorado.

Algo que no podía haber pasado hacía mucho tiempo, pensó Eve. Cassidy no parecía tener más de veinticinco años.

—¿Por qué es poco frecuente?

—Alta concentración de calcio —Cassidy señaló los diminutos fragmentos blancos que se encontraban metidos en el barro—. Conchillas. Cientos de años atrás, la región entera estaba inundada y las conchillas se encontraban depositadas por todas partes —frunció el entrecejo—. Pero nunca vi un porcentaje tan alto de conchillas en las muestras de tierra que tomé. Me interesaría saber de dónde es...

—Necesitamos estar absolutamente seguros de que podemos comenzar en Terrebonne —dijo Joe—. ¿Hará algunas pruebas?

Cassidy se encogió de hombros.

—Seguro. Regresen por la tarde —hizo una pausa—. ¿Por qué quieren saber? ¿Qué buscan?

Eve vaciló.

—Una tumba.

Cassidy hizo una mueca.

—Buena suerte. Es tierra de pantanos. Cientos de canales y los habitantes no son para nada comunicativos. No les gustan los extraños. Me llevó meses reunir información suficiente para mi tesis.

—Pero usted debe de haber hecho algunos contactos. ¿Puede relacionarnos con alguien que sea capaz de ubicar el área en donde se puede hallar este barro?

—Jaques Dufour. Si necesita dinero y quiere cooperar, conoce los pantanos mejor que nadie que se pueda contratar. Les daré su número de teléfono en Houma. —Abrió un cajón de un escritorio, sacó una agenda de cuero negra y pasó las hojas. —Yo no me utilizaría como referencia. No tuvo tapujos en mostrar su desdén por mí.

—¿Por qué?

—Yo tenía veinticuatro años, un ratón de biblioteca y no un nativo. Todos pecados ante sus ojos —estudió a Joe—. De alguna manera no creo que usted tenga problemas con él.

—Yo no tendré. —Eve escribió el número de teléfono y se puso de pie. —¿Cuándo sabremos los resultados?

—Alrededor de las cuatro de esta misma tarde. ¿Van a regresar?

Eve sacudió la cabeza mientras se encaminaba hacia la puerta.

—Joe le dará el número del celular. Partimos para Houma ahora mismo.

—Van al distrito de Terrebonne —dijo Melton tan pronto como Hebert contestó el teléfono—. Están buscando la tumba. Por Dios, ¿pudo usted haber echado a perder todo aún más?

Hebert amortiguó la oleada de bronca que sentía.

—No encontrarán nada.

—No estoy tan seguro. Usted arruinó todo este asunto desde el principio.

—Todo saldrá bien. Quizá mejor que bien. Conozco esos pantanos y a la gente que vive allí. Etienne y yo crecimos en los pantanos.

—Escúcheme. No quiero trastornos. Deshágase de ellos rápidamente, calladamente, y luego traslade su trasero a Boca Raton. Dios, no puedo creer que haya dejado tan poco margen de tiempo. ¿Está seguro que todo anda allí como fue programado?

—Está todo en marcha. Estoy seguro de que sus informantes ya le han contado que el plan está marchando maravillosamente.

—Sí, hubo un artículo esta mañana en el periódico. ¿La seguridad?

—En su lugar. Tan pronto como termine, regresaré allí y ataré cualquier cabo suelto.

—Entonces, hágalo, maldito sea. —Melton colgó.

Arrogante hijo de puta. Hebert no necesitaba que Melton le dijera cuán escaso se estaba poniendo el tiempo con el que contaba. El estómago se le retorcía cada vez que pensaba en eso. Cada movimiento que había realizado últimamente había corrido peligro o había sido puesto en jaque. Era como si hubiera una fuerza que le impedía lograr los objetivos.

Etienne.

Cerró los ojos. Una tontería supersticiosa y ridícula. No debía entrar en pánico. Todo lo que tenía que hacer era quitar del medio a Duncan y a Quinn y concentrarse en su tarea en Boca Raton. Sería algo fácil.

A menos que hubiera una trampa.

Pero aun si hubiera una trampa, él tendría ventaja. Todos los años había gente que desaparecía en esos pantanos y nunca más aparecía. La muerte esperaba a los descuidados en cada recodo de los pantanos. Él tenía experiencia suficiente como para desarmar cualquier trampa. O para armar una mortal.

Dos horas de vuelo y estaría en Nueva Orleans.

Una hora más tarde y estaría bien metido en el pantano.

Esperando.

HOUMA
16:05 A.M.
25 DE OCTUBRE

—¿Conchillas? —Jacques Dufour se encogió de hombros—. Hay conchillas por todo este distrito.

—Pero este lugar tiene una alta concentración de ellas —dijo

Eve—. El profesor Cassidy dijo que usted quizá podía saber en dónde se localizaba.

—Quizá. Tengo que pensar.

Eve apretó los dientes. El hombre era tan arrogante como Cassidy les había dicho.

—Entonces, piénselo.

—Quizá deberíamos ir a mirar. Mi excursión por los pantanos es la mejor en la zona.

—No quiero una excursión. Quiero encontrar un lugar en donde...

—¿Cuánto? —preguntó Joe de manera cortante.

—No dije —Dufour se detuvo al encontrarse con la mirada de Joe—. Tengo una idea de dónde puede estar. Mi primo, Jean Pierdu, vive en un área en donde hay muchas conchillas.

—Entonces, deme su teléfono. Quiero hablarle.

Dufour sonrió.

—No tiene teléfono. La gente es muy pobre por aquí. Tienen que ir a verlo. Quinientos.

—Trescientos. Y mejor que tenga razón acerca de esas conchillas. No quisiera que perdiera su tiempo —Joe bajó la voz hasta un susurro suave—. O el mío.

—Demasiado barato. Es muy metido en el pantano y quizá deba...

—Quizá no fui claro —Joe se acercó—. Trescientos y quizás salga del pantano con el pellejo intacto. Molésteme con todas esas pavadas y puede terminar como carnada de los lagartos.

Dufour apretó los labios.

—Usted debe recordar que el pantano puede ser un lugar peligroso para alguien que no está familiarizado.

—Trescientos.

Dufour vaciló y luego se encogió de hombros.

—Trescientos —dio media vuelta—. Partimos mañana.

—Ahora.

—Tengo una excursión en cuarenta minutos y después estará demasiado oscuro como para ver algo —sonrió con malicia—. Vamos muy cerca de los árboles. Pienso que le gustaría ver a una serpiente coral antes de que caiga en la falda de la señora.

Joe musitó un juramento mientras observaba a Dufour alejarse de ellos con paso arrogante.

—Quizás hubiera resultado un poco mejor si hubieras sido más paciente y no lo hubieras amenazado con el lagarto —dijo Eve.

—Estoy cansado de ser paciente.

Eso era obvio para Eve. Desde el momento que habían llegado a Houma, era consciente de que Joe luchaba con su estado de ánimo. Ella había visto esta faceta de su carácter sólo un par de veces desde que lo conocía. Él había intentado mantener la violencia tanto del pasado como del presente alejada de ella. Aun así, reconocía la tensión, el alerta, la ansiedad apenas contenida. Sí, ansiedad era la palabra. Estaba ansioso, quería soltarse, arremeter. No era de extrañar que Dufour hubiera retrocedido.

—Mejor sería que encontráramos un hotel para pasar la noche —dijo Eve—. Necesito llamar a Galen y asegurarme de que Jane esté bien.

—Por supuesto que está bien —dijo Galen—. Creo que me siento insultado.

—¿Insultado? ¿Tengo que recordarle que ella y mi madre casi estallaron en mil pedazos?

—Tiene razón. Pero ahora las he rodeado por tantos hombres de la seguridad de Hughes que se necesitaría un ejército para acercarse a ellas. Aun si Hebert pudiera burlar al FBI y a los agentes de policía le... —se detuvo—. Pero Hebert va a hallarse demasiado ocupado como para realizar un intento, ¿no? ¿Alguna señal suya?

—No todavía. Pero tenemos una pista para el lugar de la tumba. Estamos en Houma y vamos mañana a los pantanos.

—Soy muy bueno en los pantanos. Creo que me necesita. Hughes puede hacer mi trabajo aquí y yo...

—No lo necesitamos. Quédese con Jane. ¿Ha oído algo de Nathan?

—No, pero es más probable que se comunique con usted. Por alguna razón me encuentra un poquito molesto.

—Me pregunto por qué. Lo llamaré mañana. —Eve colgó.

Se sentía aliviada. Las probabilidades de que Hebert se dirigiera a Jane otra vez eran escasas, pero eso no había hecho que ella dejara de preocuparse. La actitud de Galen podía haber parecido un tanto ligera, pero Eve lo conocía lo suficiente como para saber que era terriblemente responsable en cuanto a su trabajo. Jane no correría riesgos en sus manos.

Se puso de pie y se acercó a la ventana. Había comenzado a llover; el pantano a la distancia y en este temprano atardecer tenía un aspecto sombrío y amenazador.

—¿Conseguiste hablar con Galen?

Eve se dio media vuelta para ver a Joe de pie en el umbral de la puerta.

—Sí, Jane está bien —sonrió levemente—. Galen quería venir y ayudarnos. Dijo que es bueno en los pantanos. Le dije que no lo necesitábamos.

—Gracias a Dios. Con mi actual humor no creo que soportaría las bromas de Galen. Como están las cosas, quizás ahogue a Dufour antes de que todo concluya.

—¿Supiste algo del laboratorio sobre Jennings?

Él negó con la cabeza.

—No todavía. El FBI se llevó las pruebas de los forenses, pero el jefe está ejerciendo presión para obtener todos los informes tan pronto como salgan de los laboratorios del FBI. Le pedí a Carol que me llamara en cuanto los informes estén en los escritorios de la comisaría —apretó los labios—. Y Rusk no está demasiado contento de que hayamos desaparecido antes de que su equipo llegara a Georgia. Está furioso.

—Que se embrome.

—Es lo que dije —Joe hizo una pausa—. Supongo que no me dejarás ir solo a ver al primo de Dufour, ¿no?

—No.

—Yo también soy bastante bueno en los pantanos. Aprendí muchísimo cuando estaba en el ejército en una misión en Nicaragua.

—Apuesto que sí. Y no puedes esperar para demostrarlo.

—No —Joe mantuvo la mirada sobre ella con una intensidad tan punzante que Eve abrió los ojos sorprendida—. Tú no eres la única que está furiosa. Casi te perdí. Tengo que pagar.

Dios.

Finalmente, Eve pudo quitarle los ojos de encima.

—Me voy.

—Justo cuando pensé que lo intentaría —dio media vuelta—. Te veré en la mañana. Tengo la habitación contigua. Si me necesitas, llámame.

Eve se quedó mirando la puerta que se cerró detrás de Joe antes de hacer un esfuerzo para regresar junto a la ventana.

Si me necesitas, llámame.

Asió con fuerza la cortina. No lo necesitaba.

Pero, Dios, lo deseaba.

Capítulo diecisiete

01:10 P.M.
26 DE OCTUBRE

—¿A qué distancia estamos? —preguntó Eve—. Parece que hiciera días que estamos en la lancha.

—A sólo cuatro horas —Dufour maniobró la lancha a motor para evitar una enorme rama de mangle que sobresalía del agua—. Estos pantanos serpentean como si fueran anguilas —le lanzó una mirada a Joe—. Quizás me pague más dinero para que lo lleve de regreso.

Joe no lo miró.

—Está presionando.

—Es algo terrible estar perdido en los pantanos.

—No estoy perdido —la mirada de Joe se dirigió al rostro de Dufour—. He memorizado cada recodo que tomó desde el momento que abandonamos el muelle. ¿Quiere que se los repita?

Dufour pestañeó desconcertado.

—No —rápidamente volvió a mirar la barrosa agua que tenía por delante—. ¿No puede aceptar una broma? Un trato es un trato.

Joe sonrió alborozado.

—Ésa es mi filosofía.

Eve no dudaba de que Joe hubiera dicho la verdad acerca de que sabía en donde se hallaban, pero no veía cómo. Hacía frío y estaba muy húmedo, y desde que habían partido del muelle era como estar en un mundo totalmente ajeno. Los escuálidos cipreses formaban una oscura bóveda sobre el estrecho canal de aguas barrosas. Cada tanto, unas serpientes color marrón negruzco pasaban deslizándose junto a la embarcación y esqueléticos árboles se aferraban con desesperación en el fondo del pantano, luchando por sobrevivir en este ambiente hostil. Y la vegetación no era lo único que luchaba por sobrevivir.

—¿Qué son esas casuchas en esos pequeños islotes? ¿Realmente vive gente allí? —preguntó Eve.

—A mi primo, Jean, no le agradará oír que usted llama casucha a su casa. Su lugar es muy parecido a esas casas. Aunque la mayoría de los lugares por los cuales pasamos se utilizan principalmente como campamentos para pescadores y cazadores —dijo Dufour—. Pero a medida que uno se interna encuentra nativos que viven y también cazan en los pantanos y en las costas. Les dije que por aquí la gente es pobre; no tienen las agallas como para salir y ganar dinero, como hago yo. Así que tienen suerte de tener un techo sobre sus cabezas.

—A veces, la abrumadora pobreza no es cuestión de agallas.

Dufour se encogió de hombros.

—Agallas o estupidez.

—¿Por qué esas casas están construidas sobre pilotes? La tierra llega hasta la puerta de entrada.

—No es tierra, es barro. El área está cerca del mar, y cuando llega la marea trae el barro con ella. Cuando la marea se retira, las casas se hundirían debajo del agua si no estuvieran construidas sobre pilotes.

—Qué manera precaria de vivir —murmuró Eve—. Precaria y triste. ¿Qué profundidad tiene el barro?

—A veces, un metro cincuenta, un metro ochenta —Dufour sonrió burlonamente—. No es bueno si uno es sonámbulo. Uno sale de la galería y se le llena la boca de limo —señaló una casucha a varios metros adelante—. Ése es el lugar de Jean.

Era otra pequeña casucha de ciprés, construida sobre pilotes y comunicada con el pantano por un estrecho muelle. Una mujer salió a la galería y se quedó mirándolos sin sonreír. Era pequeña, delgada y en avanzado estado de gravidez. Dos niños pequeños vestidos sólo con camisetas sucias y pantalones se aferraban de sus faldas.

—No te quedes allí con la boca abierta, Marguerite —dijo Dufour, mientras acercaba la lancha al improvisado muelle—. Dile a Jean que tiene invitados.

—No queremos la clase de invitados que nos trae. No necesitamos a los turistas —le echó una mirada a Eve—. Si quiere ver cómo viven los nativos de aquí, vaya a otra parte. Déjenos solos.

—Qué mala educación —Dufour se rió entre dientes de manera reprobatoria—. Tengo que decirle a Jean que te pegue más seguido —amarró la embarcación y saltó al muelle—. ¿Está él aquí?

Ella asintió.

—No querrá verte.

—Sí, querrá. Hay dinero —miró el vientre hinchado de la mujer—. Y es obvio que puedes necesitar dinero. Dos niños menores de cinco y otra boca en camino...

Ella vaciló, luego dio media vuelta.

—Tráelos.

—Quédate aquí, Eve —Joe saltó de la embarcación y se encaminó a la casucha—. Echaré una mirada a los alrededores.

Eve se puso tensa mientras él desaparecía en la casa. Joe estaba obviamente en su rol protector. Un cuerno se quedaría allí.

Se abrió paso y salió de la embarcación, pero estaba en la mitad del muelle de madera cuando Joe apareció en la puerta y le hizo señas para que entrara. Eve lanzó un suspiro de alivio.

Estaban a salvo.

Por ahora.

—Es posible que conozca el lugar —dijo Jean Pierdu lentamente—. ¿Cuánto?

—Quinientos por llevarnos hasta allí —dijo Joe—. Otros quinientos si puede decirnos algo que pueda interesarnos.

Jean lo miró impasible.

—No sé nada sobre conchillas.

—¿Qué sabe sobre tumbas? —preguntó Eve.

Su expresión no cambió.

—Lo guardamos para nosotros.

—Pero eso no significa que no sepas exactamente lo que sucede

—dijo Dufour—. Escuché rumores que hace unos años hubo aquí intrusos. No nos importan los intrusos, Jean. ¿Por qué no obtener un poco de dinero?

—Lo necesitamos, Jean —dijo Marguerite tranquilamente—. Tiene razón, ¿por qué deberían importarnos esos intrusos?

—No interfieras, Marguerite. —Jean se quedó callado unos segundos, y luego, lentamente, asintió. —Mil.

—Puedo darme cuenta que Dufour y usted son parientes —dijo Joe secamente—. Setecientos.

—Dale los mil, Joe —la mirada de Eve estaba fija en Marguerite y los dos niños.

Joe sonrió ligeramente.

—Está bien. —Se volvió a Jean. —¿En dónde está?

—El dinero.

Joe tomó la billetera y contó los billetes.

—¿Satisfecho?

Jean asintió y se metió el dinero en el bolsillo.

—Hay dos islas a unos siete kilómetros de aquí. Están en un pequeño recodo natural del pantano y, cuando llega la marea, atrapan grandes cantidades de conchillas. Puede ser lo que usted está buscando.

—¿Son pequeñas islas de barro como ésta? —preguntó Eve.

Jean asintió.

—He vivido aquí toda mi vida y nunca he visto un lugar que tuviera tantas conchillas.

—¿Las islas están cerca la una de la otra?

—Sí —hizo una pausa—. Pero ustedes sólo tendrán interés por la segunda. No hay nada en la otra.

Joe se puso tenso.

—¿Y qué hay en la segunda?

—No encontrarán la tumba. Ya no está allí.

—Pero, ¿estuvo allí?

—Pide más dinero —dijo Marguerite.

Jean la miró fastidiado.

—Iba a hacerlo.

Joe sacó otros quinientos.

—¿Había una tumba allí?

Jean asintió.

—Dos. Sin señalización. Pero estaban allí. Vi a Etienne cavándolas. Estaba pasando por un mal momento. Dijo que había tenido que sujetar los cuerpos a los pilotes porque no quería correr el riesgo de que fueran arrastrados y se los hallara.

—¿Etienne Hebert? ¿Usted lo conocía?

Jean asintió nuevamente.

—Vino en la época que los otros dos vinieron. Pero no era como ellos. Él era un nativo de las islas como nosotros.

—¿Qué otros dos? ¿Cuándo?

—Hace dos años más o menos. Los hombres llegaron y contrataron a algunos nativos para que les construyeran una casa en la isla, y luego se olvidaron que estaban allí —se encogió de hombros—. El dinero era bueno. ¿Por qué debíamos preocuparnos por lo que estaban haciendo? Mientras no le vendieran drogas a nuestros hijos, podían hacer toda la pólvora que quisieran. No era asunto nuestro.

—¿Usted cree que estaban metidos en la droga?

—Sabemos que lo estaban. Etienne nos contó. Él venía, traía una botella de vino, se sentaba en esa misma silla y nos contaba toda la provisión que había traído por el pantano desde Houma a la isla.

—Era un hombre agradable —dijo Marguerite—. No van a meterlo en problemas, ¿no?

Él no tenía la culpa.

—No, le prometo que Etienne no se meterá en problemas —dijo Eve.

—Él siempre decía que esos hombres locos estallarían en mil pedazos con todos esos químicos que le habían hecho traer —dijo Marguerite—. Estaba triste. Creo que no le agradaban los hombres ésos.

—¿Y qué les sucedió?

—Lo que Etienne dijo que sucedería. Una noche se oyó una gran explosión. Cuando fuimos a ver qué había sucedido, encontramos a Etienne cavando dos fosas. Nos dijo que nos marcháramos y nos olvidáramos de lo que había pasado. Dijo que la policía no debía saber, o pensaría que también nosotros éramos criminales.

—¿Y eso es lo que ustedes hicieron?

—No somos estúpidos. La policía cree que somos escoria. Etienne tenía razón.

—¿Y cuáles eran los nombres de esos hombres? —preguntó Joe.

—¿Usted qué cree? —el tono de voz de Jean destilaba sarcasmo—. Smith y Jones. ¿Cree que nos dijeron sus nombres verdaderos?

—¿Cuánto tiempo estuvieron en la isla antes de que ocurriera la explosión? —preguntó Eve.

—Cuatro meses, quizá. Vinieron a vernos dos meses antes, pero perdimos un poco de tiempo porque empezamos a construir en la primera isla. Luego, decidieron que sería mejor internarse más en el pantano y tuvimos que empezar de nuevo en la segunda.

—¿Qué distancia separa a las islas?

—Un kilómetro y medio. Pero un kilómetro puede hacer una buena diferencia en el pantano.

—Usted dijo que la tumba ya no estaba más allí. ¿Cómo lo sabe?

—Etienne regresó. Dijo que la policía andaba haciendo preguntas y que había tenido que deshacerse de los esqueletos —Jean hizo un gesto—. Qué típico de la policía ocuparse de esa basura y causarnos problemas. No era nuestra culpa que hubieran estallado en el aire.

—¿Qué sabe del hermano de Etienne?

Jean frunció el entrecejo.

—¿Tiene un hermano?

—¿No habló de él?

Jean sacudió la cabeza.

—Ya es suficiente —dijo Dufour—. No le digas nada más a menos que te dé más dinero, Jean. —Sonrió. —Y un pequeño extra para mí por haberlos traído a verte.

—Tú probablemente le quitaste bastante de sus bolsillos sin hurgar en los míos —dijo Jean—. Y yo necesito todo mi dinero si mi familia y yo debemos desaparecer por un tiempo.

—¿Por qué tiene que hacer eso?

—¿Usted cree que confío en ustedes o en esa gente? —miró a Joe—. No hicimos nada. No somos responsables de la muerte de esos adictos. Ellos mismos lo hicieron.

—No los estamos culpando —dijo Eve—. No tienen por qué huir.

Jean la ignoró.

—Empaca, Marguerite.

—Necesitamos que nos lleve a esa isla —dijo Joe.

—¿Por qué? Le dije, no hay nada allí.

—Puede haber más de lo que usted cree.

Jean lanzó una exclamación exasperada.

—Una pérdida de tiempo. —Se puso de pie y se encaminó hacia la puerta. —¿Quiere ver el lugar? Tiene un guía. Yo ya terminé con esto —le hizo una seña a Dufour—. Vamos, Jacques. Te acompañaré hasta la lancha y te diré dónde es.

Joe los siguió.

—Creo que iré a su lado y escucharé. Quiero asegurarme de que vayamos en la dirección correcta.

Eve estuvo a punto de seguir a Joe que salía de la casa, pero se detuvo junto a Marguerite. Ella estaba sacando ropa de un escritorio de pino desvencijado y todo rayado.

—¿Adónde irán?

—No es asunto suyo.

—Realmente no queremos hacerles daño.

—Váyase.

Eve se encaminó hacia la puerta.

—Espere —Marguerite se quedó callada unos segundos—. Estaremos bien. Vamos a quedarnos con unos amigos durante un tiempo hasta que estemos seguros de que podemos regresar. Nadie puede encontrarnos en el pantano si nosotros no queremos.

—Si sabían que debían huir así, ¿por qué aceptaron el dinero?

Marguerite la miró asombrada.

—Lo necesitamos. Quizás a usted no le parezca mucho, pero ese dinero mantendrá a mis hijos alimentados durante meses —sacó un bolso marinero desteñido de debajo de la cama—. Vale la pena correr el riesgo.

—Eve —gritó Joe desde afuera.

—Ya voy.

La mirada de Joe escudriñó su rostro mientras ella caminaba por el muelle.

—¿La convenciste de que no queremos arrojar a su familia a la cárcel?

—No, no me creyó. Pero dijo que por el dinero valía la pena correr el riesgo. Esos dos niños pequeños... Me pregunto si reciben suficiente comida. La pobreza da *asco*, Joe.

Joe asintió, su mirada sobre Jean.

—No es lo único.

Eve se quedó quieta.

—¿Qué quieres decir?

—Fue demasiado fácil. Debió haber sido más difícil sacarle esa información.

Eve asintió pensativamente.

—Y fue un poco extraño que no supieran que Etienne tenía un hermano. Por lo que oí, Etienne no era la persona más discreta del mundo.

Joe sonrió.

—Pensé que estabas tan preocupada por esos dos pequeños que no prestaste atención.

—Era comprensiva, no estaba ciega. ¿Crees que Hebert se comunicó con Jean y tendió una trampa?

—Es posible.

—Entonces, ¿toda su historia es mentira?

—No necesariamente. Las mejores mentiras son siempre aquellas basadas en la verdad —miró pensativamente el pantano—. Probablemente Etienne les contó una historia sobre un laboratorio de drogas y Jean y sus vecinos hicieron la vista gorda. Eso no significa que que Jules Hebert no haya aparecido anoche y les haya ofrecido tanto dinero que nuestro soborno quede como algo insignificante.

Eve sintió un escalofrío.

—Entonces, él estará esperando en la isla.

—Eso supongo.

Ella lanzó un profundo suspiro.

—Bien. Ahora, ¿cómo encontramos...?

—Después —Joe dio media vuelta y la ayudó a entrar en la lancha—. Déjamelo a mí.

¿Como lo había dejado en sus manos cuando él la dejó a un costado de la ruta en las afueras de Nueva Orleans?

De ninguna manera.

Capítulo dieciocho

—Aquí está la primera isla —Dufour señaló el montículo de barro que se avecinaba—. Es la que sus amigos traficantes de drogas tenían miedo que fuera demasiado expuesta y decidieron abandonarla. Mi primo no llegó a hacer demasiado, ¿no? —Un estrecho muelle erosionado por el agua y el tiempo conducía a una plataforma igualmente erosionada que debía haber sido construida como los cimientos de las instalaciones. —Según Jean, la siguiente isla debería ser en donde usted hallará la tumba —frunció el entrecejo—. O la falta de una. ¿Seguro que quiere ir?

—Queremos seguir —dijo Joe—. Pero estacione primero en esta isla. Quiero asegurarme de que el primo Jean no estaba mintiendo acerca del contenido de conchillas.

Eve lo miró sorprendida.

Dufour se encogió de hombros.

—¿Por qué no espera llegar a la isla correcta?

—Estacione.

Dufour vaciló y luego guió la lancha al muelle.

—Está perdiendo el tiempo.

—Es nuestro tiempo y a usted le pagaron por él —Joe salió de un salto de la embarcación antes de ayudar a Eve—. Volveremos en un minuto, Dufour.

—¿Qué diablos haces? —preguntó Eve en voz baja mientras lo seguía por la plataforma.

—Vi que Dufour apretaba un botón en su celular justo antes de que tomáramos la última curva del pantano. Fue probablemente una señal para Hebert. Apuesto que nos está esperando más adelante.

—¿Y por qué estamos aquí?

—Me estoy quitando de encima un estorbo —Joe continuaba mirando el pantano—. Tú.

Eve se puso tensa.

—¿Estorbo?

—No te gusta la palabra. Pero seré educado. Estás en mi camino. Te quedas aquí.

—Un cuerno me quedo. Me sacaste del coche en Nueva Orleans. No lo harás de nuevo.

—Sí lo haré —se dio media vuelta para enfrentarla y Eve sintió que una oleada de conmoción le recorría todo el cuerpo. La expresión de Joe era la más fría y dura que jamás había visto—. No voy a permitir que uno de los dos muera porque no quieres quedarte afuera... Éste es mi trabajo, no el tuyo. Yo no interfiero cuando trabajas en los cráneos. No interfieras en el mío ahora.

—¿Se supone que te deje marchar y permita que quizá te maten?

—Es más probable que me maten si debo preocuparme por ti que te interpones en el camino. Eso no sucederá.

—¿Y cómo vas a impedir que vaya contigo?

—Te haré dormir una pequeña siesta si tengo que hacerlo. No me provoques, Eve.

Y lo haría. Ella podía verlo en la expresión de su rostro. Joe había estado encaminado en esta dirección desde el preciso momento en que habían entrado en el pantano. La ansiedad reprimida que había percibido se había ahora liberado. Eve nunca lo había visto más vivo... o más peligroso. Él era el cazador, quien acechaba, el guerrero.

—No puedes esperar ir al ataque y perseguirlo.

Él asintió.

—No soy como tú. Quiero quitar a Hebert del medio porque es peligroso, necesario.

—Y tú estás tremendamente feliz de tener la oportunidad.

—Estás aprendiendo muchas cosas de mí que no sabías —sonrió torciendo la boca—. Por ejemplo, nunca te conté por qué abandoné el ejército. No querías saber sobre esa etapa de mi vida. Era demasiado violenta para ti.

—¿Por qué abandonaste el ejército?

—Porque me gustaba demasiado —respondió Joe con simpleza—. Y me acercaba demasiado a esa línea que nadie debe cruzar. Era una máquina de matar.

—Eso no es verdad. No eres así.

—Era yo. Puedo ser así otra vez. Puedo ser así ahora.

—De ninguna manera. No podrías...

—Ey, Quinn —Dufour gritó desde la lancha—. ¿Va a quedarse todo el día?

—Se está impacientando —Joe sonrió—. O quizás Hebert se está impacientando. No debemos hacerlo esperar —metió la mano en el bolsillo de la chaqueta y le entregó una pistola—. Por si acaso.

—¿Estás loco? ¿Vas detrás de Hebert sin pistola?

—No la necesitaré. —Bajó la vista hacia el machete que tenía guardado en el cinturón. —En los pantanos, las pistolas no son mi arma preferida. —Dio media vuelta y cruzó la plataforma. —Mantente calma hasta que regrese.

—Joe, maldición.

Él la miró por encima de su hombro.

—Sabes que tengo razón. Sabes que serás un estorbo que podría hacer que me maten. Sabes que deberías dispararme para impedir que fuera tras él.

—Es posible que lo haga.

Él sacudió la cabeza y saltó dentro de la lancha.

—Muévase, Dufour.

—*Joe*.

—No debería dejar a la dama sola —dijo Dufour—. ¿Qué pasará si una serpiente...

—Vamos —dijo Joe.

La mano de Eve se aferró a la pistola mientras veía la embarcación que se alejaba de la isla. Joe tenía la cabeza en alto como si estuviera olfateando el viento. Quizá lo estaba. Nada la sorprendería de este Joe extraño y feroz.

No debería haber dejado que se marchara. Debía haber encontrado una manera de detenerlo.

Aunque él tenía razón. Joe sabía lo que estaba haciendo, y ella podía ponerlo en un gran peligro si se interponía. No importaba cuánto quisiera ayudar, la lógica le decía que ir con él habría sido un error.

Al carajo la lógica. *Odiaba* sentirse tan inútil.

Cruzó para ir al borde de la plataforma, la mirada esforzándose por obtener una última imagen de Joe. Demasiado tarde. La lancha ya había doblado por el pantano y estaba fuera del alcance de la vista.

Regresa.

Mantente a salvo, Joe.

Regresa.

—Aparecerá justo después de la próxima curva, Quinn —dijo Dufour, sin darse vuelta—. Unos minutos. No más. —¿En dónde estaba el desgraciado de Hebert? Dufour no quería suprimir a Quinn. No le gustaban la vibraciones que el hombre emitía.

Hebert había prometido que todo marcharía sin problemas y ya Quinn había quitado a la mujer de la escena. Él le diría a Hebert que no debía culparlo, que no era su culpa.

Pasaron unos minutos.

No Hebert.

Debía hacerlo él mismo.

—Aquí está su isla. A la izquierda —apagó el motor e hizo un gesto con una mano mientras la otra se deslizaba subrepticiamente en su mochila en busca de una pistola—. No es un muy buen lugar. La casa está quemada completamente y mire ese...

—Qué...

¡No había nadie allí! La chaqueta de Quinn y sus botas estaban en el fondo de la lancha, pero no se lo veía por ninguna parte.

Entonces, Dufour lo vio, debajo del agua, en el costado izquierdo de la lancha, moviéndose a toda velocidad.

Mierda. Moviéndose como un rayo. En dirección a la embarcación, no en la contraria.

Dufour con cuidado apuntó y disparó.

* * *

Eve miró su reloj. Dios, sólo habían pasado quince minutos. Le parecía una hora. No soportaba esto. ¿Qué iba a hacer?, pensó con amargura. ¿Ir nadando detrás de ellos por el pantano? Nunca debió haber permitido que...

Un disparo.

El corazón le dio un salto aterrorizado. Joe no tenía la pistola. Estaba aquí en sus manos.

Otro disparo. Luego, otro.

Oh, Dios.

—Hay una buena probabilidad de que esté muerto, Eve.

Ella giró a la izquierda, hacia donde venía la voz, con la pistola en alto.

Una bala hizo añicos el cañón de la pistola, la fuerza de la vibración le hizo soltar el arma. Mientras caía al piso, obtuvo un destello rápido de la figura de Hebert. Estaba sentado en una canoa, apuntándole con un rifle.

—Tanta violencia. Nunca lo hubiera pensado de usted —cargó el rifle en el brazo y se acercó al muelle—. Y cuando trataba de ser más compasivo y darle un poco más de tiempo. Pude haberla matado antes de que usted siquiera se hubiera dado cuenta de que yo estaba aquí. No me oyó venir, ¿verdad?

—No.

—Eso es porque no creo en utilizar lanchas con motor en los pantanos. Una con remos puede ser tan silenciosa como un susurro si la maneja alguien que sabe lo que está haciendo. Ahora, voy a salir del bote. No se mueva o me veré obligado a volarle la cabeza —Hebert se puso de pie y saltó al muelle—. Aquí. Puede levantarse ahora.

Eve lentamente se incorporó.

—¿En dónde está Joe, Rick?

—¿Me reconoce? Pero entonces mi disfraz no era muy elaborado. Pensé que esa noche estaba usted demasiado enferma como para prestarme atención. Aun así hice que Rick Vadim fuera un tipo agradable, ¿no?

—¿En dónde está Joe?

—La última vez que lo vi, Dufour tomaba una curva cerca de la isla de investigación. Yo iba a eliminar a Quinn, pero no pude acercarme sin que me viera.

—Pensamos que usted estaría esperando en la otra isla.

Hebert meneó la cabeza.

—No había ningún lugar en donde esconderse. Y yo debía alejarme de allí. Pero entonces vi que usted no estaba en la lancha y supe que él la había dejado en algún lugar. Así que decidí que Dufour se encargara de Quinn y regresé para encontrarla.

—Y ya me encontró. ¿Ahora qué?

—Oyó los disparos. Esperaremos para ver si Dufour regresa solo.

—O si Joe regresa solo.

—Siempre hay una posibilidad. Oí que Quinn es muy bueno.

—Mejor que usted. Mejor que nadie —las uñas de Eve se incrustaron en las palmas de la mano al formar un puño con ellas—. Él *no* está muerto.

—Entonces, regresará por usted. Y yo estaré aquí. Usted no debió haber venido aquí. Fue inútil. ¿Cree que no hubiera vuelto y no me hubiera asegurado de que no quedara ninguna evidencia?

—Usted no es infalible. Cometió errores antes. Evidentemente hizo uno aquí.

—Yo no soy el único que comete errores. Quinn cometió uno bien grande al dejarla aquí.

—Pensó que estaría a salvo. Quiso protegerme.

—Y está desesperado por regresar y mantener buenas relaciones con usted. Quiso pelear con el malvado monstruo y dejar mi carcasa a sus pies —Hebert sonrió—. Sabe, siento que en su momento haya tenido que empujarla a hacer la reconstrucción utilizando a su hija, pero eso paga sus dividendos.

—¿Lo siente?

—No estoy hecho de piedra.

—Usted es un asesino.

—También lo es el ganador de una Medalla de Honor que mata al enemigo en una batalla. Es todo una cuestión de métodos y fines.

—Usted no es un héroe.

—Nunca dije que lo fuera. Sólo peleo por aquello en lo que creo.

—Y usted cree que está bien matarme a mí.

—Creo que es necesario. Pero me produce un poco de tristeza hacerlo. Admiro su fuerza. Le daré todo lo que pueda antes de matarla. Sé lo precioso que cada momento puede ser —la mirada de Hebert se dirigió al pantano y se corrió a la sombra a un costado de la plataforma—. Cuando Quinn aparezca por esa curva, usted se queda allí en donde él pueda verla.

—Y usted lo liquidará.

—Si Dufour no lo ha hecho por mí. Le pagué bastante bien como para que hiciera la tarea, pero no estoy seguro de que tenga las bolas como para enfrentar a Quinn.

Eve lanzó un profundo suspiro.

—Joe no tiene por qué morir.

—Claro que sí. Usted lo sabe bien. Sabe demasiado. Es mi deber mantener a la Camarilla a salvo.

—El FBI sabe de su existencia.

—Sospecha —Hebert sonrió levemente—. Hay una diferencia. Tenemos gente en casi todas las oficinas del FBI del país. Las evidencias se pierden, la información no llega a la persona clave, los agentes que saben demasiado sufren "accidentes".

—Como su hermano. Usted lo mató, ¿no?

Su sonrisa desapareció.

—Me traicionó; traicionó a la Camarilla.

—¿Cómo?

—Yo cometí un error. Una vez que les seguí el rastro, y descubrí que Bently y Simmons estaban llevando a cabo investigaciones sobre la célula combustible, envié a Etienne para que trabajara para ellos y les llevara los suministros de la ciudad. Pensé que sería fácil que él los destruyera a ellos y a los prototipos desde adentro. Confiaban en él. Todo el mundo confiaba en Etienne. Era amigo de todos.

—Cuando no mataba gente...

—Él nunca mató a nadie. Yo lo llevé conmigo porque tenía esperanzas de que si la Camarilla veía lo leal que era, lo aceptara. Le enseñé todo lo que pude, pero no tenía coraje para eso. Aun así, lo quería conmigo. Me sentía solo —lanzó un profundo suspiro—. Armé la carga para que volaran las instalaciones, pero Etienne fue quien se encargó de ir a comprobar que ambos habían muerto después de la explosión. La gente estaba acostumbrada a ver a Etienne ir y venir de la isla, así que era menos sospechoso. Me dijo que había visto los cadáveres y los había enterrado.

—¿No fue así?

—Le gustaban Bently y Simmons —Hebert apretó los labios—. Le gustaba todo el mundo. Era sólo un jovencito y no hubiera sido difícil que un hombre astuto lo manipulara. Yo pensé que todo andaba bien. Hasta hace unos cuatro meses, cuando nuestras fuentes en Detroit le dijeron a la Camarilla que se estaban realizando nuevas compras que eran similares a las que había adquirido Bently dos años atrás. El pedido provenía de Louisiana.

—Pudo haber sido alguna otra persona haciendo experimentos.

—Eso no era todo. Durante los últimos dos meses, tres miembros de la Camarilla de Louisiana habían muerto en circunstancias que eran un poco sospechosas. Pudieron haber sido accidentes, pero los tres eran conocidos por estar en contra de las restricciones ambientales. A la Camarilla no le gustan las coincidencias y no le gusta que ataquen a sus miembros.

—¿Venganza?

—Era una posibilidad —Hebert sonrió tristemente—. Suficiente para que Melton se cagara de miedo. Temía ser el siguiente.

—¿Pero cómo sabían Bently o Simmons quiénes eran los miembros de la Camarilla?

—¿No lo adivina? Bently perteneció a la Camarilla durante más de cuatro años. Creyó, como yo, que el poder de la Camarilla podía hacer milagros. Él fue quien hizo que le prestáramos atención a la idea de Simmons. Quería nuestra ayuda. Luego, cuando se decidió que la célula combustible tenía que desaparecer, desapareció de escena y se llevó a Simmons con él.

—Lo enviaron tras ellos.

—Y los encontré. Siempre los encuentro.

—Pero esta vez arruinó todo, ¿no? Le falló a su preciada Camarilla.

—No les *fallé* —dijo él, herido—. Cometí un error, eso es todo.

Un error que corregí. Después que tuvimos noticias de Detroit, teníamos que asegurarnos que tanto la investigación como los hombres que la habían llevado a cabo fueran destruidos. Melton me preguntó si estaba seguro que Simmons y Bently estuvieran muertos. Por supuesto que estaba seguro. ¿No me lo había dicho acaso la persona más cercana a mí, el único hombre en quien confiaba? Pero me preguntaron si yo mismo había visto los cadáveres. ¿Qué podía decir? Entonces, me dijeron que consiguiera los esqueletos para hacer las pruebas de ADN. En ese momento, yo estaba en Barcelona y llamé a Etienne y le dije que recuperara los esqueletos y se encontrara conmigo en Sarah Bayou, cerca de Baton Rouge. Melton ya había hecho los arreglos para que un antropólogo forense y un experto en ADN se reunieran con nosotros en la iglesia así podíamos hacer rápido las pruebas —se quedó callado un momento—. Cuando Etienne llegó con el ataúd, me di cuenta de que algo andaba mal en el mismo instante en que lo vi.

—¿No tenía los esqueletos?

—Ninguno de ellos. Sólo ese maldito cráneo. Al principio, me dijo que habían robado los esqueletos. Luego, cuando vio que le creía, me dijo que había destruido ambos esqueletos pero que me había traído el cráneo de Bently.

—¿Por qué?

—Pensó que me liberaría de la Camarilla. Se había asegurado de que el cráneo fuera casi imposible de identificar, pero no quería meterme en problemas. Estaba orgulloso de haber pensado una manera de salvarme y de impedir al mismo tiempo que la Camarilla obtuviera lo que quería.

—Pero no lo salvó a Etienne, ¿no?

—No entendió. Hablé con él durante horas, intenté persuadirlo para que me dijera si había matado a ambos hombres y a quién pertenecía el cráneo. No me dijo nada. Todo lo que dijo es que la Camarilla actuaba mal y que nosotros debíamos hacer lo correcto. Quería que yo rompiera con la Camarilla —meneó la cabeza—. No entendía. El mundo sería un caos sin la Camarilla que garantizaba un orden. Tiene que haber controles y equilibrio. Alguien tiene que guiar nuestro camino.

Mi Dios, él realmente creía lo que estaba diciendo.

—Yo estoy con Etienne. No entiendo ese concepto tampoco. Es propaganda. Entonces, ¿lo mató?

—Usted lo hace parecer fácil —dijo Hebert con amargura—. ¿Cree que quería hacerlo? Lo amaba. Si hubiera habido una manera de salvarlo, lo hubiera hecho.

—Siempre hay una posibilidad.

—Tuve que decirle a la Camarilla lo que había hecho. Era mi deber. Él los había traicionado.

—Y le dijeron qué había que hacer.

—Sí, Melton dijo que encontrara una manera de atraerlo a la iglesia y allí me deshiciera de él. Era un lugar bastante aislado para nuestro propósito y para lo que yo debía hacer —hizo una pausa—. Le dije a Etienne que encontraríamos una forma de burlarnos de la Camarilla. Yo robaría un esqueleto de una de las viejas tumbas en las afueras de la ciudad y lo pondría en el ataúd, así tendríamos algo para los expertos que se suponía estaban esperando afuera de la iglesia para hacer las pruebas —tragó saliva—. Fue fácil. Él pensó que era una idea maravillosa. Quería creer en mí. Siempre quiso creer en mí.

—¿Hasta el mismo minuto en que murió?

—Hasta el minuto en el que murió —los ojos de Hebert resplandecían de lágrimas—. Fue una muerte piadosa. Fue feliz hasta el final.

—Ninguna muerte es piadosa.

—Pudo haber sido peor. Melton me dijo que tenía que hacer que hablara antes de morir. Por eso es que quería que lo llevara a la iglesia, así tenía toda la privacidad que necesitaba. Soy muy bueno en hacer que la gente hable. Conozco todos los métodos de tortura. No pude hacerle eso a Etienne. Él era muy fuerte, muy porfiado. Hubiera pasado un largo rato, largo rato, antes de que se quebrara y, luego, de todas maneras, hubiera tenido que morir. Así que desobedecí y lo maté —torció los labios—. Melton no estaba satisfecho. Tuve que hallar la forma de reparar el daño por haber destruido la información que Etienne debía haberme dado.

—Y me halló a mí.

—La hallé a usted.

—Pero usted no podía saber si Etienne le había dicho la verdad respecto al cráneo de Bently.

Hebert agitó la cabeza.

—Pensé que lo conocía lo bastante bien como para saber si estaba mintiendo, aunque se las ingenió para engañarme durante dos años. Sólo esperaba que... —hizo una pausa—. Pero después de que usted se enfermó, supe que alguno de los dos, Simmons o Bently, debía estar aún con vida. Uno de ellos la quería muerta, para que nadie supiera que estaba vivo y trabajaba en la célula combustible. Interrogué a Marie Letaux la noche anterior a su muerte, pero ella sinceramente no tenía idea de quién la había contratado. Recibió un llamado telefónico y luego dinero por el correo, y la promesa de un pago final cuando hubiera hecho el trabajo. Repetía que se suponía que sólo la enfermara. Que no era su culpa —se encogió de hombros—. No me sirvió de nada. Tuve que esperar que usted terminara la reconstrucción para descubrir quién la había contratado.

—¿Cómo descubrió que el cráneo era el de Bently?

—Un informante en la oficina del FBI de Rusk. Jennings le dijo a Rusk justo antes de morir que su reconstrucción era definitivamente Bently. Se desató un lío enorme cuando mataron a Jennings; fue fácil recoger información.

—Entonces su informante debe haber sabido lo que Jennings descubrió acerca de Boca Raton ¿Qué era?

Hebert sonrió levemente mientras meneaba la cabeza.

—¿Así puede correr heroicamente a salvarlo? ¿Usted aún cree que sobrevivirá a todo esto? Siempre me encuentro con que nadie cree verdaderamente que va a morir hasta que realmente muere. Le aseguro, Eve, si le hubiera dicho lo que sucedería, aun así no hubiera sido capaz de salvar al viejo tigre. El plan está ya en marcha y calculado hasta el más mínimo detalle.

—Entonces, no debería importarle contármelo.

—Pero sí. La vida tiene que guardar ciertos misterios. Usted sólo se preocuparía y sus últimos momentos deberían estar libres de toda preocupación.

—Usted no está libre de preocupaciones. Aun si me mata, tendrá que ir a enfrentarse con Simmons.

—Lo encontraré. Yo sé a quién estoy buscando ahora. Es difícil para un hombre esconderse en este mundo, en especial si la Camarilla lo busca —la mirada de Hebert se dirigió nuevamente al pantano y se corrió al borde de la plataforma—. Quinn está tardando mucho. Me estoy empezando a preguntar si debería…

Lanzó un chillido.

El filo de un machete le había cortado el hueso y el tendón de la mano que sostenía la pistola. El arma se le cayó de su mano derecha casi amputada y Eve cruzó el muelle para tomarla.

—¡No! —Joe escupió el trozo de junco que tenía entre los dientes—. Mantente alejada de él —arremetió desde el barro junto a la plataforma, se aferró a las rodillas de Hebert y lo hizo caer en el barro.

Hebert luchaba desesperadamente. Eve de repente vio el destello de un metal en su mano izquierda.

Oh, Dios, Hebert tenía un cuchillo. Y Joe ya había arrojado el arma en su dirección.

Eve levantó el arma para apuntarle a Hebert, pero los dos hombres rodaban, se hundían, luchaban en el barro líquido. Podía pegarle a Joe.

Saltó de la plataforma al barro y se abrió paso en dirección a los hombres.

—Joe, aléjate de él por un minuto. No puedo…

El cuchillo de Hebert había desaparecido, había salido volando al barro debido a un golpe de la mano de Joe.

Y entonces Joe se colocó encima de Hebert. Sus manos apretando la garganta de Hebert. Le metió la cabeza bajo el barro y lo mantuvo allí. Las piernas y los brazos de Hebert se agitaban inútilmente mientras luchaba por respirar. El barro lo asfixiaba.

—Joe —susurró Eve.

Por un instante no estuvo segura de que la hubiera oído y, cuando Joe miró hacia un costado, ella se estremeció ante la ciega y descarnada ferocidad que vio en su expresión.

Joe lanzó un profundo suspiro, apretó con fuerza, y Eve oyó un crujido cuando le rompió el cuello a Hebert.

Joe soltó a Hebert, se incorporó y dio unos pasos hacia atrás.

—Esperaba algo más difícil con él.

—¿Por qué? —Eve lanzó un suspiro tembloroso—. Casi le amputaste la mano cuando arrojaste el machete.

—Te estaba apuntando con un arma.

Eve se estremeció al bajar la vista a Jules Hebert que yacía en el barro, el rostro sumergido bajo la superficie.

—¿Te lastimó?

Eve se dio vuelta para mirar a Joe. Cubierto de barro, era todavía tan aterrorizador como la criatura que había atacado desde ese mismo barro y había desatado un ataque de muerte, sangre y violencia.

—Maldición, ¿te lastimó? —repitió Joe.

—No me tocó. ¿Y a ti?

—Algunos moretones. No es que pueda saberse bajo todo este barro. Estás casi tan embarrada como yo. ¿Por qué diablos no te quedaste afuera?

Porque Eve no había podido tolerar ver a Joe en peligro.

—Tenía un cuchillo.

—¿Parecía indefenso?

No, él había tenido un aspecto absolutamente aterrorizador. Eve intentó sonreír.

—Me hiciste recordar al personaje de *El monstruo del pantano*.

—Así me siento. —Joe tomó a Eve de los hombros y la miró intensamente. —Escúchame. Nunca más. Ésta es la última vez que dejo que arriesgues tu cuello. No lo tolero. Al carajo la liberación femenina —dio media vuelta, se abrió paso por el barro hasta la canoa de Hebert y se metió gateando en ella—. Regresaré de inmediato. Voy a llevar la canoa de Hebert hasta la curva en donde dejé la lancha de Dufour. Regresaremos a la ciudad y nos limpiaremos.

—¿Qué sucedió con Dufour?

—No nos molestará más.

Era una máquina de matar. Puedo serlo nuevamente.

Eve sintió un escalofrío y su mirada se dirigió a Hebert.

—¿Y qué haremos con él?

—Déjalo que se pudra —Joe hizo una mueca burlona—. Está

bien, lo sé. Soy un desgraciado insensible ante un ser querido que se fue. Le diremos a la policía en Houma en donde lo dejamos.

—No todavía.

—¿No? Eso es una sorpresa.

—La Camarilla no sabe si él está vivo o muerto. Quizás eso nos consiga tiempo antes de que envíen a alguien para que nos encuentre.

—¿Te contó algo de lo que estaba sucediendo en Boca Raton?

—No mucho —aunque Hebert había dicho algo... Seguramente en sus palabras había algún fragmento con sentido que ella podía examinar—. Quizá. Dijo algo acerca de un tigre y de nosotros que no podríamos detenerlo. Que todo había sido planeado hasta el más mínimo detalle —se frotó la sien—. No sé. No puedo pensar.

Joe la observó.

—No me gusta la manera en la que estás temblando.

—Sólo tengo frío.

—Frío y conmoción y empapada hasta los huesos. Octubre no es la época para tomar un baño en el barro.

—Tú lo hiciste.

—Sí, pero yo no tengo un solo nervio sensible en todo el cuerpo.

—Eso son tonterías.

—No eres realmente tú si me adjudicas tiernos sentimientos. Tengo que hacerte volver al hotel a tomar una ducha caliente —el remo cortó el agua—. No muevas los músculos.

Fácil de decir. Parecía que cada uno de los músculos del cuerpo de Eve temblaba por el frío y la fatiga. Intentaría pensar, pero sentía la cabeza tan embotada como el cuerpo.

Lucha. No había mucho tiempo. Intenta pensar en lo que Hebert había dicho.

Tigre. Algo acerca de un tigre y de su último aliento. Eso significaba muerte, un asesinato. ¿Por qué no recordaba?

Tenía que recordar, o la muerte de Hebert no significaría nada. Él ganaría y las muertes continuarían.

No había mucho tiempo.

* * *

Joe abrió la ducha y empujó a Eve desnuda bajo el tibio rocío. Enseguida se colocó en la ducha con ella y le lavó la cabeza con champú.

—Puedo hacerlo. Ocúpate de ti.

—Cállate —la enjabonó desde los hombros hasta los pies y luego la empujó a la ducha para que se enjuagara—. Quédate allí y deja que el agua te entibie mientras yo me saco parte de la mugre.

—No hay tiempo. Tengo que pensar. Alguien va a morir, Joe.

—Lo sé. Me lo dijiste en la lancha cuando veníamos. Varias veces.

—¿Sí? Odio la muerte. La odio.

—Sé que es así.

—No comprendo a asesinos como Hebert. No le importaba la muerte de nadie, excepto la de su hermano. No le importaba la otra gente que tenía padres o hermanos o niñas pequeñas...

—Shhh. ¿Sientes más calor ahora?

—Iba a matar a Jane y a mi madre. Dos hermosas vidas que se apagaban...

—¿Sientes más calor?

Le había preguntado ya eso. Eve lo pensó. El temblor había cesado, así como también el letargo helado.

—Sí.

—Bien —estaba fuera de la ducha, estirándose para alcanzar una toalla—. Entonces, deja que te seque y a la cama.

—Yo puedo...

—Shhh.

—Sabes, yo realmente no creía en la Camarilla antes de escuchar hablar a Hebert sobre ella. Para mí, no era algo real. Ahora creo. Son quienes le señalaron a Jane y a mi madre a Hebert y le dijeron que las matara. Alguien tiene que detenerlos. Tanta maldad...

—Sí.

—Jennings dijo que estaba delante de él, pero que él no lo había visto. ¿Qué es lo que no vio, Joe?

—Lo pensaremos más tarde —la envolvió en una toalla seca y suavemente la empujó al dormitorio—. Sube a la cama mientras te seco.

—Estaba delante de él; entonces, estaba delante de nosotros también.

—Lo único que está delante de ti es la cama.

—No puedo dormirme. Tengo que reunir algunas piezas.

—No vas a reunir nada hasta que descanses un poco —la tomó del brazo y la llevó hacia la cama—. Vamos. Te abrazaré y mantendré abrigada, y podrás pensar todo lo que quieras —se metió en la cama, la atrajo junto a su pecho y la abrazó con fuerza—. ¿Mejor?

¿Mejor? Abrigada y a salvo del inevitable frío de la muerte.

—No dejes que me duerma.

—Ninguna garantía. Estás sola. La única promesa que obtendrás de mí es que siempre estaré a tu lado para despertarte por la mañana.

Hermosa promesa, hermosa promesa...

Promesa agridulce.

—Te estás poniendo tensa —dijo Joe—. No lo hagas. Acepta el momento, Eve. Quiero ofrecértelo.

Y ella quería aceptarlo. Se relajó junto a él.

—Eso es.

—No es una buena idea.

—Shh —Joe le acarició el cabello—. Nunca discutas con el monstruo del pantano.

Dios, ella se estaba en verdad riendo. ¿O lloraba? Quizás era un poco de ambas cosas.

—Ni soñaría con hacerlo. Si tan sólo el monstruo del pantano se callara para que pudiera pensar.

—Eso puede arreglarse —le besó la sien—. Cierra los ojos; te ayudará a concentrarte.

Él quería que ella se durmiera.

Eve temía que él fuera a conseguir lo que deseaba. Sentía los párpados demasiado pesados como para mantenerlos abiertos...

No, lucha. Repasa todo lo que Nathan y Jennings le habían dicho. Despeja la mente y recuerda todo lo que había aprendido de Hebert en los minutos previos a que Joe lo matara.

Y mantén los malditos ojos abiertos.

Houma
03:35 a.m.
27 de octubre

Estaba allí delante de mí.
No hay nada que usted pueda hacer respecto al viejo tigre.
Ha sido planeado hasta el último detalle.
Bodas reales... Las Olimpíadas...

—Oh, mi Dios —Eve se sentó derecha en la cama—. Es un funeral, Joe.

—¿Qué? —Joe se incorporó apoyándose en un codo—. ¿De qué hablas?

—*Es* una reunión de la Camarilla en Boca Raton. Pero tienen que tener una razón. No Olimpíadas, no boda. Es un funeral. Habrá un funeral tan importante en Boca Raton que avalará la presencia de dignatarios de todo el mundo.

Joe asintió lentamente con la cabeza.

—Es posible.

—¿Por qué otra cosa enviaría la Camarilla a su asesino número uno a Boca Raton? —Se sintió enferma. —Dios, me pregunto cuánta gente importante fue asesinada para otorgarle a la Camarilla una razón para reunirse.

—Espera un minuto. No estamos tan seguros de que tengas razón.

—No estamos tan seguros de que esté equivocada —Eve puso los pies en el piso—. Pero Hebert habló como si la víctima elegida todavía no estuviera muerta. Dijo que yo no podría detenerlo, pero eso significa que aún está con vida. Quizá podamos encontrar una manera de salvarlo.

—Descontando que podamos descubrir quién es.

—Es bien conocido como para atraer la atención mundial —Eve pensaba con rapidez—. Probablemente no es un artista o una estrella del cine. Vive en Boca Raton y planea que lo entierren allí. De otra manera, la reunión se hubiera planeado en otra parte. —Buscó el teléfono. —¿Cuál es el número del celular de Nathan?

Joe metió la mano en el bolsillo y sacó la agenda.

—Tienes razón, Nathan es una persona de los medios. Él podrá rastrear de quién se trata.

—Y está en Boca en este preciso momento —rápidamente marcaba el teléfono de Nathan—. Que es en donde tenemos que estar. ¿Llamarías, y mientras yo hablo con Nathan, harías las reservas para salir de Nueva Orleans?

Capítulo diecinueve

—Dios —Nathan se quedó callado unos segundos después de que Eve terminó de hablar—. Tiene que ser Franklin Copeland.

Eve sintió un impacto en todo el cuerpo.

—¿Qué?

—Me sorprende que no lo adivinara. Ha estado en todos los periódicos y en la televisión durante los dos últimos días. El Viejo Tigre está enfermo.

—No hemos estado prestando atención a las noticias.

—Veo que han estado un poco ocupados.

—Viejo Tigre —repitió Eve—. Así es como lo llamó Hebert.

—Ése era el sobrenombre de Copeland cuando era coronel en Vietnam antes de convertirse en presidente. Héroe de guerra, ex presidente de los Estados Unidos, y durante los últimos quince años, conocido por su trabajo para la UNESCO. Diría que tiene garantizada una lista bastante impresionante de asistentes a su entierro.

—¿Se supone que será enterrado en Boca?

—No lo sé. Puedo averiguarlo —silencio—. Dios, vi a Copeland una vez cuando dio una conferencia en Nueva Orleans. Me gustó. Era un tipo increíble.

Eve nunca lo había visto, pero también le gustaba lo que sabía de él. Le había parecido un hombre cálido, inteligente, sin delirios de grandeza.

—Estamos hablando como si ya estuviera muerto —dijo Nathan—. ¿Qué diablos podemos hacer para salvarlo?

—¿De qué sufre? —Respiró hondo. —¿Ántrax?

—No.

Había sido su primera idea, conectar la enfermedad de Copeland con la amenaza de ántrax que había sucedido hacía un año o dos en Boca Raton.

—Entonces, ¿qué es?

—Nada sospechoso. Tiene problemas en el corazón agravados por un asma muy fuerte. El asma parecía, desde hace un par de años, estar bajo control, pero sufrió varios ataques en las últimas semanas. Ha entrado y salido del hospital tres veces. El último ataque de asma desencadenó un infarto.

—¿Asma?... ¿Qué puede desencadenar un ataque? ¿Algún tipo de veneno?

—Ni idea... Pero el Servicio Secreto, una vez que sepa lo que sucede, debería ser capaz de descubrirlo. ¿Están ya en camino? ¿Vienen?

—Tan pronto como consigamos avión. Encuentre un lugar en las afueras de la ciudad para que nos quedemos. Debemos mantener un perfil bajo. No queremos que nadie sepa que Hebert está muerto.

—Eso es inteligente. Entonces, quiere que yo vaya al Servicio Secreto de Copeland ahora mismo y les cuente lo que sabemos.

—Correcto.

—Me pondré en marcha. Quizá puedan salvar al viejo. Hágame saber qué vuelo toman y los iré a buscar al aeropuerto.

—Dios, espero que no sea demasiado tarde —colgó y se volvió a Joe—. Franklin Copeland.

Joe lanzó un silbido bajo.

—Encaja. No sólo famoso sino también amado por las masas.

—Y lo van a matar sólo para tener una excusa para hacer una maldita reunión. —Eve podía sentir las lágrimas que le picaban en los ojos. —Ojalá todos se quemen en el infierno.

—Debe ser una reunión muy importante —dijo él pensativamente—. Etienne le contó a Nathan que nunca se reúnen cara a cara a menos que algo fundamental esté en juego. Me interesaría saber qué tienen programado.

—A mí también. Lo descubriremos —tragó saliva para suavizar la tirantez que sentía en la garganta—. Pero es Copeland quien es importante ahora. ¿A qué hora podemos salir de Nueva Orleans?

—El primer vuelo a Fort Lauderdale es a las diez. Son más o menos cuarenta minutos en coche a Boca. No hay nada directo.

Eve se encaminó al cuarto de baño.

—Entonces, salgamos de aquí.

Nathan estaba esperándolos en la entrada. Eve no necesitó oír la primera frase. Estaba todo allí en su rostro.

—Lo siento. Copeland murió hace dos horas.

El desaliento la sobrecogió. Ella había abrigado esperanzas de que podrían salvarlo. Sintió las lágrimas que le asomaban a los ojos.

—Realmente pensé que...

—Salgamos de aquí. —Joe la tomó del brazo y la guió a través del corredor. —¿Qué pasó con el Servicio Secreto? ¿Llegó a ellos?

Nathan asintió.

—Para lo que sirvió. Me llevó un tiempo que no tenía convencerles de que debían tomarme en serio. Pensaron que era un imbécil y alocado periodista que intentaba inventar una historia. Luego, llamaron a Rusk en el FBI para verificar que se estaba realizando una investigación sobre la Camarilla.

—¿Ayudó en algo?

Nathan negó con la cabeza.

—Rusk murió en un accidente automovilístico ayer por la tarde cuando volvía a su casa desde el trabajo.

Eve se puso tensa por el impacto.

—¿Qué?

—Lo chocaron cuando cruzaba la calle para ir al supermercado y salieron corriendo.

Otra muerte. No, otro asesinato. Dios, ¿pararía alguna vez?

—La Camarilla.

—Eso es lo que supongo. Primero Jennings y luego Rusk. Están eliminando toda posible filtración.

—¿No atraparon a quien lo hizo?

Nathan negó con la cabeza.

—Un testigo dijo que el coche era un viejo y destartalado Buick. El conductor era probablemente de ascendencia hispana.

—Pero el Servicio Secreto debió sospechar cuando Rusk fue asesinado de manera tan conveniente.

—Su muerte puede no estar relacionada. Nadie en la oficina de Rusk sabía nada sobre Copeland o sobre lo que estaba sucediendo aquí.

La evidencia se pierde... los agentes sufren "accidentes".

Las palabras de Hebert regresaron a la memoria de Eve con un escalofriante impacto.

—Entonces, no le prestaron atención —dijo Eve sin mucho ánimo.

—No dije eso. Cuando decidieron que había una pequeña posibilidad de que la amenaza a Copeland fuera verdad, comenzaron a moverse. Pero fue demasiado tarde. Copeland ya estaba muerto —hizo un gesto—. Me siento terriblemente culpable de no haber hecho que se movieran con más rapidez.

—No sé si hubieran podido hacer algo más —dijo Eve—. No hay ni siquiera pruebas de que Copeland fuera el objetivo. ¿Habrá autopsia?

Nathan asintió.

—Espero. Creo que convencí al agente Wilson del Sevicio Secreto de Copeland para que la hiciera. Pero toda investigación debe realizarse muy discretamente. No quieren que su familia o sus poderosos amigos se pongan al ataque si hallan que mi historia es mentira. Quieren que la muerte de Copeland sea tan digna como su vida.

—Entonces, se realizará el funeral.

Nathan asintió.

—Eso parece.

—Y la Camarilla tiene lo que quiere.

—Al menos el Servicio Secreto sabe que puede haber una reunión aquí —Nathan abrió la puerta del asiento del acompañante de un Chevrolet color gris alquilado—. Eso puede conducir a algo.

—Excepto que no saben a quién buscan —Eve se metió en el coche—. Y si no hallan ninguna evidencia de que Copeland fue asesinado, todo puede detenerse aquí mismo.

—Pero conocemos un miembro de la Camarilla que estará quí —dijo Joe—. Melton.

Eve sacudió la cabeza.

—Si es que viene. Hebert dijo que estaba cagado de miedo y temía ser el objetivo de Thomas Simmons. Melton sospechó que las muertes de los tres miembros de la Camarilla en su estado no fueran lo que aparentaban ser. Melton creía que podía ser el siguiente.

—Probablemente, las reuniones de la Camarilla no suceden muy a menudo y parecen ser un acontecimiento bastante importante —dijo Joe—. Me imagino que Melton tiene que tener una prueba contundente de que su vida corre peligro para tener una excusa y no venir.

—Eso es lo que pensé —Nathan salió marcha atrás del lugar en donde estaba estacionado—. Así que seguimos en el juego. Perseguiremos a Melton hasta descubrir en dónde se reúnen y, luego, haremos que el FBI los cerque.

Eve sacudió la cabeza.

—¿De qué servirá? Son personas importantes, líderes de sus países. ¿Cómo podríamos nosotros probar que están haciendo algo ilegal? ¿Cree que el FBI va a actuar? Es nuestra palabra en contra de la de ellos.

Nathan apretó los labios.

—No voy a perder la oportunidad. Estuve a la espera, rastreando a la Camarilla, rastreando a Simmons y, ahora, tengo una pista. Está bien, puede que no podamos llamar a los grandes para que nos ayuden. Pero podemos echar luz en su maldita sociedad secreta. Podemos conseguir nombres y rostros.

—Y, quizás, algo más concreto —dijo Joe pensativamente—. Aparatos para escuchar a larga distancia. Videos. Fotografías.

—El sistema de seguridad tiene que estar muy reforzado —dijo Eve—. Será difícil llegar tan cerca.

—El hombre que estaba a cargo, Hebert, ya no está en escena. Y sospecharán cuando no puedan ponerse en contacto con él. Es posible que actúen incluso más cuidadosamente.

Nathan miró a Eve.

—¿Está usted diciendo que quiere retirarse?

—De ninguna manera. Sólo le digo la manera en que veo las cosas. Puede que no consigamos todo lo que queremos, pero aceptaré lo que sea.

Nathan sonrió.

—Y como dijo Quinn, puede que sea más de lo que pensamos. Después de todo, yo quizás obtenga mi Pulitzer.

La pequeña casa blanca de la playa a la cual Nathan los llevó se hallaba a unos kilómetros de la ciudad.

—Es lo mejor que pude conseguir en el poco tiempo que tuve. Entregué el alquiler por teléfono por medio de un agente.

—Estará bien —Eve salió del coche—. Mientras sea un lugar con privacidad.

—Echaré una mirada a los alrededores. Estaré con ustedes en unos minutos —Joe dio una vuelta a la casa y bajó a la orilla.

—La llave debería estar bajo una palmera en una caja de seguridad... —Nathan encontró la caja, accionó la combinación y abrió la puerta principal—. Usted entre. Yo voy a ver si puedo hacer algo para ayudar a Quinn a revisar el área.

—No necesita ayuda.

—Lo haré de todos modos. Me siento responsable desde que Galen no está cerca —y añadió fervientemente—. Gracias a Dios.

Eve agitó la cabeza cansinamente al mismo tiempo que cerraba la puerta. Toda esta preocupación por su seguridad y, sin embargo, nadie había podido mantener a ese pobre viejo a salvo. Ni siquiera los agentes del Servicio Secreto. ¿Cómo se las había ingeniado Hebert para matarlo?

Cruzó la habitación, encendió el televisor y sintonizó CNN.

El rostro de Francis Copeland apareció en la pantalla. Estaban pasando una nota necrológica y Eve se hundió en el sofá para mirarla. Su esposa, Lily, aún estaba con vida y la mostraron en el hospital, hacía unas semanas, cuando Copeland había sufrido el ataque al corazón. Era una mujer delgada, elegante, de unos setenta años; el vínculo entre marido y mujer era obvio. Hacia finales de la nota nombraron varios de los logros de Copeland y las obras de beneficencia que realizaba. Era una lista impresionante. Eve no había sido consciente de que estaba involucrado en la organización Hábitat para la Humanidad. Ella no había prestado mucha atención a los detalles de la vida del hombre.

Pero prestaría atención a su muerte.

Nathan y Joe entraron en la casa unos minutos más tarde. Joe se dejó caer en el sofá junto a Eve.

—¿Algo?

—El entierro será en la Catedral Saint Catherine pasado mañana.

—El 29 de octubre —dijo Joe.

—Dentro de lo programado. —Eve señaló con la cabeza una toma en la televisión de Kim Basinger que se subía a un avión en Los Angeles. —Viajó a África con Copeland para la UNESCO. Está camino al funeral.

—Dudo que ella pertenezca a la Camarilla —dijo Nathan secamente.

—Antes que a ella mostraron a John Tarrant, el magnate británico de los medios, cuando salía corriendo de una reunión y se dirigía al aeropuerto. Lo enfocaron cuando decía que el mundo había perdido a un gran hombre y que él le iba a rendir homenaje.

—Conmovedor —dijo Joe.

Nathan asintió.

—Va a ser difícil separar la paja del heno. Pero Melton puede ser la clave —se dio media vuelta para marcharse—. Voy a la oficina del periódico local para ver si puedo averiguar cuándo se supone que Melton aparece en escena. Se los comunicaré tan pronto lo sepa.

—Y necesitamos algunas fotos de Thomas Simmons. ¿Puede conseguirlas?

—Ah, el hombre de las tinieblas.

Era una descripción adecuada, pensó Eve. Simmons había estado acechando todo el tiempo entre las sombras, empañado por la acechante amenaza de Hebert.

—Ese "hombre de las tinieblas" intentó matarme y, evidentemente, mató al menos a tres miembros de la Camarilla. Quiero ser capaz de poder identificarlo.

—Ya me adelanté. Cuando llegué aquí, fui al sitio de Internet de la Universidad Tecnológica y saqué una foto del personal y otra del periódico de la universidad. Hice un par de copias para usted y para Quinn.

—¿Cuál era el nombre del agente del Servicio Secreto de Copeland con quien habló? ¿Wilson? —preguntó Joe—. Es un poco pronto, pero voy a ver si puedo descubrir algo sobre la autopsia.

—Sí, Pete Wilson —Nathan sonrió burlonamente—. Espero que usted tenga mejor suerte con él de la que yo tuve —la puerta se cerró detrás de él.

Eve miró a Joe.

—¿Qué es lo siguiente?

—Necesitamos un coche. Necesitamos un equipo de vigilancia. Obviamente necesitamos información. Con un poco de suerte, Nathan proveerá la información. Mejor me ocupo del resto.

—Espera —Eve vaciló—. Llamemos a Galen —extendió la mano cuando él abrió la boca para protestar—. Entre otras cosas, Galen es un "abastecedor" y hace el trabajo muy bien. Tiene contactos en todas partes. Apuesto que puede llamar por teléfono y conseguirnos desde un traje espacial hasta una bomba atómica. Lo necesitamos, Joe.

—No lo necesitamos —Joe vaciló y luego sonrió—. Pero podemos usarlo.

Eve abrió los ojos sorprendida.

—Puedo trabajar con él. Me puso en escena en Baton Rouge porque nuestras diferencias personales no significaban nada si eso implicaba mantenerte a salvo. Para mí tampoco significan nada. ¿Lo llamas tú o yo?

—Yo lo haré.

—Bien —Joe se encaminó hacia la cocina—. Haré café y luego llamaré a Wilson y a la comisaría para ver si Carol ha visto ya algún informe forense.

Eve asintió de manera ausente mientras marcaba el número de Galen.

—¿Hebert está muerto? Aleluya —dijo Galen cuando, finalmente, ella le contó todo—. Y qué manera interesante que tuvo Quinn de matarlo. La apruebo.

—Estoy segura de que eso lo hará feliz. ¿Puede conseguirnos esas cosas que necesitamos? Sería mejor si la Camarilla no sabe que Joe y yo estamos con vida.

—Fácil. Deme su dirección y su número de teléfono.

—No sé... —Eve vio el número escrito en el teléfono y se lo dijo y luego comprobó afuera la dirección en el buzón para las cartas.

—Bien —dijo Galen—. Me pondré en marcha. Creo que Jonas Faber está todavía en Orlando. Puede ayudar.

—¿Quién es Jonas Faber?

—No le haga preguntas, no le dirá mentiras. Solamente acepte lo que puede producir. Y yo me dedicaré a averiguar en dónde será la reunión.

—Nathan ya está tras Melton.

—No envíe a un muchacho a hacer el trabajo de un hombre. De inmediato me pondré a buscar los materiales tecnológicos —colgó.

—¿Y? —Joe se hallaba en el umbral de la cocina.

—Dijo que se pondría en marcha. ¿Averiguaste algo con Wilson?

Joe sacudió la cabeza.

—No hubo autopsia.

—¿Qué?

—El médico que lo atendió dijo que sabía exactamente por qué Copeland había muerto y que era por causas naturales. Era alérgico al moho y últimamente la alergia había aumentado hasta llegar a un nivel peligroso. Le hicieron pruebas infinitas veces en el hospital y era siempre el mismo problema. Hicieron todo lo posible por mantener el ambiente esterilizado y alejar el moho de su lado, pero él se negó a abandonar su casa aquí en Florida y a vivir en una burbuja. Hay moho por todas partes aquí.

—Una autopsia podría mostrar algo más.

Nuevamente él negó con la cabeza.

—No va a perturbar a la familia sin una prueba concreta. El cuerpo siempre puede ser exhumado si la investigación prueba que fue asesinado.

Un Chevrolet negro cuatro por cuatro alquilado llegó a la puerta dos horas más tarde.

Después de la cena esa misma noche, recibieron un llamado y, luego, la visita de Jonas Faber. Era un hombre pequeño y jovial quien le pidió a Joe muy educadamente que lo acompañara hasta su camioneta.

Joe regresó veinte minutos más tarde sacudiendo la cabeza.

—¿Sucede algo?

—No si yo quisiera abrir un negocio para espías o comenzar a vender armas pequeñas. El FBI no tiene el equipo de vigilancia sofisticado que Faber trajo. Estacionó una camioneta completamente equipada en nuestro jardín —sonrió—. Y además con clases incluidas. No va a permitir que utilice nada hasta estar seguro de que sé operar cada una de las cámaras y piezas del equipo. Incluso quería mostrarme cómo usar una Kalishnikov. Le dije que yo no era precisamente un aficionado con las armas.

—¿Una camioneta totalmente equipada? —ella sólo había pedido un equipo de vigilancia—. Parece que cuando Galen se pone en marcha lo hace realmente.

Nathan llamó una hora más tarde.

—Melton está en Boca. Llegó hace dos horas y fue directamente a la casa de Copeland para darle las condolencias a la viuda. Bastardo.

—¿Usted lo está siguiendo?

—Cada paso.

—Tenga cuidado.

—Ey, no hay problema. Aprecio mi cuello.

—Tengo que pedirle un favor. Yo voy al funeral que se realizará pasado mañana.

—¿Por qué?

—Quiero estar allí. Quiero mirar a cada una de las personas que entra en la iglesia y más tarde ser capaz de reconocerlas. ¿Me podría encontrar un sombrero negro con un velo oscuro?

—Probablemente no consiga nada yendo.

Eve sabía eso. Ella también sabía que quería rendirle un último homenaje a Copeland en persona. Había sido un gran hombre, y además de cierto pesar sentía una especie de... conexión.

—No tengo nada que perder. No quiero quedarme aquí sentada

sin hacer nada. Joe va a estar ocupado familiarizándose con el equipo de vigilancia.

—Tendrá que estar afuera con la muchedumbre en la calle. Para entrar tiene que estar en una lista.

—Estaré allí.

—Está bien. Le dejaré el sombrero y las fotos de Simmons en la casa después de que esté seguro de que Melton se metió en el hotel para pasar la noche.

—Aquí está el sombrero negro —Nathan le entregó una bolsa de plástico—. No fue fácil. Las tiendas comunes estaban cerradas así que fui a una de esas que están abiertas toda la noche y compré un sombrero de paja negro y un pañuelo completamente negro.

—Me las arreglaré. Gracias, Nathan.

—No hay problema. —Se metió la mano en el bolsillo y sacó un sobre. —Simmons.

Eve sacó las fotos. Una era una fotografía tomada enfrente de un edificio. La otra era un primer plano en el periódico de la Universidad en la época que Simmons había sido contratado por la Universidad Tecnológica. El profesor Thomas Simmons tenía alrededor de treinta años, rasgos regulares con excepción del labio inferior que parecía estar haciendo un mohín. Llevaba puestas un par de gafas de carey y sonreía abiertamente a la cámara.

—Buen aspecto. Resulta difícil creer que es un asesino.

—Quizá cruzó la raya cuando la Camarilla intentó matarlo. —Nathan echó una mirada alrededor de la habitación. —¿En dónde está Quinn?

—Afuera, en la camioneta —Eve hizo una mueca—. Está fascinado por todo el equipo. Decidió hacerme la experta en audio.

—Una tarea bien compleja.

—No realmente. Faber se aseguró de que fuera fácil de utilizar.

—Bueno, entonces, mejor vuelvo al hotel y mantengo vigilado a Melton así usted tiene algo que grabar —se dio vuelta para marcharse—. Me mantendré en contacto, pero me voy a pegar a Melton como si fuera su sombra, ahora que apareció. Me reuniré con usted pasado mañana frente a la iglesia.

—Bien. —Después que la puerta se cerró, Eve sacó el sombrero y el pañuelo de la bolsa de plástico. Ambas cosas eran baratas y endebles, pero no importaba. Impedirían que la reconocieran y, además, no quedaría fuera de lugar.

—¿Trajo Nathan las fotos?

Eve se dio media vuelta para ver a Joe de pie en el umbral de la cocina.

—Dos —extendió el sobre—. ¿Terminaste por hoy?

Joe sacudió la cabeza de manera ausente mientras miraba las fotos.

—Aspecto cuidado. Le dije a Nathan que era difícil creer que fuera un asesino.

—No tengo problemas al respecto. Pero he visto más asesinos que tú.

—Quizás estoy confundida por todo el escenario —dijo Eve cansinamente—. Thomas Simmons era probablemente un buen hombre con un futuro brillante. Ahora su vida se ha deformado por completo y es un asesino. Es difícil de comprender.

—No para mí. Matar es una elección. Uno toma la decisión y pesa las consecuencias. Yo soy policía, pero no tengo problemas en juntar los restos de la escoria de las calle. —Se colocó las fotos en el bolsillo.

—Pero tomó la decisión equivocada cuando intentó matarte a ti.

BOCA RATON
29 DE OCTUBRE

La muchedumbre estaba apiñada en las calles cercadas que se hallaban fuera de la Catedral Saint Catherine. Le llevó unos minutos a Eve localizar a Nathan, que estaba en las últimas filas y le pidió que se acercara.

—¿Eve? —Nathan escudriñó su rostro a través del oscuro velo. Ella asintió.

—¿Está Melton adentro?

—Hace treinta minutos. Probablemente quería ser el centro de atención antes de que llegara el Presidente.

—¿Está el Presidente?

—Llegó hace diez minutos —Nathan señaló con la cabeza a cuatro hombres de trajes oscuros y gafas, de pie en las escaleras—. El Servicio Secreto.

—Espero que puedan proteger al Presidente. No hicieron muy buen trabajo con Copeland. —Miró la puerta de la iglesia. —Me alegra que el presidente Andreas esté aquí. Copeland merece todos los honores.

—Usted se está tomando esto de manera muy personal.

Eve se encogió de hombros.

—Supongo que me siento un poco culpable. Si me hubiera dado cuenta antes de cuál era la situación aquí, quizás hubiéramos podido salvar a Copeland.

—Y quizá no. Usted no sabía que Hebert estaba detrás de Copeland hasta que por cierto ya fue demasiado tarde para él.

—Los minutos pueden contar cuando un hombre está muriendo. —Eve miraba ciegamente a las limusinas que una tras otra estacionaban frente a la iglesia y depositaban a sus pasajeros. —No sé si... Oh, Dios —tomó a Nathan del brazo—. Dígame si estoy loca. ¿Es ése Thomas Simmons?

Nathan se puso tenso.

—¿Dónde?

—Al otro lado de la calle. Polera verde. Diablos, no está a más de siete metros de los agentes del Servicio Secreto. —Su mirada se quedó pegada en el hombre que miraba fijamente a la gente que llegaba. El mismo labio con un mohín, las mismas gafas de carey... —*Es él, Nathan.*

—Si no es él, es su doble —Nathan se dirigía hacia las filas de adelante de la muchedumbre—. Veamos si podemos acercarnos más.

Eve se abrió camino detrás de él. Simmons. Mi Dios, Simmons...

De repente, Thomas Simmons levantó la cabeza y miró directamente a Nathan, quien estaba ahora sólo a unos pocos metros.

Nathan sonrió.

—Hola, ¿podemos...?

Simmons dio media vuelta y se metió entre la gente, empujándola mientras se abría camino. Cuando ya la muchedumbre estaba menos apiñada, salió corriendo.

—Mierda —Nathan salió tras él.

Eve intentó correr, pero la gente la hizo andar despacio hasta que llegó al final de la manzana. ¿Habían dado vuelta la esquina?

Sí, podía ver a Nathan...

Salió corriendo a toda velocidad.

Casi una manzana después, Simmons se metía dentro de un Toyota color beige.

Nathan aceleró el paso.

—Pare. No puede irse. Déjeme...

El Toyota se alejó del cordón de la vereda y tomó la calle.

Nathan se detuvo y comenzó a maldecir mientras veía desvanecerse el coche.

—Era él, ¿sí? —Eve estaba ahora a su lado—. Era Simmons.

—Así creo. —Nathan se metió la mano en el bolsillo y sacó una libreta. —Espero con todas mis ganas recordar el número del coche —garabateó un número en el papel—. No es que vaya a servirnos de mucho si es alquilado. ¿Cree que Quinn puede verificarlo?

Eve asintió mientras tomaba el papel.

—¿Qué hacía aquí?

—¿Quién lo sabe? Si él mató a esos otros miembros de la Camarilla, puede que estuviera eligiendo su próxima víctima. O puede que estuviera siguiendo a Melton, como yo. O si es un absoluto chiflado, puede haber cualquier razón. —Se reclinó contra una pared e intentó recuperar el aliento. —Dios, tengo que perder peso. Esa corrida casi me mató.

—Al menos sabemos que él está aquí.

—Bueno, definitivamente no es una "tiniebla" —Nathan frunció la nariz—. Y está en mucha mejor forma que yo —se alejó de la pared—. Ahora, tengo que regresar y esperar que Melton seque sus lágrimas de cocodrilo y salga de la iglesia. ¿Viene?

Eve negó con la cabeza.

—Le pasaré por teléfono este número de chapa a Joe y regresaré a la casa.

CASA DEL LAGO
ATLANTA, GEORGIA
03:05 A.M.
29 DE OCTUBRE

El funeral ya había comenzado cuando Galen encendió el televisor. Jonathan Andreas, el presidente, estaba en el podio ofreciendo el primer panegírico.

La casa completa, pensó Galen, cuando la cámara hizo un recorrido por la audiencia. Debía haber al menos mil quinientas personas en el entierro. Reconoció a varios dignatarios: Tony Blair, Norman Schwarzkopf, Colin Powell. Con este arsenal, sería perfectamente razonable tener...

—¿Puedo verlo un minuto, Galen? —David Hughes estaba en el umbral de la puerta.

—¿Algún problema?

—Quizás —fruncía el entrecejo—. No lo entiendo. No está bien. Venga y mire.

Capítulo veinte

—No es un coche alquilado localmente —Joe colgó el auricular—. Están ahora iniciando una búsqueda por computadora. No demorará mucho.

Eve frunció el entrecejo.

—Espero que no. La sola idea de Simmons al acecho me pone muy incómoda.

—Si podemos establecer con certeza en dónde se halla ahora, te garantizo que nunca más te hará sentir incómoda.

Eve tuvo un repentino y escalofriante recuerdo de Joe y Hebert luchando en el barro.

—¿Por qué siempre crees que eres quien...?

Sonó el celular de Joe.

—Me salvó la campana —murmuró Joe mientras Eve apretaba el botón para responder.

—Lo descubrí —la voz de Nathan temblaba de excitación—. Después del funeral, Melton se encontró con un hombre fuera del hotel. Fue en el quiosco de los periódicos y sólo por unos pocos minutos. Sabía que Melton iba a estar rodeado de reporteros, así que corrí el riesgo y seguí al tipo.

—¿Dónde?

—El aeropuerto Fort Lauderdale.

—¿Qué?

—Bueno, no realmente el aeropuerto. Hay por allí una estación aeronaval desierta. Ha sido disputada por la sociedad histórica local y el mismo aeropuerto. Es la base de donde en 1945 salieron esos pilotos que se perdieron en el Triángulo de las Bermudas. Hay un gran edificio de cemento que será evidentemente el lugar del encuentro. Está cercado por un vallado metálico, completamente privado, y custodiado al menos por cinco hombres además del tipo con el que se encontró Melton.

—Un aeropuerto —murmuró Eve.

—Es perfecto. Los miembros de la Camarilla se marchan de Boca por separado en algún momento después del entierro, presumiblemente para ir a su lugar de origen. Se encuentran en la base aérea, tienen la reunión y, luego, a un ritmo escalonado, van al aeropuerto y toman sus respectivos vuelos. Muy inteligente.

—Pero, ¿cuándo?

—Probablemente en medio de la noche. Querrán que el área esté completamente desierta. Sabré cuando Melton se mueva, y los llamaré. Déjeme hablar con Quinn.

Eve le entregó el teléfono a Joe.

Joe estuvo en el teléfono sólo unos minutos.

—Me pongo en camino —colgó y se volvió a Eve—. Quiere que lleve el equipo de vigilancia a la base aérea y lo instale fuera del vallado. Dice que no hay manera de acercarse al edificio con todos esos guardias, pero que hay un lugar para esconderse cerca de una zanja, a una corta distancia de la base. No será problema. La cámara y el equipo de audio cubren un radio de más de dos kilómetros.

Eve asintió.

—Vamos.

—Eve.

—No digas una sola palabra. Desde que llegué aquí estoy mordiéndome los labios, viendo a todos esos hipócritas en televisión diciéndole al mundo que un buen hombre murió.

—Algunos de ellos fueron sinceros.

—Pero, ¿cuáles? Necesito saberlo. —Eve se encaminó hacia la puerta. —Necesito que todo el condenado mundo lo sepa. —Miró por encima de su hombro. —Y no habrá nadie que me deje en una ruta o en una isla desierta. Estamos juntos en esto. ¿Comprendes?

—Está bien, pero tenemos que... —interrumpió porque sonaba

el teléfono. Apretó el botón. —Quinn —escuchó durante unos segundos—. ¿Qué diablos? —Se puso tenso. —¿Plástico?

ESTACIÓN AÉREA FORT LAUDERDALE
02:45 A.M.
30 DE OCTUBRE

Las ventanas del edificio estaban tapadas para que no se viera ninguna luz desde afuera. Guardias vestidos con ropa oscura patrullaban el área con perros dobermans.

—Aquí llega el siguiente —murmuró Joe mientras enfocaba la cámara de video. La mantuvo enfocada sobre el oscuro sedán mientras la puerta se abría y salía un hombre. —Reconozco a éste también. De primera línea. El jeque Hassan Ben Abar.

Eve asintió.

—OPEP.

La última hora había sido un increíble desfile de bien conocidos trapicheros de todas las profesiones y aspectos de la vida cotidiana. Eve se quitó de la oreja el aparato para escuchar.

—No puedo oír mucho en este preciso momento. Está desvaneciéndose. Cada vez que sale un avión hay interferencias.

—¿Has escuchado algo interesante?

—Quizá. Definitivamente no es una conversación trivial y yo no soy lingüista, pero necesito concentrar la atención entre algunos de los miembros ingleses —se ajustó la pieza en el oído, encendió una de las perillas en el panel que tenía delante de ella—. Esto está mejor —escuchó durante unos segundos—. Algo sobre una enorme quebrada. Necesitan una clara mayoría porque hay un enorme riesgo... ¿Qué corre riesgo, maldición? Hablan —se dirigió a otra parte del edificio—. Tarrant, el magnate británico de los medios. Habla de dinero y de las ramificaciones del Banco Mundial. No está seguro de cómo van a manejar la deuda si cae el régimen.

—¿Qué régimen?

—Shh —Eve extendió la mano y escuchó. De pronto, se puso tensa. —Oh, mi Dios.

—¿Eve?

Eve sacudió la cabeza. Dios bendito, no podía creer lo que oía. Deja de temblar. Haz tu trabajo. Asegúrate de que quede grabado. Echó una mirada al panel. Sí, estaba bien.

Joe frunció el entrecejo.

—Estás blanca como un papel ¿Qué diablos...? —se quedó callado mirándola.

Pasaron diez minutos completos antes de que Eve retirara el aparato del oído. —Es sobre la represa Three Georges en China. ¿Recuerdas que el año pasado miramos por televisión ese programa especial sobre la represa que se construyó sobre el río Yangtse?

—Sí. El proyecto más grande desde que se construyó la Gran Muralla. Se suponía que generaría dieciocho mil megavatios de electricidad y controlaría las inundaciones.

Ella asintió.

—Trescientas mil personas han muerto en el último siglo debido a las inundaciones del Yangtse. Es un río asesino —lanzó un profundo suspiro—. La represa es el objetivo. Decidieron que deben moverse rápido antes de que la primera etapa concluya. La construcción está aún en un estado semicaótico y será fácil realizar un sabotaje ahora. Pero el gobierno chino está tomando la riendas, y se reforzará la seguridad.

—¿Sabotaje?

Eve asintió.

—Tiene que hacerse antes del 3 de noviembre, cuando se comienza a efectuar una mayor vigilancia. Es por eso que debían asegurarse de que la reunión no fuera después del 29. Como están las cosas, tienen sólo unos pocos días para implementar todo. Si no obtienen la mayoría y actúan rápido, entonces, tienen que esperar que la represa esté finalizada y será mucho más difícil —se humedeció los labios—. ¿Te imaginas la desvastación...?

—Demasiado bien. ¿Por qué lo hacen?

—El poder generado por la represa significará un tremendo estímulo para la economía china. La economía se mueve muy rápido bajo el actual régimen, y la Camarilla tiene problemas para controlarla —torció los labios con amargura—. Control es realmente el nombre del juego que realiza la Camarilla.

—Y si la represa se desmorona, él régimen puede desmoronarse con ella.

—Ése es el plan. Y el nuevo régimen tendría algunos altos miembros en la Camarilla. Control.

—Espantoso.

—Trágico —Eve cerró los ojos—. Dios sabe cuánta gente morirá como resultado del sabotaje... —Abrió los párpados bruscamente; se enderezó en la silla y se colocó el aparato en el oído. —Veamos si tienen más chanchullos entre manos. No podemos detenerlos si no sabemos...

—¿Chanchullos? —preguntó Nathan, ubicado detrás de ellos. Cerró la puerta y entró en la camioneta. —¿Qué sucede?

—Sabotaje en la represa Three Georges en China —respondió Joe.

Nathan lanzó un silbido por lo bajo.

—Ése es el plan.

—Ése parece ser el tema de conversación de todos. —Eve encendió otra perilla. —Estoy intentando descubrir si sucede alguna otra cosa crucial.

—Apostaría a que se va a poner más interesante —dijo Nathan—. Melton debería ser el siguiente en llegar. Antes de cortar camino para llegar hasta aquí, lo seguí hasta el vallado. ¿Contaron los miembros?

—Cincuenta y dos —respondió Eve—. Y Joe realizó una toma de cada uno de ellos.

—Asegúrense de tomar a Melton —Nathan se llevó un par de binóculos a los ojos—. Aquí llega...

—Bien —dijo Joe mientras Melton desaparecía dentro del edificio—. El buen senador filmado para la posteridad.

—Su brillante luz resplandece de manera limpia y verdadera —le dijo Eve a Nathan.

—Verdad es una hermosa palabra, ¿no? —la mirada de Nathan se desplazó rápidamente al edificio—. Tan limpia y simple.

—Parece que ya estamos —Joe se puso de pie y se encaminó hacia la puerta—. Voy a dar una vuelta por los alrededores para ver si esos guardias siguen junto al vallado. No queremos tener una sorpresa.

—Buena idea —Eve ajustó otro dial—. Porque la reunión ya empezó. Melton está ofreciendo un discurso de bienvenida.

—Deben estar todos —Nathan se desplazó hacia la puerta—. Me iré y llamaré al FBI y, luego, veré si puedo ayudar a Quinn.

—Espere, Nathan.

—Tenemos que actuar rápido ahora, o todo el espectáculo... —Se detuvo cuando vio el arma en manos de Eve. —¿Eve? ¿Qué diablos está haciendo?

—Franklin Copeland era un muy buen hombre. ¿No sintió ni siquiera una punzada de remordimiento cuando murió?

Nathan la miró asombrado.

—¿Por qué debería? Yo no lo maté.

—Usted no lo mató. Simplemente lo dejó morir.

Nathan continuó tranquilo.

—¿Perdón? Fui al Servicio Secreto. No me escuchaban.

—Joe llamó al Servicio Secreto nuevamente hoy por la tarde y realizó un interrogatorio más profundo. Usted fue allí cuatro horas después de que yo lo llamé. *Cuatro* horas, Nathan.

—Me llevó tiempo conseguir verlos. Burocracia. No hubiera, de todas formas, hecho diferencia alguna.

—Podría haber hecho alguna diferencia si no hubiera deliberadamente hecho que el Servicio Secreto pensara que usted estaba desequilibrado. El agente Wilson dijo que usted estaba loco como una cabra cuando llegó. No es de extrañar que no le creyeran.

—Estaba frenético, carajo. No podía lograr que me escucharan. No es, de todas maneras, que hubieran podido hallar algo sospechoso. Hebert fue demasiado inteligente.

—En realidad, sí hallaron algo, una vez que Joe los convenció para que hoy por la noche temprano fueran a la casa con él y revisaran. El filtro en el respiradero de la habitación de Copeland. Estaba revestido con una sustancia que reaccionaba en sus pulmones como si fuera moho. Cada aliento que Copeland realizaba le debilitaba los pulmones y ayudaba a que sufriera sus ataques de asma.

—Diabólico.

—Hebert dijo que todo estaba planeado hasta el más mínimo detalle. Estoy segura de que los médicos de la Camarilla calcularon la sustancia irritante para que le provocara un ataque final que no fuera después del 27. De esa manera, el funeral se organizaría dos días después y sería perfectamente natural que todos sus miembros se dirigieran al área antes del 29. —Hizo una pausa. —Copeland era un buen hombre. No debió haberlo dejado morir.

—Le dije que... —su mirada se concentró en el rostro de Eve—. Es la segunda vez que usted dice eso. Ridículo. ¿Por qué habría dejado que muriera?

—Porque usted no quería que se cancelara la reunión de la Camarilla. Los quería a todos allí. Usted estuvo planeando esto desde que Etienne le dijo que la Camarilla se reuniría en Boca Raton.

—Pero no me lo dijo.

—Sí, lo hizo. ¿Por qué no se lo diría? Usted le agradaba y él confiaba en usted. Usted estuvo trabajando dos años para que él sintiera de ese modo.

—¿Dos años?

—Desde que fue a trabajar con usted en el centro de investigaciones.

—¿Qué?

—Oh, por Dios, basta de simulaciones. Ya está. Usted no es Bill Nathan.

Él levantó las cejas.

—¿No lo soy? —ladeó la cabeza—. Entonces, ¿quién soy? Ahora, déjeme ver. Un buen periodista debería ser capaz de hacer una decente suposición de adónde quiere usted llegar con todo esto. ¿Cree usted que yo soy Thomas Simmons?

Eve negó con la cabeza.

—Otra pista falsa. ¿Cuánto tiempo cree que puede tenerme sin saber que es Harold Bently?

Una leve expresión cruzó por su rostro.

—¿Qué? ¿Está loca?

—Joe recibió un llamado de su comisaría sobre la explosión que mató a Jennings. El coche no estaba preparado para la explosión. La bomba estaba en el cráneo y fue accionada por un mecanismo a distancia —hizo una pausa—. Y el cráneo no era sobre el cual yo trabajé. No era un cráneo humano en absoluto. Era una muy buena imitación, hecha de plástico y recubierta con arcilla. Ahora, obviamente estaba conectado. Tuve que preguntarme quién había tenido la oportunidad de sustituir el cráneo de plástico por el de Victor y por qué. Luego, Galen nos llamó y nos contó que Hughes había visto cierto destello metálico debajo de la galería en la casa del lago. Él encontró un aparato muy sofisticado para escuchar a larga distancia en un radio muy amplio. La lluvia había quitado las hojas debajo de las cuales estaba escondido. Alguien quería saber exactamente qué sucedía en nuestra casa, y no era posible de ninguna manera que Hebert se hubiera acercado tanto. Pero usted estaba allí afuera, en la galería, la mayor parte de las tardes, y usted estaba en los peldaños cuando yo salí de la casa en el momento en que el coche de Jennings estalló. Usted pudo haber monitoreado la conversación de Jennings con Rusk y luego hacer estallar el coche. Todo comenzó a cuajar. Le pedí a Galen que hallara algunas fotografías de Simmons y me las pasara por la computadora. Y, ¡quién lo iba a decir!: Victor no era Harold Bently sino Thomas Simmons.

Bently se quedó callado unos segundos.

—Parece que se acabó el juego.

—Y usted hizo algunos cambios anoche cuando nos dio las tomas de un hombre al que llamó Simmons. Sustitución por computadora de las fotografías de la universidad. En estos días es algo fácil, con un programa de fotos. ¿Quién era el hombre en la iglesia?

—Algún vagabundo que encontré y contraté localmente. No lucía mal una vez que estuvo limpio, ¿no?

—¿Por qué se tomó tanto trabajo?

—Pensé que usted sospecharía si no le daba sustancia a la "tiniebla".

—¿Y cuándo puso la conexión en los cráneos?

—Cuando empaqué su equipo al marcharnos de la casa de Galen. Por eso es que tenía que ir con ustedes. Tenía que asegurarme de que usted no sacara la reconstrucción del maletín para seguir trabajando.

—Porque la reconstrucción de plástico era de usted, y Victor era Simmons. Corrió un riesgo enorme.

—No tan grande. Usted estaba tan preocupada por la amenaza a su hija que no pensaba en Victor. Ayudó que siempre se negara a mirar fotos de las reconstrucciones que hace. Supe que finalmente lo descubriría, pero tenía esperanzas de que pasara un largo tiempo.

—Quiere decir que tenía esperanzas de que Hebert me matara antes de que hiciera la comparación fotográfica de la reconstrucción.

—Esperanza no es algo que entrara en juego. Era simplemente otra trágica necesidad en una situación ya trágica —Bently hizo una mueca—. Sabía que usted debía morir desde el mismo instante que Hebert la puso en escena. No es que fuera algo que yo quería que sucediese. La respeto y la admiro.

—¿Es por eso que le pagó a Marie para que me envenenara?

—Estaba jugando con el tiempo. Si usted hubiera muerto entonces, ellos hubieran tenido que conseguir otro escultor forense. Los hubiera retrasado. Necesitaban ese retraso.

—Pero Hebert se apresuró y mató a Marie, así yo no sospechaba que era el objetivo ni tuviera tanto miedo como para dejar el trabajo.

—Sí, maldita sea su alma. Usted comenzó la reconstrucción y yo sabía que el tiempo se terminaba. Si la Camarilla descubría que yo estaba vivo, hubieran soltado sus sabuesos para que me encontraran. Sé la clase de poder que ejercen. No hubiera pasado una semana antes de que me hallaran. No podía permitir que eso sucediera. Todo lo que necesitaba eran esas dos semanas y la Camarilla estaría aquí.

—¿Y por eso es que mató a Jennings también?

—Al principio, iba a utilizarlo para despistar a la Camarilla y lanzarla sobre Simmons. Iba a lograr que identificara el cráneo, y luego hacerlo volar y que la culpa recayera en Hebert. Pero pude comprobar que Jennings se estaba acercando demasiado a los planes de Hebert en Boca Raton. Tuve que pararlo en seco.

—Tantas muertes —Eve sacudió la cabeza—. ¿Por qué diablos usted no tomó su célula combustible y se marchó del país? Trabajó en alguna otra parte.

—Porque me di cuenta después de que la Camarilla intentó matarme, que nunca se detendrían. Que encontrarían un modo de enterrarme, de la misma manera que enterraron a Simmons y a su invento —apretó los labios—. ¿Sabe el milagro que esa célula combustible hubiera sido? ¿A cuántos millones de personas hubiera ayudado? Hubiera limpiado nuestro planeta. Pero la Camarilla no permitiría que lo hagamos. Interferíamos en sus ganancias, en el control. Nos aplastaron del mismo modo que aplastan cualquier avance que se interpone en su camino —Bently sonrió amargamente—. Piénselo. ¿Sobre cuántos inventos maravillosos ha leído que han desaparecido de escena? ¿Recuerda haber leído sobre el coche en Daytona con un motor eléctrico supereficiente que satisfacía todas las demandas de los ecologistas? Lo compró Detroit y nunca más se oyó hablar de él. Siempre se compra a los inventores, o se los atemoriza, o se los ridiculiza en los medios, en los grupos de consumo, o el gobierno. Se desvanecen como si nunca hubieran existido. Bueno, Simmons y yo no íbamos a desvanecernos. Yo tenía los recursos y él la célula combustible. Íbamos a hacer las mejoras finales y, luego, yo me pondría en contacto con algunos patrocinadores influyentes y estaríamos en camino.

—Hasta que Hebert accionó esa explosión.

Él asintió.

—Simmons murió de forma instantánea. Yo me quemé, pero salí gateando al barro y apagué las llamas. Etienne me halló allí.

—¿Y lo ayudó?

—Me llevó a una casucha en Houma y me cuidó durante meses. Yo tenía mucho dinero en una caja en la isla, pero temía llamar a un médico. Varias veces estuve a punto de morir. Cuando estaba reponiéndome, intenté pensar qué era mejor. Quería intentar continuar con el trabajo de Simmons, pero era demasiado peligroso enfrentar a la Camarilla solo. Entonces, se me ocurrió la solución: los medios. ¿Qué es lo que una sociedad secreta teme más? La luz de la atención pública resplandeciendo sobre ella. Hice que Etienne llamara por teléfono a Bill Nathan y éste se encontrara secretamente conmigo, ya que pensé que simpatizaría con mi causa.

—¿No fue así?

—Sí, mientras no se corriera ningún riesgo. Era un miserable cobarde. Supe que probablemente después de mí iría derecho a Melton. No podía permitir que hiciera eso. No después de todo lo que había sufrido.

—Usted lo mató y asumió su identidad.

—No fue demasiado difícil. Estaba divorciado y trabajaba de manera independiente, así que se movía mucho por el estado. Yo tenía unas cuantas quemaduras en la cara y, de todas maneras, tenía que hacerme cirugía plástica. Hice que Etienne comprara una licencia para conducir falsa y un pasaporte y me fui a Antigua para que me hicieran el trabajo. Nathan y yo teníamos rasgos parecidos que sólo debían hacerse más parecidos.

—¿Y usted hizo que le hicieran el cráneo de plástico allí?

—No, eso fue después. Después que fracasé y no pude sacarla a usted de escena, me di cuenta de que, quizá, podía ser necesario.

—¿Quizá? No imagino que dé todo por supuesto. Apuesto a que planeó cada uno de los detalles.

—Bueno, sabía que al comprar los componentes para la célula combustible podía atraer la atención. Yo sabía bastante sobre el invento de Simmons como para completarlo, pero tenía que estar preparado, en caso de que la Camarilla sospechara sobre mi muerte.

—¿Preparado para hacerme estallar en mil pedazos?

—Si la bomba no se utilizaba con usted, pensé que sería un bonito regalo para darle a la Camarilla en su próxima reunión. Pero, como sucedió, las circunstancias hicieron que la utilizara de otra manera. Jennings. Kismet.

—Asesino.

—Llámeme como quiera. Yo hacía lo que tenía que hacer para sobrevivir y darle al mundo algo decente —se encogió de hombros—. La Camarilla me enseñó que no podía sentir aprensión por los métodos que utilizaba.

—Entonces, se convirtió en uno de ellos.

—¡No! —Bently intentó atenuar la violencia en su voz—. Renuncié a mi esposa y a mis hijos y a una vida que amaba porque quería ayudar a que el mundo fuera un mejor lugar. La Camarilla intentó asesinarme y, luego, hizo que me escondiera como un animal herido. No me atrevía a volver a mi casa porque sabía que mi familia se convertiría en el blanco. Cada acto de violencia que realicé es culpa de ellos.

Eve sacudía la cabeza.

—Asesinato es asesinato.

—Para usted es fácil decirlo. A veces, hay que hacer sacrificios para un bien mayor.

—Sus palabras suenan como las de Hebert. De alguna manera es usted tan retorcido como él. Y le lavó la cabeza a Etienne hasta que hizo cualquier cosa que usted le pidiera.

—No todo. No pude persuadirlo para que le llevara el cráneo de Simmons a Jules. Era un alma simple; quería complacernos a todos.

—Usted sabía que Jules lo mataría.

—Si él no lo hubiera hecho, yo mismo lo hubiera tenido que hacer. Por eso es que seguí a Etienne a Baton Rouge. No podía correr el riesgo de que hablara.

Eve movía la cabeza sin poder creerlo.

—Usted es increíble. Él le salvó la vida. Estando allí, lo podría haber ayudado.

Bently apretó los labios.

—Pero yo necesitaba ese tiempo. Después que Etienne me contó lo que iba a suceder aquí, supe que la oportunidad estaba golpeando la puerta. La única manera de garantizar que la Camarilla no pudiera detener la investigación era derribarlos. Y la única manera de conseguir a todos era asegurarse de que se reunieran en un lugar como lo hacen los buitres, que es lo que son. —Su mirada fue al edificio. —Y ahora, los tengo a todos allí, posados. Cincuenta y tres de los bastardos más poderosos y egocéntricos del planeta.

—No estarán allí mucho tiempo. Joe está llamando al hombre del Servicio Secreto con el cual habló hoy por la tarde. Le pidió a Pete Wilson que estuviera alerta.

—Me sorprende que la dejara conmigo a solas para la gran confrontación.

—No sabía de la confrontación. Pensó que yo le seguiría el juego hasta que llegara el Servicio Secreto.

Bently sonrió.

—Pero usted quería tener otras grabaciones para darle a la policía, además de las de la Camarilla. Usted ha estado grabando nuestra breve conversación, ¿no?

—Si lo sabía, ¿por qué habló conmigo?

—Porque no me importa. No va a tener ninguna importancia.

Tengo una embarcación que me espera en un muelle cercano. Estaré en ella encaminándome a un laboratorio que instalé en el Caribe. Observé a Simmons cada minuto que él estuvo creando la célula combustible. Puedo recrear su invención. Además, usted merecía tener algunas respuestas después del arduo trabajo.

—Dios. Lo estoy apuntando. Va a tener importancia. Usted debe estar loco para...

—Eve. —La puerta se abrió de golpe y Joe apareció en la entrada de la camioneta. Cabeceó resignadamente cuando vio el arma en la mano de Eve. —Estaba un poco preocupado de que esto sucediera.

—Así que vino corriendo para salvar a la dama —dijo Bently—. ¿El Servicio Secreto está en camino?

Joe asintió.

—Hace diez minutos.

—¿Realmente cree que esos agentes del Servicio Secreto harán algo respecto a la Camarilla? De ninguna manera. Diablos, la Camarilla dirá que están realizando un acto conmemorativo privado en memoria de Copeland, y las autoridades los interrogarán con mucho respeto y se marcharán después de haberse disculpado.

—Pero sabrán quién está allí. Tendremos las cintas y los videos. Serán todos hombres marcados. La Sociedad Secreta ya no será más secreta. Les resultará difícil organizar los juegos de poder que han estado haciendo cuando todos sospechen de ellos. La luz hará que salgan a la superficie.

—Los focos de luz no duran siempre.

—Nada es para siempre —dijo Eve.

—Está equivocada. Una cosa es, por cierto, permanente —Bently miró nuevamente al edificio—. Durante el período de mi recuperación, me convertí en alguien muy habilidoso con los explosivos. Etienne fue un maestro excelente. Él había aprendido de un maestro. Sabía cómo armar bombas y colocarlas en lugares que no las detectaran. ¿Sabían que incluso hay maneras de ocultar el olor para que los perros no las descubran? Él estaba muy orgulloso de sus conocimientos.

Eve se puso tensa al darse cuenta de que él no estaba hablando del explosivo en el cráneo.

—Está alardeando. No hay manera de que usted se haya acercado al edificio con todos esos guardias allí.

—Pero los guardias no estaban aquí hace tres semanas.

Dios, todas estas mentiras parciales, verdades parciales.

—Etienne le dijo exactamente dónde se llevaría a cabo la reunión.

Bently asintió.

—¿Olvidé mencionarlo? Ya que usted se dio cuenta de todo el resto, uno pensaría que lo supuso.

Eve se encaminó hacia la puerta.

—Por Dios, usted va a...

La camioneta se sacudió cuando la noche estalló.

El arma voló de su mano al mismo tiempo que Eve salía disparada por el aire y se golpeaba contra la pared; la camioneta se sacudía violentamente. Joe fue arrojado de la puerta al piso, anonadado.

Bently ya estaba en la puerta cuando Eve se incorporó. Miró por encima de su hombro, su rostro iluminado por una satisfacción feroz.

—La muerte es para siempre, Eve. Nada es más permanente. Ya no existe la Camarilla.

Luego, desapareció.

Eve tomó el arma, cruzó la camioneta y salió por la puerta.

—Quédate aquí —Joe sacudía la cabeza para limpiarse mientras se ponía de pie—. Lo atraparé.

—Dios mío —Eve se detuvo horrorizada al ver los restos del edificio. Lo que quedaba estaba desparramado en enormes montículos; el resto de la estructura estaba envuelta en llamas.

Apartó la vista. Bently.

Corría hacia la cloaca. Lo siguió con la mirada.

Joe estaba delante de ella, acercándose a Bently en una carrera desenfrenada.

Bently cruzó la zanja.

Joe miró por encima del hombro a Eve.

—Carajo, te dije que te quedaras en la camioneta. Puede haber colocado otra...

La tierra se estremeció cuando otra explosión sacudió el edificio. Fragmentos de cemento volaron en todas direcciones como si fueran metrallas mortales.

—*Abajo* —gritó Joe.

Eve se tiró al suelo mientras misiles de cemento llenaban el aire. Dios, era como estar en medio de un volcán en erupción. Levantó la cabeza y sintió un escozor en la piel cuando una descarga de pequeñas piedras le golpeó la cara.

—Joe, ¿estás...?

—¡Joe!

Capítulo veintiuno

Joe yacía tirado en el barro hecho un ovillo. No se movía.

Eve corrió por el terreno que los separaba y cayó de rodillas a su lado.

—Joe.

Pálido. Ojos cerrados. Una herida que sangraba en la sien. ¿Respiraba? Tenía que estar respirando.

—Joe. Háblame ¿Escuchas? *Háblame.*

No abría los ojos.

Oh, Dios, no lo dejes morir.

Metió la mano en el bolsillo para sacar su teléfono celular. 911. Llama al 911.

Faros.

Una fila de coches estacionaban frente a la estación aeronaval que ardía. El Servicio Secreto.

Olvídate de ellos.

Llama al 911 para Joe.

Los ojos de Joe se abrieron.

—Hola, tú... ¿bien?

Eve asintió.

—Y tú también. Conmoción cerebral —intentó sonreír—. Me asustaste. No te despertabas. Hace dos días.

Joe se estiró y le tomó la mano.

—Perdona.

—Así debes sentirte.

—No sucederá otra vez —se le cerraban los ojos—. Sueño...

—Entonces, duerme.

—¿Vas a quedarte aquí?

—Puedes estar seguro.

—¿Bently? —abrió los ojos nuevamente—. ¿Se escapó?

—Llegó a su embarcación y salió al mar. Yo le conté después al Servicio Secreto que planeaba escaparse de esa forma, llamaron a la Guardia de la Costa. Lo interceptaron esa misma noche más tarde.

Joe examinó la expresión del rostro de Eve.

—¿Y?

—La embarcación estalló antes de que pudieran abordarla.

—¿Suicidio?

Eve asintió.

—Fue bueno que el Servicio Secreto no haya tenido que entrar en relación con él. Ya tienen bastante problemas al intentar explicar la muerte de todos esos poderosos.

—¿Todos muertos?

—No tuvieron escapatoria. Las autoridades incluso están teniendo problemas para identificar a la mayoría.

—¿Te causó algún problema?

—¿Bromeas? Es algo imponente. El Servicio Secreto me interrogó durante unas buenas cinco horas. El FBI durante otras tres.

—Estarás en la mira también. Gracias a Dios teníamos las cintas grabadas.

Joe bostezó.

—Tan pronto como me levante, les hablaré, me aseguraré de que no te molesten.

—Joe, lo estoy manejando bien.

—Una ayudita no hará daño...

—Duérmete.

—Algo anda mal —su mirada examinaba el rostro de Eve—. No me dices todo.

—Te dije todo lo que estaba sucediendo.

—No, quiero decir contigo. Te preocupas por algo. ¿Qué te anda inquietando?

—No me inquieta... —Eve se encontró con la mirada de Joe—. Es lo que dijo Bently. Él se preguntaba por qué no habíamos descubierto que había mentido respecto a que Etienne no le hubiera dicho la localización de la reunión. Me estuve preguntando si en alguna parte de mi inconsciente yo lo descubrí y simplemente lo ignoré. —Eve bajó la vista a las manos de ambos entrelazadas. —La Camarilla merecía ser destruida y no podíamos estar seguros de que exponerlos sería suficiente. ¿Cerré los ojos y dejé que Bently los hiciera volar por el aire?

—Tonterías.

—¿Lo hice, Joe?

—No, no lo hiciste —su respuesta era rotundamente certera—. Te conozco. Hubo tantas mentiras, pistas falsas y embustes flotando a nuestro alrededor que este dato se te perdió en la confusión. Con todo lo que querías que la Camarilla desapareciera, no podías hacer algo así. La muerte es el enemigo para ti. Luchas todos los días contra ella —Joe levantó la mano de Eve y le besó la palma—. Así que olvídate, ¿sí?

Eve se humedeció los labios.

—Está bien.

—Bien —los ojos de Joe se cerraron—. Entonces, déjame dormir así puedo recuperar la fuerzas y enfrentar a esos pelotudos del Servicio Secreto...

—No son pelotudos. Sólo hacen su...

Ya estaba dormido.

Eve se quedó allí, tomándole la mano, mirándole el rostro.

Ya se sentía en paz nuevamente. Otro regalo de Joe.

Pero él —de repente comprendió Eve— había hablado sólo de la falta de culpa de ella. No había dicho que él no había sospechado que Bently quizá sabía lo suficiente como para tender una trampa mortal. Joe era uno de los hombres más astutos que ella conocía y tenía una memoria que era como una trampa de acero. ¿Había sabido él que había una posibilidad de que la Camarilla no sobreviviera esa noche?

Apretó la mano entrelazada con la de Joe.

Era una pregunta que sabía que nunca le realizaría.

* * *

—Entonces, Bently está muerto —repitió Galen pensativamente—. Descansa en el fondo del mar...

—Regresaremos a casa mañana —dijo Eve—. El interrogatorio no terminó, pero dejarán que vayamos a casa.

—Jane saltará de alegría. ¿Quinn está bien?

—Tiene un gran dolor de cabeza. Pero es previsible.

—Si yo hubiera estado allí, no hubiera sucedido. Debería usted interpretarlo como una lección.

—Lo interpreto como otro ejemplo de su ego hinchado.

Galen rió entre dientes.

—Quizá. ¿Llama usted a Jane o lo hago yo?

—Yo lo haré.

—Caramba. Quería hacer algo para tener una buena relación con ella. Se puede poner tan contenta que quizá se olvide de considerarme un imbécil.

Eve sonrió.

—Jane siempre ha sido una niña de juicio impecable.

—Crueldad, tu nombre es Eve.

—Tengo que ir a la comisaría de inmediato. Se sienten traicionados de no saber tanto como los agentes del FBI. —Joe puso las maletas dentro de la casa. —¿Estarás bien?

—Por supuesto.

—Trata de descansar.

—Yo no soy la que golpearon en la cabeza. —Su mirada se desplazó del lago a los árboles chamuscados en donde Jennings había muerto y, luego, compulsivamente, a la colina de Bonnie.

—Mierda —la mirada de Joe siguió la de Eve—. Lo sé, carajo. No más amenazas, ninguna espada sobre nuestras cabezas, y todo vuelve a ti. Sabía que sucedería. Siempre estará aquí.

—¿Qué quieres que haga? No puedo olvidarlo, Joe.

—No soy idiota. Tenemos que enfrentarlo. Sólo hazme un favor —dijo Joe—. No pienses. No tomes ninguna decisión. Estás cansada.

Sólo intenta vivir el presente hasta que pasen estos días de trámites y podamos hablar.

Eve asintió.

—Lo intentaré.

Joe comenzó a bajar por las escaleras.

—Y por la noche, cuando vuelva, recogeré a Jane, a tu mamá y a Toby. Deberían mantenerte tan ocupada como para que no pienses en ninguna otra cosa.

Eve miró por última vez a la colina mientras el coche se alejaba. Había albergado la esperanza de que el dolor se disipara, pero aún seguía allí, rondándola. Mantén tu promesa, se dijo a sí misma al mismo tiempo que entraba en la casa. Vive el momento. Era el mejor consejo que...

Había una nota sobre la mesa ratona.

> Eve:
> Tengo un par de cosas que arreglar. La llamaré.
> Dígale a Jane que no huí porque ella me intimidara.
> No me atemoriza... demasiado.
>
> Galen

Sonrió y dejó la nota sobre la mesa. ¿Un par de cosas que arreglar? Detrás de qué andaba ese granuja...

Dos días después Eve recibió un llamado de Galen.

—¿En dónde diablos está?

—Estuve muy ocupado. Pensé que debía informarle. Llamé a Hughes y le dije que se quedara con ustedes y vigilara hasta el fin de semana. Eso mantendrá a la prensa alejada. ¿Ha ido a buscar a Jane?

—Sí. La traje a ella y a mamá de vuelta a casa —la mirada de Eve se dirigió a Jane y a Toby que estaban jugando afuera, junto al lago—. Jane no podría sentirse más contenta. ¿En dónde está usted, Galen?

—Barbados. Sentí que necesitaba unas vacaciones.

—¿Inesperadamente?

—Mi último trabajo fue agotador. Usted no es una mujer fácil con la cual trabajar, Eve.

—¿Por qué está en Barbados?

—El sol. Me congelé los huesos cuando estuve en su lago.

—Galen.

Se quedó callado unos segundos.

—Mi naturaleza desconfiada. No creo que Bently perteneciera al tipo de personas que cometen suicidio. Y hallo muy conveniente que su muerte haya ocurrido en medio del océano, en donde no se pueden recuperar sus restos.

—Usted cree que lo armó todo.

—Es muy, muy inteligente. Tiene que serlo para engañarme y hacerme creer que no era más que un pelotudo.

—Su orgullo está herido.

—Bueno, quizá. Sólo estoy explorando posibilidades. Se deshizo de la Camarilla, su principal amenaza. Estaba obsesionado con la idea de la célula combustible, y le dijo que sabía bastante como para diseñarla él solo. ¿Por qué no simular su propia muerte para asegurarse de tener la oportunidad de trabajar en eso?

—¿Usted cree que la célula combustible de Simmons puede un día convertirse en una realidad?

—Bueno, tenemos que esperar, ¿no? De todos modos, no creo que Bently represente ninguna amenaza para usted. Ahora, usted está fuera de su radar. Voy a investigar y ver qué puedo hallar por aquí.

—¿Y qué si lo encuentra?

—Tomaré una decisión en ese momento. No actuaré precipitadamente.

—¿Cuándo regresará?

—No por un tiempo. Usted está sola. Bueno, no sola. Siempre tiene a Quinn. ¿Cómo está él?

—Bien, supongo. Apenas lo vi desde que regresamos. Ha estado encerrado con el Servicio Secreto y con el FBI desde la mañana a la noche.

—Esclavitud. No lo envidio. Me gusta la vida fácil. Si no encuentro a Bently, puede que me vaya de vacaciones de verdad. Luego, voy a continuar con mi vida. Lo recomiendo realmente. ¿Por qué usted no hace lo mismo? —colgó.

Molesto bastardo, pensó Eve enfadada mientras presionaba el botón para desconectar el aparato. El último par de días ella había sido lo suficientemente estúpida como para preocuparse por Galen. Debía haberse dado cuenta de que aparecería como el alocado muñeco de una caja de sorpresas.

Su falta de certeza respecto a la muerte de Bently era un poco extravagante, pero no totalmente alocada. Para ser exactos, Bently le había contado acerca de la embarcación y de sus preparativos para huir.

¿Así ella le contaba a las autoridades y él ponía su verdadero plan en movimiento?

Deja que Galen se preocupe de eso. Eve y su familia estaban a salvo, y ella no quería pensar en Bently. Estaba de acuerdo con Galen en que si Bently estaba vivo, no había razón para que ella o Joe fueran su objetivo.

Eve fue a la galería y miró el lago. Hoy el agua estaba hermosa y serena. Si no hubiera sabido que Hughes y sus hombres se movían discretamente por la propiedad, le hubiera recordado la época anterior a recibir el informe del ADN.

Su mirada se dirigió a través del lago a la colina. ¿Podría alguna vez volver a mirar la tumba sin recordar a Jules Hebert y su muerte en los pantanos? ¿O esa lápida con el nombre de su Bonnie tachado y todo chorreado con una horrible pintura roja?

Continúe con su vida, había dicho Galen.

A veces, hay cosas que se interponen en el camino y uno se olvida de quién es y de lo que hace.

¿Por qué de repente esas palabras de Jane aparecían en su mente?

Jane las había dicho cuando intentaba convencerla de que fuera tras Hebert y nada tenían que ver...

Se puso tensa a causa del espanto que sintió.

—Dios mío...

Lentamente bajó los peldaños de la galería.

* * *

Jane estaba sentada en la mecedora de la galería cuando Joe llegó de la comisaría. Toby estaba hecho un ovillo a sus pies.

—Debes haberlo agotado —Joe se agachó y lo acarició. El perro levantó la cabeza, perezosamente le lamió el dorso de la mano. —Nunca lo vi tan tranquilo.

—Sí. Corre hasta que está listo para caer y luego se desploma. Basta, Toby. Le estás mojando toda la mano —Jane tenía el entrecejo fruncido—. Te he estado esperando.

—¿Problemas? ¿Por qué no me llamaste?

—Eve no quería.

Joe se puso rígido.

—¿Eve? —su mirada voló a la puerta de entrada de la casa—. ¿Qué sucedió? ¿Se marchó?

Jane sacudió la cabeza.

—Sólo me dijo que te diera un mensaje. Quiere que subas hasta la tumba.

—¿Qué?

—Eso es lo que dijo. Se marchó de la casa hace más o menos una hora. Le pregunté si quería que fuera con ella y me dijo que no.

—¿Estás segura de que fue a la tumba? —la mirada de Joe se dirigió a la colina—. ¿Te dio alguna razón?

Jane negó con la cabeza.

—¿Qué aspecto tenía?

Jane se encogió de hombros.

—A veces, es difícil darse cuenta de lo que Eve piensa. No parecía enfadada, pero tampoco sonreía. No lo sé, Joe.

—Entonces, supongo que será mejor que vea por mí mismo —dio vuelta y comenzó a bajar los peldaños.

La voz de Jane lo siguió.

—Espero que todo esté bien, Joe.

—Yo también —caminó por el sendero que rodeaba el lago—. Yo también...

* * *

Eve estaba de pie junto a la tumba, con la mirada fija en la lápida.

—¿Eve?

Ella no lo miró.

—Aún hay algunos vestigios de la pintura roja. Pensé que la habíamos quitado toda.

—Mañana lo haré.

—No, no tiene importancia.

Silencio.

—¿Por qué estás aquí, Eve?

—Tengo que despejar la cabeza. Pensé que mejor lo haría aquí.

—Tiene que doler ver esa lápida.

—Claro que sí.

—Y te resiente aún más en mi contra.

—Un poco.

—¿Sólo un poco?

Eve levantó los ojos para encontrarse con los suyos.

—Intento ser franca contigo. Galen llamó hoy. Está en Barbados.

—¿Haciendo qué?

—Piensa que quizá Bently fingió su propia muerte. Está buscando —estudió a Joe—. ¿No te sorprende?

—Consideré la posibilidad, y me sentí tentado de ir e investigar. Decidí que mi prioridad estaba aquí.

—Galen dice que aun si él estuviera vivo, piensa que nosotros estaríamos fuera de su alcance. —Eve hizo una pausa. —Y me recomendó que siguiera con mi vida.

—¿Y qué le dijiste?

—No tuve oportunidad de decirle nada —Eve se dio vuelta para mirar la lápida—. Pero sus palabras me sonaban familiares. Y entonces recordé algo que había dicho Jane cuando intentaba que saliera de mi escondite. Ella dijo que todo se interponía en mi camino y me hacía olvidar quién era realmente y lo que hacía. Eso también me sonaba familiar. He estado de un lado para otro, herida y enfadada y tan a la defensiva que borré de la mente todo lo demás.

—¿Quién puede culparte?

—Yo me culpo —dijo Eve con vehemencia—. Me sentí tanto la víctima que me olvidé quién realmente era y lo que hago —hizo un gesto hacia la lápida—. Sólo pensé en Bonnie. Nunca pensé en esa niña que está enterrada en su lugar. Ella no tenía identidad y yo no siquiera pensé en ella.

—No se podía esperar que...

—Tonterías. Hace años decidí que si no podía ayudar a Bonnie, al menos podía ayudar a los padres de otros niños perdidos y asesinados. He dedicado años a hacer eso y, sin embargo, me permití salir de mi senda porque sentía pena por mí misma. La niña en esta tumba tenía más o menos la misma edad que Bonnie. Tenía toda la vida por delante y le fue arrebatada —apretó las manos formando un puño a sus costados—. Y nunca pensé en ella. No tenía derecho a ser tan egoísta simplemente porque me sentía lastimada.

—No fuiste egoísta. Si necesitas culpar a alguien, cúlpame a mí.

—Estoy cansada de culparte a ti.

Joe sonrió.

—Entonces, no voy a rogarte que lo hagas. Sé cuando tengo un respiro —su sonrisa se fue desvaneciendo a medida que dirigía la mirada a la lápida—. Entonces, ¿por qué querías que subiera hasta aquí?

—Porque quería saber cómo me sentía si estaba aquí contigo.

Joe se puso tenso.

—¿Cómo te sientes?

—Triste. Apenada. Atemorizada.

—¿Y eso qué significa?

—Significa que cometiste un error y me lastimó terriblemente. Significa probablemente que yo misma cometí algunos errores. Significa que tiene que cicatrizar y llevará algún tiempo —Eve encontró su mirada—. Pero no quiero hacerlo sola. Lastime o no, no puedo imaginarme la vida sin ti.

—Aleluya —susurró Joe.

—No te prometo que todo será lo mismo. Pero tú mismo dijiste que no estabas seguro de que querías que fuera así.

—Lo hubiera aceptado —Joe se corrió a su lado, pero no la tocó—. Dime lo que quieres de mí.

—Quiero que exhumes el cuerpo de esa niña. Haré la reconstrucción. Luego, quiero que me ayudes a encontrar quién es.

—Trato hecho.

—Y voy a encontrar a mi Bonnie. ¿Me ayudarás?

—Por Dios, claro que sí —hizo una pausa—. Nunca dejé de buscar. He seguido cada informe, cada pista, incluso aún después de haber pagado para que te enviaran ese resultado de ADN.

Eve se quedó impávida.

—No me contaste eso.

—Supuse que no estabas de humor como para creerme.

—Quizá no lo estaba. ¿Me hubieras contado si la hubieras hallado?

Joe esbozó una sonrisa con la boca torcida.

—Me lo pregunté miles de veces. Creo que sí. Espero que sí. No puedo asegurarlo.

—Yo también espero que hubiera sido así. Porque quiero confiar nuevamente en ti, Joe.

—Ya confiaste. Tienes que reconocer que es así. ¿Por qué otra cosa estarías decidida a comenzar de nuevo?

—Porque te amo tanto que la vida no vale nada sin ti —respondió ella con simpleza—. A pesar de todo lo que ha pasado, eso es lo esencial.

Joe lanzó un profundo suspiro y extendió la mano.

—Sí, eso es lo esencial.

Eve vaciló pero luego se estiró y le tomó la mano.

Fuerza. Consuelo. Amor. Su caricias eran algo muy conocido y, sin embargo, tenían ahora un elemento que era por entero nuevo y vacilante.

¿Un renacer? Quizás.

Lo que fuera, como Joe, ella lo aceptaba.

La mano de Eve se asió con fuerza alrededor de la cintura de Joe a medida que se alejaba de la tumba.

—Mejor volvemos con Jane. Creo que estaba preocupada.

—Sé que lo estaba —Joe caminó junto a ella mientras se dirigían para tomar por el sendero—. Temía que fueras a abandonarme. Probablemente estaba preocupada por quién tendría la custodia de Toby.

—No seas tonto. Jane obtendría la custodia aun cuando tuviera que que huir de casa con ese perro. —De repente Eve se detuvo para mirar por encima de su hombro la tumba que durante esos meses había creído que pertenecía a Bonnie.

—¿Bien? —preguntó Joe con suavidad.

Eve estaba empezando a creer que todo andaría bien. Sentir esperanza era algo maravilloso y tenían lo primordial.

—Seguro, justamente estaba pensando en esa niña. Quiero comenzar la reconstrucción de inmediato —comenzó a descender por el sendero nuevamente—. Creo que la llamaré Sally...

Epílogo

—Me gusta el nombre Sally —dijo Bonnie—. Una de mis amigas en la escuela se llamaba Sally Meyers. ¿Te acuerdas de ella, mamá?

Eve miró por encima de su hombro para observar a Bonnie que estaba hecha un ovillo en la silla junto a la ventana.

—Tenías muchos amigos. —Volvió a la tarea de medir el cráneo de la niña para colocar los señaladores de profundidad. —Y si hubiera recordado bien, ciertamente, no hubiera nombrado a esta pobre niña igual que ella.

—¿Por qué no? —preguntó Bonnie lanzando una risita—. Eres supersticiosa. Piensas que puede ser mala suerte.

—No soy supersticiosa.

—Sí, lo eres.

—He aprendido a no correr riesgos, mocosa.

—Sally está bien. Su papá le regaló un coche y el año pasado casi se murió en un accidente. Pero se está recuperando.

—Yo no llamaría a eso estar bien.

—Bueno, quizás hubiera sido más feliz de este lado, pero aun así está bien.

—Y tampoco puedo comprender tu noción de la felicidad cuando uno ha muerto.

—Lo sé. Está fuera de la esfera de tu experiencia. Por eso es que estás tan empeñada en hallarme.

—No me trates con condescendencia. Aún soy tu madre.

—Sí, lo eres. —Bonnie sonrió amorosamente. —Y comprendo por

qué quieres hallarme. Es tan sólo que no quiero que te lastimes al hacerlo. Casi perdiste a Joe esta vez.

—Estamos intentando resolverlo.

—Sí. —Bonnie apoyó la espalda contra la ventana. —*Puedo sentirlo en ti.*

—¿Sentir qué?

—*Una especie de brillo, de serenidad...*

—Oh, deja de embromar.

—*¿Te he hecho sentir vergüenza? Que te sirva de escarmiento por ser tan cínica* —su mirada se dirigió a Sally—. *Espero que puedas saber quién es. Ha estado perdida durante mucho tiempo.*

—¿Cuánto tiempo?

—*Más que yo. ¿Has sabido algo de Galen?*

—No. ¿Tú?

—*¿Quieres decir si está muerto? No, no lo creo.*

—No debería haber preguntado. No sé siquiera por qué me preocupa. Encarna la ley en sí mismo. Me niego a preocuparme por él.

Bonnie se rió entre dientes.

—*Te preocuparás.* —Se quedó callada unos segundos. —*Ahora tengo que marcharme. En unos minutos Jane y Toby llegarán a la galería. Ella va a mostrarte una gracia que le enseñó.*

—¿Se supone eso que demuestra que eres clarividente? Le enseña una gracia día por medio.

—*Bueno, pensé que lo intentaría. Eres un hueso duro de roer. Cuando lleguen a la puerta, ya te habrás convencido de que te despertaste de una siesta y comenzarás a trabajar con Sally nuevamente.*

—Cosa que es probablemente lo que sucedió —podía escuchar a Toby subiendo los peldaños de la galería y sacudiéndose el pelaje—. Parece como si hubiera estado en el agua. No podemos mantenerlo seco. Se niega a salir del lago. Ese granuja es un demonio.

—*Está lleno de vida. Puedes aprender de él. Deja que entre la vida en ti, mamá.*

La puerta se abrió y Eve supo que si echaba una mirada a la silla junto a la ventana, Bonnie ya no estaría allí.

—¡Eve, tienes que ver esto!

Bonnie se había marchado, pero la vida estaba aquí, entrando a los saltos en la habitación con Jane y con Toby.

—No puedo esperar para verlo. —Eve se limpió la arcilla de las manos y salió a su encuentro.